沈從文作品選集

沈從文——用文字寫心和夢的歷史

「沈從文是天才，是中國小說家裡最有希望的。」——胡適

沈從文，被中國現代文學開山巨匠魯迅譽為「自從新文學運動開始以來，所出現的最好的作家」；現代著名詩人與散文家徐志摩讚揚其作品「值得讀者再讀、三讀，乃至四讀、五讀」；更曾二度榮膺候選「諾貝爾文學獎」，受諾貝爾文學獎終身評審委員馬悅然認定為西元一九八八年最有機會獲獎的候選人。

不過受到各界讚賞的「文學大師」沈從文，小時候卻是一位「逃學大王」！年幼的他時常跑到大自然中玩耍，渴望能「用自己眼睛看世界一切，到不同社會中去生活」。這些逃學的經驗塑造了沈從文一生的性格與感情，更成為他爾後在鄉土文學創作上的基礎。

因此沈從文的創作多融合自身成長經歷，展現其故鄉「湘西」的自然風情，並真實呈現當時的社會風貌，為中國現代文學開創出獨樹一格的鄉土抒情流派，被尊稱為「中國鄉土文學之父」。

而沈從文在「小說」創作上的文學成就是最高的，如：著名牧歌式中篇小說《邊城》，

以兼具抒情詩和小品文的優美筆觸，描繪湘西特有風土人情，展現自然美與人性美，表現出其獨有的鄉土抒情風格，奠定了沈從文在中國文學史上的歷史地位。這部經典鉅著更於《亞洲週刊》的「二十世紀中文小說一百強排行榜」中名列第二，僅次於魯迅的短篇小說集《吶喊》，且如果以單篇小說計，《邊城》實屬第一。

除了「小說」的成就之外，沈從文亦為公認的散文大家，其散文將自身生命與家鄉情懷連結。如：《從文自傳》以沈從文的故鄉「湘西」為背景，記述其年輕時代的成長與蛻變，既有天真好奇的鄉野童年，也有滿懷抱負與經歷坎坷低谷的青年生活。

還有另一部經典散文集《湘行散記》，記錄沈從文返回湘西路途上的所見所聞，展現湘西迷人的自然風光和純樸的風俗民情，以及鄉村百姓的艱苦生活。語言清麗，風格雋永，具有濃厚的鄉土色彩，成為沈從文的鄉土文學代表作。

為了讓讀者更加瞭解沈從文，本書載錄了他的生平故事、三部經典作品——《從文自傳》、《邊城》、《湘行散記》，以及中國當代文壇巨匠巴金〈懷念從文〉、國學大師季羨林〈悼念沈從文先生〉二文，並獨家收錄沈從文寫給妻子的經典情話和沈從文生平紀事年表。希望讀者能藉由本書一窺沈從文跌宕起伏的人生，及其優美筆觸下的湘西世界。

編者 謹識

沈從文

第三章 沈從文的緬懷追憶

沈從文

第四章 沈從文的動人情書

第一章

沈從文的傳奇人生

逃學與從軍——自學與從文

西元一九〇二年，沈從文出生於湖南省鳳凰縣，其父親沈宗嗣為軍人世家出身，而母親黃素英則為詩書人家，加上她會識文斷字、開醫方、照相，是以沈從文曾說：「我的氣度得於父親影響的較少，得於媽媽的似較多。」

六歲那年，沈從文進入私塾讀書，但私塾所教授的內容，無法滿足沈從文對於這世界的好奇，他遂成了「逃學大王」，常常逃課到山上、水邊、廟宇玩耍，這段經歷使他學會了用自己的眼睛看世界。逃學的經驗深深影響了沈從文的思想，他曾經說道：「在這私塾中，我跟從了幾個較大的學生，學會了頑劣孩子抵抗頑固塾師的方法❶，逃避那些書本枯燥文句，去同一切自然相親近。這一年的生活，形成了我一生性格與感情的基礎。」

小學畢業後，沈從文想進入當地的軍事學校，家裡也覺得與其讓他在外面撒野，不如讓他去受軍事訓練，便同意讓沈從文從軍。於是年僅十五歲的沈從文入了筸軍當補充兵❷，開始為期六年的從軍生活。在這六年的從軍生活裡，沈從文不僅接觸到了社會百態，同時開始學習歷史、書法、詩詞，為沈從文打下自學文科的基石。

西元一九二二年，沈從文因字寫得好，進入了湘西護國聯軍部隊，擔任軍官陳渠珍的書記。當時沈從文的工作除了抄寫公文外，還需要整理陳渠珍收藏的大批歷史書籍——包括百來軸自宋朝到清朝的古畫、幾十件銅器和古瓷，以及一大批碑帖。

沈從文在《從文自傳》中寫道：「那些書籍既各得安置在一個固定地方，書籍外邊又必須做一識別，故二十四個書箱的表面、書籍的秩序，全由我去安排。舊畫與古董登記時，我又得知道這一幅畫的人名、時代，同它當時的地位；或器物名稱，同它的用處，全由於應用，我同時就學會了許多知識。又由於習染❸，我成天翻來翻去，把那些舊書大部分也慢慢看懂了。」

藉由這段擔任陳渠珍書記的時期，沈從文接觸到了中國古代歷史、文學、藝術，這些經歷深深影響到他後來的文學創作。其古典文學修養、後半生從事文物研究的學識基礎，乃至於他對中國書法歷史的透澈瞭解，幾乎都能在這裡找到最初的源頭。

同年，沈從文生了一場大病，開始對人生與前途產生了「疑問」，他說：「我病死，或淹死，或到外邊去餓死，有什麼不同？若是前些日子病死了，連許多沒有看過的東西都不能見到，許多不曾到過的地方也無從走去，真無意思。」

而後，沈從文向陳渠珍吐露了其心聲與出走的打算，陳渠珍聽了，十分支持沈從文的想法，並告訴他若闖蕩不成，這裡仍會有他的飯碗。於是沈從文便帶著陳渠珍給他的三個月薪水，連同陳渠珍給他的一份勇氣，獨自前往北京，開啟了他「從文」的傳奇人生。

到了北京的沈從文自覺沒有學歷、沒有金錢、沒有門路，便很快地打消了進大學讀書的念頭。他在北京西城區楊梅竹斜街上的酉西會館住了半年，當時的沈從文天天到京師圖書館看書。後來又為了到北京大學旁聽，搬遷到北京大學附近的銀閘胡同公寓居住。

當時的北京大學校長蔡元培提倡「兼容並包」❹，向社會開放，使得旁聽生比正式生還要多，沈從文在這裡聽過中文、歷史、哲學等課程。隨後他便開始寫作，用筆名「休芸芸」四處投稿。

那時擔任《晨報副刊》主編的徐志摩❺，十分賞識沈從文的作品，讓沈從文在《晨報副刊》刊登了〈一天是這樣過的〉、〈夜漁〉、〈賣糖復賣蔗〉等文。這幾篇文章，或從個人的角度出發，敘寫自身的生活感受；或從自己的生命經驗中，抽取片段，描述細節。加上沈從文的寫作語言融入了家鄉的特點，極其生動，富有親切感，是以被徐志摩讚許為「值得讀者們再讀、三讀，乃至四讀、五讀的作品」。

西元一九二五年，沈從文發表第一篇小說《福生》，隔年出版第一部創作文集《鴨子》。

西元一九二八年，沈從文移居上海，住在法租界的善鍾里❻。這時與沈從文相識的彭學沛主編《中央日報》[7]，沈從文便推薦了好友胡也頻編輯副刊[8]，並定名為《紅與黑》。

後沈從文與胡也頻、丁玲夫婦搬遷到薩坡賽路[9]，打算自己出版刊物——胡也頻負責編《紅黑》，沈從文和丁玲則負責編《人間》。

西元一九二九年，兩本刊物先後創刊，初刊就印到上千冊，但由於他們走的是不依官、不依商的獨立文學之路，僅一年，刊物就漸漸不能維持，終因資金不足而停刊。

西元一九二九年八月，沈從文受徐志摩介紹到中國公學教書[10]，他第一次教課時，因為太過緊張，在講臺上呆呆地站了十分鐘。好不容易開了口，卻慌慌張張地就把所有的上課內容在十分鐘內全部講完了，於是沈從文又傻住了，他不知道還能說些什麼，便在黑板上寫道：「我第一次上課，見你們人多，怕了。」下課後，學生們議論紛紛。這件事傳到了校長胡適的耳裡，他卻笑著說：「上課講不出話來，學生不轟他，這就是成功。」

註釋

❶塾師：指舊時私塾中的教師。

❷箄軍：鳳凰縣民軍組織。箄：地名，在今湖南省鳳凰縣南，因其地有箄子溪而得名。

❸習染：受到習俗的薰染，對某種事物特別感興趣。

❹蔡元培：近代教育家、政治家，曾任中華民國教育總長、中央研究院院長、北京大學校長等職。

❺徐志摩：著名現代詩人、散文家，與胡適、聞一多、梁實秋等人創設「新月詩社」，該詩社提倡現代詩歌格律化，影響中國新文化運動的發展。

❻法租界：西元一八四九年至西元一九四六年間，法國位於中國上海的租借區。

❼彭學沛：近代學者、政治家，曾任北京大學政治學教授。

❽胡也頻：近代作家，曾擔任《京報》副刊《民眾文藝週刊》、《中央日報》副刊《紅與黑》編輯，並與沈從文、妻子丁玲共同負責《紅黑》、《人間》二刊物的編輯出版。

❾丁玲：現代女性主義作家、社會活動家，丈夫為作家胡也頻。

❿中國公學：創立於上海，為中國創立最早的大學之一。

夢幻的愛情——現實的婚姻

沈從文在中國公學任教期間，結識了未來的妻子張兆和。有人說他們的第一次見面是在校長胡適的辦公室，也有人說是在課堂上，不過無論他們是在何處遇見彼此，當沈從文第一眼見到張兆和時，便深深墜入了情網。

張兆和出身名門，曾祖父張樹聲曾任兩廣總督和代理直隸總督，父親張吉友出資創辦了樂益女中，張家甚至在合肥擁有萬頃良田。但張吉友擔心久居合肥會讓子女沾染世家子弟奢華的積習，遂舉家搬遷到上海，不久定居於蘇州，成為蘇州城裡的「名門」。

張兆和為張家的第三個女兒，她還有三個姐妹，分別是嫁給了昆曲名家顧傳玠的大姐張元和、嫁給了著名語言學家周有光的二姐張允和，以及嫁給了著名漢學家傅漢思的四妹張充和。張家四姐妹都是大家閨秀，面容姣好、知書達理，還精通昆曲。小說《秋海棠》的作者秦瘦鵑曾說：「張氏四蘭，名聞蘭苑。」文學家葉聖陶則道：「九如巷張家的四個才女，誰娶了她們都會幸福一輩子。」

而與沈從文相遇的那一年，張兆和十八歲，她鼻樑高挺、清麗秀氣，由於健康黝黑的肌膚，同學們都稱她為「黑牡丹」。張兆和有眾多的追求者，每天都能收到十幾封情書，她甚至將這些追求者進行編號，稱為青蛙一號、青蛙二號、青蛙三號……某天，張兆和收到一封特別的信，不料那封信竟然是自己的老師沈從文寫的，那信中只有一句話：「我不知道為什麼忽然愛上了妳？」

張兆和並沒有回信，但沈從文的信仍是一封接著一封地送來。沈從文的口拙但筆不拙，情書內容大膽熱情，信中寫道：「我曾做過可笑的努力，極力去和別的人要好，等到別人崇拜我、願意作我的奴隸時，我才明白，我不是一個首領，用不著別的女人用奴隸的心來服侍我，但我卻願意作奴隸，獻上自己的心，給我愛的人。我說我很頑固地愛妳，這種話到現在還不能用別的話來代替，就因為這是我的奴性。」「三三❶，莫生我的氣，許我在夢裡，用嘴吻妳的腳。我的自卑，是覺得如一個奴隸蹲下用嘴接近妳的腳，也近於十分褻瀆了妳的美麗。」

不過沈從文的一往情深，反而被張兆和視為「癩蛤蟆十三號」。

沒想到沈從文因為得不到張兆和的任何回應，便開始尋死覓活。張兆和曾在日記中描述了沈從文對她室友說的一番話：「如果得到使他失敗的消息，他只有兩條路可走，一條是刻苦自己，使自己向上，這是一條積極的路，但多半是不走這條的；另一條有兩條分支，一是自殺，一是……他說得含含糊糊：『我不是說恐嚇話……我總是會出一口氣的！』出什麼氣呢？要鬧得我和他同歸於盡嗎？那簡直是小孩子的氣量了！我想了想，我不怕！」

不久，學校裡便謠言四起，這讓聲名清白的張兆和不勝其擾，她遂拿著一大疊沈從文寫的情書，來到校長胡適的辦公室，想請胡適制止沈從文的行為，她氣憤道：「沈老師給我寫這些可不好！」豈料，在此之前，沈從文因為追求不到張兆和，已經搶先一步來找胡適哭訴，胡適便答應沈從文會出面幫忙。是以，此時的胡適反勸道：「有什麼不好？我和妳爸爸是安徽同鄉，是不是讓我跟妳爸爸談談你們的事？」

張兆和驚慌地喊道：「不要講！」

胡適卻仍是說道：「我知道沈從文頑固地愛妳！」

張兆和一聽，堅決地說：「我頑固地不愛他！」最後，張兆和氣沖沖地走了。

胡適回頭勸沈從文道：「這個女子不能瞭解你，更不能瞭解你的愛，你錯用情了……愛情不過是人生的一件事，那些說愛情是人生唯一的事，乃是妄人之言。我們要經得起成功，更要經得起失敗。你千萬不要掙扎，不要讓一個小女子誇口說，她曾碎了沈從文的心……」

但張兆和的拒絕與胡適的勸說都沒有讓沈從文卻步，甚至在他離開上海，前往青島任教後，沈從文仍是不厭其煩地將情書從青島寄給遠在上海的張兆和。

不過沈從文的態度開始有些轉變了，不再尋死覓活，他在寫給張兆和的信中說：「我希望我能學作一個男子，愛妳卻不再來麻煩妳。我愛妳一天，總是要認真生活一天，也極力免除妳不安的一天。為著這個世界上有我永遠傾心的人在，我一定要努力切實作個人的。」於是，張兆和的態度也有了些微妙的變化，她在日記中寫道：「自己到如此地步，還處處為人著想，我雖不覺得他可愛，但這一片心腸總是可憐、可敬的了。」再想到沈從文守候了自己那麼久，仍堅持不懈地寫了那麼多信，信又寫得那麼好，是以張兆和「頑固不愛」的心也開始動搖了。

西元一九三二年，張兆和從大學畢業回到蘇州，沈從文便跟了過來。他為了給張兆和留下一個好印象，賣掉一本書的版權，買了一套英譯精裝本的俄國小說作為見面禮。但沈從文來拜訪張兆和的那天，張兆和剛好到圖書館看書了，沈從文以為她故意避而不見，難過地呆站在門口，不知道該如何是好。張兆和的二姐張允和便出來招呼他，想請他到家裡坐坐，但沈從文堅決不肯，自己回到了旅館。

張兆和回家後，張允和便勸她去看看沈從文，張兆和不願，張允和便說：「妳去就說，我家兄弟姐妹多，很好玩，請你來玩。」張兆和在姐姐的極力勸說下來到了旅館，一見到沈從文，就像小學生背書似的，把張允和教的話一字不改地說給沈從文聽，一說完便說不出第二句話了。

而沈從文一聽，馬上就答應了。他到張家做客時很受張家人的歡迎，但因當時張兆和的父親和繼母住在上海，所以沈從文還未面見張兆和的父母。他回青島後，便寫信託張允和詢問張父對婚事的態度：「如爸爸同意，就早點讓我知道，讓我這個鄉下人喝杯甜酒吧！」

張父很開明，讓他們自理婚事，張允和得到父親的允許後，便給沈從文打電報：「允。」表示婚事已經得到了允許。張兆和還怕沈從文看不懂電報，又悄悄地打了一封電報給他：「鄉下人，喝杯甜酒吧！」

西元一九三三年九月，沈從文和張兆和在北京中央公園結婚。新婚不久，就收到了沈從文母親病危的消息，沈從文便獨自回故鄉鳳凰縣探望母親。回鄉的路上，他每天都會給遠在北京的妻子張兆和寫信，當時沈從文在信中寫道：「我離開北京時，還計劃每天用半個日子寫信，用半個日子寫文章，誰知到了這小船上，卻只想為妳寫信，別的事全不能做。」

可惜的是，婚姻單靠愛情來支撐是遠遠不夠的，其中有許多實際的問題需要面對，加上沈從文天性浪漫，張兆和卻十分務實，是以他們的相處開始有了矛盾。

在張兆和寫給沈從文的信中說：「不許你逼我穿高跟鞋、燙頭髮了，不許你因怕我把一雙手弄粗糙為理由，而不叫我洗東西、做事了。吃的東西無所謂好壞，穿的、用的無所謂講究不講究，能夠活下去已是造化。」

當沈從文與張兆和漸漸貌合神離時，沈從文邂逅了女詩人高青子。當時沈從文前去拜訪中華民國總理熊希齡，但因熊希齡不在家，就由熊希齡家的家庭教師高青子出面接待，初次見面時雙方都留下了好印象。

在一個月後，兩人再一次相見了。這次高青子身著「綠地小黃花綢子夾衫，衣角袖口緣了一點紫，腳上著粉紅色的鞋子」，而這身打扮竟與沈從文所著小說《第四》的女主角扮相一模一樣。在兩人的交談中，沈從文發現高青子對自己的小說非常熟悉，能遇見一位異性知己，這使得沈從文的一顆心變得異常狂熱起來。加上妻子張兆和雖然是個大美人，但她不喜歡文學，除了談情說愛，就是柴米油鹽；反觀愛好文學的高青子，更能理解沈從文，與沈從文有心靈上的交流，遂讓沈從文的感情開始動搖。

但耿直的沈從文對於自己精神上的不忠十分過意不去，猶豫著是否要向張兆和坦白。內心備受煎熬的沈從文選擇向好友林徽因求助，她回道：「文人，在緊要的是坦誠，坦誠也是夫妻間最起碼的尊重。」

沈從文一聽，第二天便給張兆和寫了一封信，將他與高青子的點點滴滴如實交代，希望能「坦白從寬」，可是沈從文非但沒有得到張兆和的原諒，反而換來了妻子的冷漠和分居。

自此之後，雖說二人依然保有夫妻關係，但在情感上，卻再也回不去當初的琴瑟和鳴了。如西元一九三七年，北京淪陷後，沈從文一路南逃，張兆和卻帶著孩子們留在了北京。兩個人雖然保持通信，但都不是說情話，而是在信中爭執——沈從文希望張兆和能一同南下，張兆和卻堅決不肯，說孩子需要照顧，加上沈從文的作品太多，不方便帶走。

想當然耳，張兆和的這些理由根本說服不了沈從文，他遂向張兆和抱怨道：「妳愛我，與其說愛我為人，還不如說愛我寫信。」最後，這場爭執以張兆和帶著孩子南下告終，但兩人雖然團聚，感情上的裂痕卻日漸擴大……

直到沈從文離世，張兆和整理沈從文作品時才說：「從文同我相處，這一生，究竟是幸福，還是不幸？得不到回答。我不理解他，不完全理解他。後來逐漸有了些理解，但是，真正懂得他的為人，懂得他一生承受的重壓，是在整理編選他遺稿的現在。過去不知道的，現在知道了；過去不明白的，現在明白了。」

《註釋》

❶因張兆和在家中排行第三，沈從文遂稱張兆和為「三三」。

京海論爭——經典《邊城》

西元一九三三年，沈從文任天津《大公報》的《文藝副刊》編輯長達四年的時間，這四年使《文藝副刊》成為北方京派文學的代表❶，以注重文學性，真實反映城鄉平民的生活為特色。

而後沈從文在《文藝副刊》上發表〈窄而霉齋閒話〉一文，提出了京派、海派的問題❷，他認為「文學要為人生，不能追求趣味，如北京的紳士味（京派）和上海的商人氣（海派），都是『趣味主義』，特別是當時更為流行的『海上趣味』（海派）」。

不久，沈從文又在《大公報》上發表〈文學者的態度〉，再次指出「現在玩票白相的文學家❸，實占作家中的最多數」。

沈從文對於京派、海派的看法引起作家蘇汶在《現代》雜誌發表〈文人在上海〉一文作為回應，認為「海派」是不住在上海的文人對上海文人的惡意稱呼，因為海派有著「愛錢、商業化，以至於作品的低劣、人格的卑下」等種種涵義。不久，沈從文又發表了〈論「海派」〉、〈關於「海派」〉二文，提出「海派是『名士才情』與『商業競賣』相結合」的觀點。

上述的「京海論爭」持續了兩年之久，使沈從文與商業性的文學劃清了界限，卻也展現了其理論才能，並且使「京派」與「海派」的概念，以及當時南北文化不平衡的情況獲得重視。

西元一九三四年，沈從文收到母親病重的消息，他連忙動身前往家鄉鳳凰縣，一路上寫了六十多封信給張兆和，信中記下了沈從文的沿途所見，最後集結成《湘行書簡》，更成為了散文集《湘行散記》的底本。與此同時，沈從文起草了著名的中篇小說《邊城》，其故事源自於他當補充兵時的經歷——當時有位同袍趙開明於瀘溪縣一家絨線鋪裡，見到一位名叫「翠翠」的女孩，趙開明就下定決心，將來當上副官一定會回來娶「翠翠」為妻。

在沈從文此次回鄉，經過瀘溪縣時，他突然鬼使神差地走到絨線鋪前。沈從文往鋪裡一看，竟發現一位與當年「翠翠」長得一模一樣的女孩，這時的她就站在櫃臺前。不久，有人喊她道：「水開了！」那人竟是年老的趙開明，於是沈從文就將這段故事寫成了《湘行散記》的〈老伴〉一文，並成為《邊城》的故事原型。

而《邊城》能作為沈從文最著名的作品，應當歸功於其細膩的描寫手法。沈從文書寫角色的思想、感情等心理活動，或展現人性的美好，或揭露人性的醜陋，皆展現出角色的精神狀態和性格特徵。且其表現方法豐富多樣——有時透過對話、獨白、行動、姿態、面部表情來表現；有時採用幻想、夢境的方式間接展現；有時則藉助景物的描寫、氣氛的渲染與周遭角色的反應側面烘托。

例如：故事中寫到翠翠「帶著嬌，有點兒埋怨」地一再央求爺爺，讓他丟下渡船上的工作，回到她身邊，讓人感受到翠翠對爺爺的依賴之情；當翠翠聽著爺爺唱「那晚上聽來的歌」，她自言自語地說：「我又摘了一把虎耳草了。」讓人感受到情竇初開的翠翠對愛情的憧憬，這些皆是透過角色的語言、神態的描寫，使讀者從細節中體會角色的心理活動。

又如女主角翠翠的「胡思亂想」，便能夠讓人體會其孤單、寂寞，以及當愛情來臨時內心的悸動；翠翠的夢境，則讓人感受到她對於愛情的嚮往，這些皆是藉由幻想、夢境來展現角色的心理狀態。

除了角色的細膩刻劃外，沈從文描繪的湘西世界更是如詩如畫，其環境描寫，不僅融入角色的心理活動，使讀者的情感得以一同沉浸在詩情畫意的氛圍裡，同時描繪出湘西特有的清新自然風光，奇景如畫，美不勝收。最厲害的是，這些景致都隨著角色感情的波動而自然展開——或以黃昏的溫柔、平靜，反襯翠翠愛情萌芽時的躁動；或以柔和的月光、溪面浮著的薄薄輕霧，烘托翠翠對男主角儺送的熱切期待。

作家汪曾祺曾評價道：「《邊城》的語言是沈從文盛年的語言、最好的語言，既不似初期那樣地放筆橫掃，不加節制；也不似後期那樣過事雕琢，流於晦澀。這時期的語言，每一句都『鼓立』飽滿❹，充滿水分，酸甜合度，像一籃新摘的煙臺瑪瑙櫻桃。」

而《邊城》一書的特色還有其濃厚的鄉土色彩，沈從文將湘西淳厚古樸的風土民情與清麗幽靜的山水風光融入在整部小說當中，並將男女間的愛情、祖孫間的親情、人與人之間的友愛，以及湘西的自然萬物，完美地融入故事情節和角色形象之中。

中國小說學會副會長潘旭瀾在《重讀邊城》談道：「《邊城》的詩意，首先來自濃郁的湘西鄉土氣息。作家透過翠翠和儺送、天保之間的愛情故事，將茶峒的自然景物和生活風習錯綜有致地展現在讀者面前❺。那清澈見底的河流、那憑水依山的小城、那河街上的吊腳樓、那攀引纜索的渡船、那關係茶峒『風水』的白塔、那深翠逼人的竹篁中鳥雀的交遞鳴叫……這些富有地方色彩的景物，都自然而又清麗，優美而不加濃塗豔沫。」

可見《邊城》獲得了文人大眾的肯定，其影響與成就更奠定了沈從文在文學史上的歷史地位——如西元一九九九年，全球第一本國際性中文時事週刊《亞洲週刊》便對當時全世界以中文寫作的小說進行排名，遴選出前一百部作品，在這個「二十世紀中文小說一百強排行榜」中，沈從文的經典小說《邊城》位列第二，僅次於魯迅的小說集《吶喊》。後來，《邊城》更被翻譯成日本、美國、英國等四十多個國家的版本，並被美國、日本、韓國、英國等十多個國家選進大學教材中。

註釋

❶京派：寫作內容取材自人生、避談政治的文學流派，強調文學是「純文學」。風格淳樸自然，融合鄉土文化，注重人情美和人性美。

❷海派：多寫都市文化、具商業色彩的文學流派，注重商業化，以迎合大眾的口味。語言曉暢流利，注重心理描寫。

❸玩票：指以非正式、非嚴謹的態度從事某事。白相：吳越地區方言，為遊戲、玩耍之意。

❹鼓立：形容飽滿、有分量。

❺錯綜有致：同「錯落有致」，指交錯紛雜，但有條理。

封筆與自殺——文物研究與晚年成就

西元一九三七年，抗日戰爭爆發，沈從文獨自離開北京，來到了雲南昆明，擔任西南聯大中文系教授❶，負責教書、編製中小學教材，在任教期間有《長河》、《湘西》兩部著名作品問世。西元一九四六年，沈從文回到北京，於北京大學任教，同時為天津《益世報》、《大公報》、北京《經世報》、《平明日報》四大報紙編輯副刊。

西元一九四八年，中國人民解放軍進逼北京，沈從文拒絕了北京大學提供飛往臺灣的機票，選擇留在北京。不久之後，沈從文便由於過去有「反對政治干預文藝」、「反對作家參與政治」、「要把文學從商場和官場解救出來，再度成為學術一部門」等主張，開始成為左派作家批評的對象，如郭沫若發表了〈斥反動文藝〉一文，在文中指責沈從文是專寫頹廢迷情的「桃紅色」作家。

北京大學甚至貼出了〈斥反動文藝〉的大字報，又在教學樓外掛出了「倒新月派、現代評論派、第三條路線的沈從文」等大幅標語，這些反對的聲音使沈從文承受著巨大的心理壓力，促使沈從文宣佈「封筆」。

不久，沈從文便患上了憂鬱症，當時的他獨自一人住進清華園，但因為沒辦法靠寫作緩解情緒，導致沈從文的病情漸漸加劇，憂鬱症轉為精神分裂，不久他便被送往精神病院。

西元一九四九年三月，沈從文因不堪壓力所苦，選擇自殺，他把手伸進插頭上，企圖讓電流電死自己，幸虧被兒子沈龍朱救了下來。等到身體好轉時，沈從文再度自殺，這次他先是用刀片割破頸部與手腕的血管，隨後又喝了照明用的煤油，好在搶救及時，最終脫離險境。之後，他便被送出了精神病院。

西元一九四九年八月時，沈從文進入北京歷史博物館任職，他被分配到博物館陳列部，有時在庫房清點、登記館藏文物；有時編寫文物說明；有時抄寫文物卡片。這份工作對於沈從文來說並不陌生，因為他以前就有收藏古董文物的習慣。

由於這個習慣，張兆和還曾與沈從文有過爭執，她不明白生活都難以為繼了，為何還要「附庸風雅」，花費時間與金錢在收藏文物上呢？當時的張兆和不明白，實際上沈從文是在「搶救」文物，因為他收藏文物不為虛榮，也不為謀利，這點從沈從文後來將自己半生收藏的文物全數捐贈給國家便可見一斑。

進入博物館後，沈從文還主動承擔起講解的工作，因為這可以讓他與外界有更多的溝通、交流，加上講解與研究結合的方式，可以幫助他更快地發現問題並將知識融會貫通。

為了研究文物，沈從文將博物館的庫房作為自己長期的研究室，即使在冬天時，庫房溫度經常在攝氏零下十幾度，沈從文也依舊忘我地工作。

在古代服飾研究上，沈從文翻閱了成千上萬本文獻書籍，將歷代服飾的材料、樣式、紋飾都摸得一清二楚，並且在西元一九八一年，出版了古代服飾研究領域的權威著作《中國古代服飾研究》。但是沈從文對文物的研究和收集在當時一直未受到博物館的重視，還曾被安排打掃女生廁所。

晚年的沈從文一頭栽進了文物研究，雖然動過寫小說的心思，卻終究未曾提筆寫作。最後，西元一九八八年五月十日，沈從文因心臟病猝發，於家中逝世，享年八十六歲，臨終前只留下了一句話：「我對這個世界沒有什麼好說的。」

之後，諾貝爾文學獎終身評審委員馬悅然在《明報月刊》中表示，西元一九八七年與西元一九八八年的諾貝爾文學獎最終候選名單中，沈從文榮膺候選，並且馬悅然認為沈從文是西元一九八八年最有機會獲獎的候選人。

但當時沈從文剛離世不久，由於諾貝爾獎只會頒授給在世的人，沈從文遂與諾貝爾文學獎失之交臂。馬悅然曾評論道：「雖然沈從文到一九五〇年代就不寫作了——他一九四九年放棄寫作之後，埋頭於文物研究；一九四九年到一九七八年在歷史博物館當講解員；

一九七八年到西元一九八七年在研究所做研究工作。

「我覺得他寫的那部《中國歷代服飾研究》是一部非常有刺激性的長篇小說、最精彩的一部長篇小說。沈從文沒有文學家的自負清高，因為他是一個土包子、一個鄉巴佬，他懂得下層人民的疾苦，懂得歷史上人民生活的疾苦，所以他會寫《邊城》、《長河》那樣偉大的小說。他即使不寫小說，寫服飾研究也很出色，你可能沒讀過他的《中國歷代服飾研究》，非常漂亮，很多專門做服飾考古的學者，卻沒有人能寫出他那樣出色的書。在中國，要得諾貝爾文學獎，除了沈從文，還有誰能得呢？」

《註釋》

❶ 西南聯大：為抗日戰爭爆發後，由當時的北京大學、清華大學、南開大學於雲南昆明共同組成的大學，抗戰結束，三校分別還回原址復校。

第二章

沈從文的經典著作

#《從文自傳》

我所生長的地方

拿起我這支筆來，想寫點我在這地面上二十年所過的日子、所見的人物、所聽的聲音、所嗅的氣味，也就是說我真真實實所受的人生教育，首先提到一個我從那兒生長的邊疆僻地小城時，實在不知道怎樣來著手就較方便些。

我應當照城市中人的口吻來說，這真是一個古怪地方！只由於兩百年前滿人治理中國土地時，為鎮撫與虐殺殘餘苗族，派遣了一隊戍卒屯丁駐紮，方有了城堡與居民。

這古怪地方的成立與一切過去，有一部《苗防備覽》記載了些官方文件❶，但那只是一部枯燥無味的官書。我想把我一篇作品裡所簡單描繪過的那個小城，介紹到這裡來。這雖然只是一個輪廓，但那地方一切情景卻浮凸起來❷，仿佛可用手去摸觸。

一個好事人，若從一百年前某種較舊一點的地圖上去尋找，當可在黔北、川東、湘西一處極偏僻的角隅上❸，發現了一個名為「鎮筸」的小點。那裡同別的小點一樣，事實上應當有一個城市，在那城市中，安頓下三、五千人口。

不過一切城市的存在，大部分皆在交通、物產、經濟活動情形下面，成為那個城市枯榮的因緣，這一個地方，卻以另外一種意義無所依附而獨立存在。試將那個用粗糙而堅實巨大石頭砌成的圓城作為中心，向四方展開，圍繞了這邊疆僻地的孤城，約有七千多座碉堡，二百左右的營汛❹。

碉堡各用大石塊堆成，位置在山頂頭，隨了山嶺脈絡蜿蜒各處走去；營汛各位置在驛路上，佈置得極有秩序。這些東西在一百八十年前，是按照一種精密的計畫，各保持相當距離，在周圍數百里內，平均分配下來，解決了退守一隅常作蠢動的邊苗叛變的。兩世紀來滿清的暴政，以及因這暴政而引起的反抗，血染紅了每一條官路同每一個碉堡。到如今，一切完事了，碉堡多數業已毀掉了❺，營汛多數成為民房了，人民已大半同化了。落日黃昏時節，站到那個巍然獨在萬山環繞的孤城高處，眺望那些遠近殘毀碉堡，還可依稀想見當時角鼓、火炬傳警、告急的光景。這地方到今日，已因為變成另外一種軍事重心，一切皆用一種迅速的姿勢在改變、在進步，同時這種進步，也就正消滅到過去一切。

凡有機會追隨了屈原溯江而行那條常年澄清的沅水，向上游去的旅客和商人，若打量由陸路入黔、入川，不經古夜郎國，不經永順、龍山，都應當明白「鎮筸」是個可以安頓他的行李，最可靠也最舒服的地方。

那裡土匪的名稱不習慣於一般人的耳朵。兵卒純善如平民，與人無侮無擾；農民勇敢而安分，且莫不敬神守法；商人各負擔了花紗同貨物❻，灑脫單獨向深山中村莊走去，與平民做有無交易，謀取什一之利❼。

地方統治者分數種：最上為天神，其次為官，又其次才為村長同執行巫術的神的侍奉者。人人潔身信神，守法愛官。每家俱有兵役，可按月各自到營上領取一點銀子、一份米糧，且可從官家領取二百年前被政府所沒收的公田，耕耨播種❽。城中人每年各按照家中有無，到天王廟去殺豬、宰羊、磔狗、獻雞、獻魚❾，求神保佑五穀的繁殖、六畜的興旺、兒女的長成，以及做疾病婚喪的禳解❿。人人皆依本分擔負官府所分派的捐款，又自動地捐錢與廟祝或單獨執行巫術者⓫。

一切事保持一種淳樸習慣，遵從古禮。春、秋二季農事起始與結束時，照例有年老人向各處人家斂錢⓬，給社稷神唱木傀儡戲。旱暵祈雨⓭，便有小孩子共同抬了活狗，帶上柳條，或紮成草龍，各處走去。春天常有春官，穿黃衣各處念農事歌詞。歲暮年末，居民便裝飾紅衣儺神於家中正屋⓮，捶大鼓如雷鳴，苗巫穿鮮紅如血衣服，吹鏤銀牛角、拿銅刀，踴躍歌舞娛神。城中的住民，多當時派遣移來的戍卒屯丁，此外則有江西人在此賣布；福建人在此賣煙；廣東人在此賣藥。

地方由少數讀書人與多數軍官，在政治上與婚姻上兩面的結合，產生一個上層階級，這階級一方面用一種保守、穩健的政策，長時期管理政治；一方面支配了大部分屬私有的土地，而這階級的來源，卻又仍然出於當年的戍卒屯丁。

地方城外，山坡上產桐樹、杉樹，礦坑中有朱砂、水銀，松林裡生菌子，山洞中多硝。城鄉全不缺少勇敢、忠誠，適於理想的兵士，與溫柔、耐勞，適於家庭的婦人。在軍校階級廚房中，出異常可口的菜飯；在伐樹、砍柴人口中，出熱情優美的歌聲。

地方東南四十里接近大河，一道河流肥沃了平衍的兩岸[15]，多米、多橘柚。西北二十里後，即已漸入高原，近抵苗鄉，萬山重疊，大小重疊的山中，大杉樹以長年深綠逼人的顏色，蔓延各處。

一道小河從高山絕澗中流出，匯集了萬山細流，沿了兩岸有杉樹林的河溝，奔駛而過，農民各就河邊編縛竹子做成水車，引河中流水，灌溉高處的山田。河水常年清澈，其中多鱖魚、鯽魚、鯉魚，大的比人腳板還大。河岸上那些人家裡，常常可以見到白臉長身，見人善做媚笑的女子。小河水流環繞「鎮筸」北城下駛，到一百七十里後方匯入辰河，直抵洞庭。

這地方又名「鳳凰廳」，到民國後便改成了縣治，名「鳳凰縣」。辛亥革命後，湘西鎮守使與辰沅道皆駐節在此地。地方居民不過五、六千，駐防各處的正規兵士卻有七千。由於環境的不同，直到現在其地綠營兵役制度尚保存不廢⑯，為中國綠營軍制唯一殘留之物。

我就生長到這樣一個小城裡，將近十五歲時方離開。出門兩年半回過那小城一次以後，直到現在為止，那城門我不曾再進去過，但那地方我是熟悉的。現在還有許多人生活在那個城市裡，我卻常常生活在那個小城過去給我的印象裡。

《註釋》

❶《苗防備覽》：清代嚴如熤所作，內容含括湖南西部和貴州東北部苗族地區的地理、政治、經濟等方面的資料。

❷浮凸：顯現、突出。

❸黔北：指貴州省北部。川東：指四川省東部。湘西：指湖南省西部。

❹營汛：軍隊防守邊境的地方。

❺業已：既已、已經。

❻花紗：棉花與棉紗。

❼什一之利：以十摶一的利潤，泛指商人所得的利潤。

❽耕耨：犁田除草。

❾磔狗：宰割犬狗，以祭鬼神。

❿禳解：祭祀祈神，以消解災禍。

⓫ 廟祝：主管廟內香火事務的人。

⓬ 斂錢：募集錢財。

⓭ 旱暵：不下雨、乾燥炎熱的時候。

⓮ 儺神：驅除瘟疫的神。中國西南地區會於固定節日舉行儺祭，由配戴柳木面具的演員扮演儺神，用反復、大幅度的舞蹈動作進行表演。

⓯ 平衍：平坦寬廣。

⓰ 綠營兵役制度：指清朝軍隊的編制之一，主要負責彌補八旗軍的不足與守衛國土。

我的家庭

咸同之季，中國近代史極可注意之一頁，「曾左胡彭」所領帶的湘軍部隊中❶，有個相當的位置。統率湘軍轉戰各處的是一群青年將校，原多賣馬草為生，最著名的為田興恕。當時同伴數人，年在二十左右，同時得到滿清提督銜的共有四位，其中有一沈洪富，便是我的祖父。這青年軍官二十二歲左右時，便曾作過一度雲南昭通鎮守使。同治二年，二十六歲又作過貴州總督，到後因創傷回到家中，終於便在家中死掉了。這青年軍官死去時，所留下的一份光榮與一份產業，使他後嗣在本地方占了個較優越的地位。

祖父本無子息，祖母為住鄉下的叔祖父沈洪芳娶了個苗族姑娘，生了兩個兒子，把老二過房作兒子。照當地習慣，和苗人所生兒女，無社會地位，不能參與文武科舉，因此這個苗女人被遠遠嫁去，鄉下雖埋了個墳，卻是假的。我照血統說，有一部分應屬苗族。我四、五歲時，還曾回到黃羅寨鄉下去那個墳前磕過頭，到一九二二年離開湘西時，在沅陵才從父親口中明白這件事情。

就由於存在本地軍人口中那一份光榮，引起了後人對軍人家世的驕傲，我的父親生下兩歲以後，過房進到城裡時，祖母所期望的事，是家中再來一個將軍。家中所期望的並不曾失望，自體魄與氣度兩方面說來，我爸爸生來就不缺少一個將軍的風儀——碩大、結實、豪放、爽直，一個將軍所必需的種種本色，爸爸無不兼備。爸爸十歲左右時，家中就為他請了個武術教師同老塾師，學習作將軍所不可少的技術與學識。

但爸爸還不曾成名以前，我的祖母卻死去了。那時正是庚子聯軍入京的第三年。當庚子年大沽失守❷，鎮守大沽的羅提督自盡殉職時，我的爸爸便正在那裡作他身邊一員裨將❸。那次戰爭據說毀去了我家中產業的一大半。由於爸爸的愛好，家中一點較值錢的寶貨常放在他身邊，這一來，便完全失掉了。戰事既已不可收拾，北京失陷後，爸爸回到了家鄉。

第三年祖母死去。祖母死時我剛活到這世界上四個月，那時我頭上已經有兩個姐姐、一個哥哥。沒有庚子的義和團反帝戰爭，我爸爸不會回來，我也不會存在。關於祖母的死，我仿佛還依稀記得我被誰抱著，在一個白色人堆裡轉動，隨後還被擱到一個桌子上去。我家中自從祖母死後十餘年內不曾死去一人，若不是我在兩歲以後做夢，這點影子便應當是那時唯一的記憶。

我的兄弟姊妹共九個，我排行第四，除去幼年殤去的姊妹，現在生存的還有五個，計兄弟姊妹各一，我應當在第三。

我的母親姓黃，年紀極小時就隨同我一個舅父在軍營中生活，所見事情很多，所讀的書也似乎較爸爸讀的稍多。外祖黃河清是本地最早的貢生，守文廟作書院山長，也可說是當地唯一讀書人。所以我母親極小就認字讀書，懂醫方，會照相。舅父是個有新頭腦的人物，本縣第一個照相館是那舅父辦的，第一個郵政局也是舅父辦的。我等兄弟姊妹的初步教育，便全是這個瘦小、機警、富於膽氣與常識的母親擔負的。我的教育得於母親的不少，她告我認字，告我認識藥名，告我思考和決斷——作男子極不可少的思考以後的決斷。我的氣度得於父親影響的較少，得於媽媽的似較多。

《註釋》

❶ 曾左胡彭：指晚清四大中興名臣——曾國藩、左宗棠、胡林翼、彭玉麟。

❷ 大沽：位於天津市，有京（北京）津（天津）門戶、海陸咽喉之稱。

❸ 裨將：副使、偏將。

我讀一本小書同時又讀一本大書

我能正確記憶到我小時的一切，大約在兩歲左右。我從小到四歲左右，始終健全肥壯如一隻小豚。四歲時，母親一面告給我認方字，外祖母一面便給我糖吃，到認完六百生字時，腹中生了蛔蟲，弄得黃瘦異常，只得經常用草藥蒸雞肝當飯。那時節我就已跟隨了兩個姐姐，到一個女先生處上學。那人既是我的親戚，我年齡又那麼小，過那邊去念書，坐在書桌邊讀書的時節較少，坐在她膝上玩的時間或者較多。

到六歲時，我的弟弟方兩歲，兩人同時出了疹子。時正六月，日夜總在嚇人高熱中受苦。又不能躺下睡覺，一躺下就咳嗽發喘。又不要人抱，抱時全身難受。我還記得我同我那弟弟兩人當時皆用竹簟捲好，同春捲一樣，豎立在屋中陰涼處。家中人當時業已為我們預備了兩具小小棺木，擱在廊下。十分幸運，兩人到後居然全好了。我的弟弟病後家中特別為他請了一個壯實高大的苗婦人照料，照料得法❶，他便壯大異常。我因此一病，卻完全改了樣子，從此不再與肥胖為緣，成了個小猴兒精了。

六歲時，我已單獨上了私塾。如一般風氣，凡是老塾師在私塾中給予小孩子的虐待，我照樣也得到了一份。但初上學時，我因為在家中業已認字不少，記憶力從小又似乎特別好，故比較其餘小孩，可謂十分幸運。

第二年後換了一個私塾，在這私塾中，我跟從了幾個較大的學生，學會了頑劣孩子抵抗頑固塾師的方法，逃避那些書本枯燥文句，去同一切自然相親近。這一年的生活，形成了我一生性格與感情的基礎。我間或逃學❷，且一再說謊，掩飾我逃學應受的處罰。我的爸爸因這件事十分憤怒，有一次竟說若再逃學、說謊，便當砍去我一個手指。我仍然不為這一嚴厲警誡所恐嚇，機會一來時總不把逃學的機會輕輕放過。當我學會了用自己眼睛看世界一切，到不同社會中去生活時，學校對於我便已毫無興味可言了。

我爸爸平時本極愛我，我曾經有一時還作過我那一家的中心人物。稍稍害點病時，一家人便光著眼睛不睡眠，在床邊服侍我，當我要誰抱時，誰就伸出手來。家中那時經濟情形還好，我在物質方面所享受到的，比起一般親戚小孩似乎皆好得多。我的爸爸既一面只做將軍的好夢，一面對於我卻懷了更大的希望。他仿佛早就看出我不是個軍人，不希望我作將軍，卻告給我祖父的許多勇敢光榮的故事，以及他庚子年間所得的一份經驗。他因為歡喜京戲，只想我學戲，作譚鑫培❸。他以為我不拘做什麼事，總之應比作個將軍高些。

第一個讚美我明慧的就是我的爸爸，可是當他發現了我成天從塾中逃出到太陽底下同一群小流氓遊蕩，任何方法都不能拘束這顆小小的心，且不能禁止我狡猾地說謊時，我的行為實在傷了這個軍人的心。

同時那小我四歲的弟弟，因為看護他的苗婦人照料十分得法，身體養育得強壯異常，年齡雖小，便顯得氣派宏大，凝靜結實，且極自重自愛。故家中人對我感到失望時，對他便異常關切起來，這小孩子到後來也並不辜負家中人的期望，二十二歲時便作了步兵上校。至於我那個爸爸，卻在蒙古、東北、西藏各處軍隊中混過，民國二十年時還只是一個上校，在本地土著軍隊裡作軍醫（後改中醫院長），把將軍希望留在弟弟身上，在家鄉從一種極輕微的疾病中便瞑目了。

我有了外面的自由，對於家中的愛護反覺處處受了牽制，因此家中人疏忽了我的生活時，反而似乎使我方便了好些。領導我逃出學塾，盡我到日光下去認識這大千世界微妙的光、稀奇的色，以及萬匯百物的動靜，這人是我一個張姓表哥。他開始帶我到他家中橘柚園中去玩、到城外山上去玩、到各種野孩子堆裡去玩、到水邊去玩。他教我說謊，用一種謊話對付家中，又用另一種謊話對付學塾，引誘我跟他各處跑去。

即或不逃學❹，學塾為了擔心學童下河洗澡，每到中午散學時，照例必在每人左手心中用朱筆寫一大字，我們還依然能夠一手高舉，把身體泡到河水中玩個半天，這方法也虧那表哥想得出來。

我感情流動而不凝固，一派清波給予我的影響實在不小。我幼小時較美麗的生活，大部分都與水不能分離。我的學校可以說是在水邊的。我認識美，學會思索，水對我有極大的關係。我最初與水接近，便是那荒唐表哥領帶的。

現在說來，我在作孩子的時代，原本也不是個全不知自重的小孩子。我並不愚蠢，當時在一班表兄弟中和弟兄中，似乎只有我那個哥哥比我聰明，我卻比其他一切孩子懂事。但自從那表哥教會我逃學後，我便成為毫不自重的人了。在各樣教訓各樣方法管束下，我不歡喜讀書的性情，從塾師方面、從家庭方面、從親戚方面，莫不對於我感覺得無多希望。

我的長處到那時只是種種的說謊。我非從學塾逃到外面空氣下不可，逃學過後又得逃避處罰。我最先所學，同時拿來致用的，也就是根據各種經驗來製作各種謊話。我的心總得為一種新鮮聲音、新鮮顏色、新鮮氣味而跳，我得認識本人生活以外的生活。我的智慧應當從直接生活上吸收消化，卻不須從一本好書、一句好話上學來。似乎就只這樣一個原因，我在學塾中，逃學記錄點數，在當辛亥革命的一課時便比任何一人都高。

離開私塾轉入新式小學時，我學的總是學校以外的。到我出外自食其力時，又不曾在職務上學好過什麼。二十歲後我不安於當前事務，卻傾心於現世光色，對於一切成例與觀念皆十分懷疑，卻常常為人生遠景而凝眸，這份性格的形成，便應當溯源於小時在私塾中的逃學習慣。自從逃學成習慣後，我除了想方設法逃學，什麼也不再關心。

有時天氣壞一點，不便出城上山裡去玩，逃了學沒有什麼去處，我就一個人走到城外廟裡去。本地大建築在城外計三十來處，除了廟宇就是會館和祠堂。空地廣闊，因此均為小手工業工人所利用。

那些廟裡總常常有人在殿前廊下絞繩子、織竹簟、做香，我就看他們做事。有人下棋，我看下棋；有人打拳，我看打拳，甚至於相罵，我也看著，看他們如何罵來罵去，如何結果。因為自己既逃學，走到的地方必不能有熟人，所到的必是較遠的廟裡。到了那裡，既無一個熟人，因此什麼事皆只好用耳朵去聽、眼睛去看，直到看無可看、聽無可聽時，我便應當設計打量我怎麼回家去的方法了。

來去學校我得拿一個書籃，內中有十多本破書，由《包句雜誌》、《幼學瓊林》到《論語》、《詩經》、《尚書》，通常得背誦，分量相當沉重。逃學時還把書籃掛到手肘上，這就未免太蠢了一點，凡這麼辦的可以說是不聰明的孩子。許多這種小孩子，因為逃學到各處去，人家一見就認得出，上年紀一點的人見到時就會說：「逃學的，趕快跑回家挨打去，不要在這裡玩。」若無書籃可不必受這種教訓。

因此我們就想出了一個方法，把書籃寄存到一個土地廟裡去，那地方無一個人看管，但誰也用不著擔心他的書籃。小孩子對於土地神全不缺少必需的敬畏，都信託這木偶，把書籃好好地藏到神座龕子裡去，常常同時有五個或八個，到時卻各人把各人的拿走，誰也不會亂動旁人的東西。

我把書籃放到那地方去，次數是不能記憶了的，照我想來，擱得最多的必定是我。

逃學失敗被家中、學校任何一方面發覺時，兩方面總得各挨一頓打。在學校得自己把板凳搬到孔夫子牌位前，伏在上面受笞❺。處罰過後還要對孔夫子牌位作一揖，表示懺悔。

有時又常常罰跪至一根香時間，我一面被處罰跪在房中的一隅，一面便記著各種事情，想像恰如生了一對翅膀，憑經驗飛到各樣動人事物上去。按照天氣寒暖，想到河中的鱖魚被釣起，離水以後撥刺的情形；想到天上飛滿風箏的情形；想到空山中歌呼的黃鸝；想到樹木上纍纍的果實。由於最容易神往到種種屋外東西上去，反而常把處罰的痛苦忘掉，處罰的時間忘掉，直到被喚起以後為止，我就從不曾在被處罰中感覺過小小冤屈，那不是冤屈。我應感謝那種處罰，使我無法同自然接近時，給我一個練習想像的機會。

家中對這件事自然照例不大明白情形，以為只是教師方面太寬的過失，因此又為我換一個教師，我當然不能在這些變動上有什麼異議。這事對我說來，倒又得感謝我的家中，因為先前那個學校比較近些，雖常常繞道上學，終不是個辦法，且因繞道過遠，把時間耽誤太久時，無可託詞。

現在的學校可真很遠很遠了，不必包繞偏街，我便應當經過許多有趣味的地方了。從我家中到那個新的學塾裡去時，路上我可看到針鋪門前永遠必有一個老人戴了極大的眼鏡，低下頭來在那裡磨針；又可看到一個傘鋪，大門敞開，做傘時十幾個學徒一起工作，盡人欣賞；又有皮靴店，大胖子皮匠，天熱時總腆出有一個大而黑的肚皮（上面有一撮毛！）用夾板緔鞋❻；又有個剃頭鋪，任何時節總有人手托一個小小木盤，呆呆地在那裡盡剃頭師傅刮臉；又可看到一家染坊，有強壯多力的苗人，踹在凹形石碾上面，站得高高的，手扶著牆上橫木，偏左偏右地搖蕩；又有三家苗人打豆腐的作坊，小腰白齒、頭包花帕的苗婦人，時時刻刻口上都輕聲唱歌，一面引逗縛在身背後包單裡的小苗人，一面用放光的紅銅勺舀取豆漿。

我還必須經過一個豆粉作坊，遠遠地就可聽到騾子推磨「隆隆」的聲音，屋頂棚架上晾滿白粉條；我還得經過一些屠戶肉案桌❼，可看到那些新鮮豬肉砍碎時尚在跳動不止；我還得經過一家紮冥器出租花轎的鋪子，有白面無常鬼、藍面閻羅王、魚龍、轎子，金童玉女。每天且可以從他那裡看出有多少人接親、有多少冥器，那些訂做的作品又成就了多少，換了些什麼式樣。並且還常常停頓下來，看他們貼金、敷粉、塗色，一站許久。

我就歡喜看那些東西，一面看，一面明白了許多事情。

每天上學時，我照例手肘上掛了那個竹書籃，裡面放十多本破書。在家中雖不敢不穿鞋，可是一出了大門，即刻就把鞋脫下拿到手上，赤腳向學校走去。不管如何，時間照例是有多餘的，因此我總得繞一節路玩玩。

若從西城走去，在那邊就可看到牢獄，大清早若干犯人從那方面戴了腳鐐從牢中出來，派過衙門去挖土。

若從殺人處走過，昨天殺的人還沒有收屍，一定已被野狗把屍首咋碎或拖到小溪中去了，就走過去看看那個糜碎了的屍體，或拾起一塊小小石頭，在那個污穢的頭顱上敲打一下；或用一木棍去戳戳，看看會動不動。若還有野狗在那裡爭奪，就預先拾了許多石頭放在書籃裡，隨手一一向野狗拋擲，不再過去，只遠遠地看看，就走開了。

既然到了溪邊，有時候溪中漲了小小的水，就把褲管高捲，書籃頂在頭上，一隻手扶著，一隻手照料褲子，在沿了城根流去的溪水中走去，直到水深齊膝處為止。

學校在北門，我出的是西門，又進南門，再繞城裡大街一直走去。在南門河灘方面我還可以看一陣殺牛，機會好時恰好正看到那老實、可憐畜牲放倒的情形。因為每天可以看一點點，殺牛的手續同牛內臟的位置，不久也就被我完全弄清楚了。

再過去一點就是邊街，有織簟子的鋪子，每天任何時節，皆有幾個老人坐在門前小凳子上，用厚背的鋼刀破篾❽，有兩個小孩子蹲在地上織簟子。（我對於這一行手藝所明白的種種，現在說來似乎比寫字還在行。）

又有鐵匠鋪，製鐵爐同風箱皆占據屋中，大門永遠敞開著，時間即或再早一些，也可以看到一個小孩子兩隻手拉風箱橫柄，把整個身子的分量前傾後倒，風箱於是就連續發出一種吼聲，火爐上便放出一股臭煙同紅光。待到把赤紅的熱鐵拉出，擱放到鐵砧上時，這個小東西，趕忙舞動細柄鐵錘，把鐵錘從身背後揚起，在身面前落下，火花四濺地一下一下打著。有時打的是一把刀；有時打的是一件農具；有時看到的又是這個小學徒跨在一條大板凳上，用一把鑿子在未淬水的刀上起去鐵皮❾；有時又是把一條薄薄的鋼片嵌進熟鐵裡去。日子一多，關於任何一件鐵器的製造程序，我也不會弄錯了。

邊街又有小飯鋪，門前有個大竹筒，插滿了用竹子削成的筷子。有乾魚同酸菜，用缽頭裝滿放在門前櫃臺上❿，引誘主顧上門，意思好像是說：「吃我，隨便吃我，好吃！」每次我總仔細看看，真所謂「過屠門而大嚼」⓫，也過了癮。

我最歡喜天上落雨，一落了小雨，若腳下穿的是布鞋，即或天氣正當十冬臘月⓬，我也可以用恐怕濕卻鞋襪為辭，有理由即刻脫下鞋襪，赤腳在街上走路。但最使人開心事，還是落過大雨以後，街上許多地方已被水所浸沒，許多地方陰溝中湧出水來，在這些地方照例常常有人不能過身，我卻赤著兩腳故意向深水中走去。

若河中漲了大水，照例上游會漂流得有木頭、家具、南瓜同其他東西，就趕快到橫跨大河的橋上去看熱鬧。橋上必已經有人用長繩繫了自己的腰身，在橋頭上待著，注目水中，有所等待。看到有一段大木或一件值得下水的東西浮來時，就踴身一躍，騎到那樹上，或傍近物邊，把繩子縛定，自己便快快地向下游岸邊泅去⓭，另外幾個在岸邊的人把水中人援助上岸後，就把繩子拉著，或纏繞到大石上、大樹上去。

於是第二次又有第二人來在橋頭上等候。我歡喜看人在洄水裡扳罾⓮，巴掌大的活鯽魚在網中蹦跳。一漲了水，照例也就可以看這種有趣味的事情。

照家中規矩，一落雨就得穿上釘鞋，我可真不願意穿那種笨重釘鞋。雖然在半夜時有人從街巷裡過身，釘鞋聲音實在好聽，大白天對於釘鞋我依然毫無興味。若在四月落了點小雨，山地裡、田塍上各處全是蟋蟀聲音⓯，真使人心花怒放。在這些時節，我便覺得學校真沒有意思，簡直坐不住，總得想方設法逃學上山去捉蟋蟀。有時沒有什麼東西安置這小東西，就走到那裡去，把第一隻捉到手後又捉第二隻，兩隻手各有一隻後，就聽第三隻。

本地蟋蟀原分春、秋二季，春季的多在田間泥裡、草裡；秋季的多在人家附近石罅裡、瓦礫中⓰，如今既然這東西只在泥層裡，故即或兩隻手心各有一匹小東西後，我總還可以想方設法把第三隻從泥土中趕出，看看若比較手中的大些，即開釋了手中所有，捕捉新的，如此輪流換去，一整天僅捉回兩隻小蟲。

城頭上有白色炊煙，街巷裡有搖鈴鐺賣煤油的聲音，約當下午三點左右時，趕忙走到一個刻花板的老木匠那裡去，很興奮地同那木匠說：「師傅，師傅，今天可捉了大王來了！」

那木匠便故意裝成無動於衷的神氣，仍然坐在高凳上玩他的車盤，正眼也不看我地說：「不成，不成，要打打得賭點輸贏！」

我說：「輸了替你磨刀成不成？」

「嗨！夠了。我不要你磨刀，你哪會磨刀？上次磨鑿子，還磨壞了我的傢伙！」

這不是冤枉我，我上次的確磨壞了他一把鑿子。

不好意思再說磨刀了，我說：「師傅，那這樣辦法，你借給我一個瓦盆子，讓我自己來試試這兩隻誰能幹些好不好？」我說這話時真怪和氣，為的是他「以逸待勞」，若不允許我，還是無辦法。

那木匠想了想，好像莫可奈何才讓步的樣子：「借盆子得把戰敗的一隻給我，算作租錢。」我滿口答應：「那成，那成。」

於是他方離開車盤，很慷慨地借給我一個泥罐子，頃刻之間我就只剩下一隻蟋蟀了。

這木匠看看我捉來的蟲還不壞，必向我提議：「我們來比比。你贏了，我借你這泥罐一天；你輸了，你把這蟋蟀給我。辦法公平不公平？」

我正需要那麼一個辦法，連說：「公平，公平。」於是這木匠進去了一會兒，拿出一隻蟋蟀來同我的鬥。不消說，三、五回合，我的自然又敗了。他的蟋蟀照例卻常常是我前一天輸給他的。

那木匠看看我有點頹喪，明白我認識那匹小東西，擔心我生氣時一摔，一面趕忙收拾盆罐，一面帶著鼓勵我神氣笑笑地說：「老弟，老弟，明天再來，明天再來。你應當捉好的來，走遠一點。明天來，明天來！」

我什麼話也不說，微笑著，出了木匠的大門，回家了。這樣一整天在為雨水泡軟的田塍上亂跑，回家時常常全身是泥，家中當然一望而知，於是不必多說，沿老例跪一根香，罰關在空房子裡，不許哭，不許吃飯。

等一會兒我自然可以從姐姐方面得到充饑的東西。悄悄地把東西吃下以後，我也疲倦了，因此空房中即或再冷一點，老鼠來去很多，一會兒就睡著，再也不知道如何上床的事了。即或在家中那麼受折磨，到學校去時又免不了補挨一頓板子，我還是在想逃學時就逃學，決不為處罰所恐嚇。

有時逃學又只是到山上去偷人家園地裡的李子、枇杷，主人拿著長長的竹竿子大罵著追來時，就飛奔而逃，逃到遠處一面吃那個贓物，一面還唱山歌氣那主人。總而言之，人雖小小的，兩隻腳跑得很快，什麼茨棚裡鑽去也不在乎[17]，要捉我可捉不到，就認為這種事比學校裡遊戲還有趣味。

可是只要我不逃學，在學校裡，我是不至於像其他那些人受處罰的。我從不用心念書，但我從不在應當背誦時節無法對付。許多書總是臨時來讀十遍、八遍，背誦時節卻居然琅琅上口，一字不遺，也似乎就由於這份小小聰明，學校把我同一般同學一樣待遇，更使我輕視學校。

家中不瞭解我為什麼不想上進，不好好地利用自己聰明用功；我不瞭解家中為什麼只要我讀書，不讓我玩。我自己總以為讀書太容易了點，把認得的字記記，那不算什麼稀奇。最稀奇處，應當是另外那些人，在他那份習慣下所做的一切事情。

為什麼騾子推磨時得把眼睛遮上？為什麼刀得燒紅時在鹽水裡一淬方能堅硬？為什麼雕佛像的會把木頭雕成人形，所貼的金那麼薄又用什麼方法做成？為什麼小銅匠會在一塊銅板上鑽那麼一個圓眼，刻花時刻得整整齊齊？這些古怪事情實在太多了。

我生活中充滿了疑問，都得我自己去找尋解答。

我要知道的太多，所知道的又太少，有時便有點發愁。就為的是白日裡太野，各處去看、各處去聽，還各處去嗅聞，死蛇的氣味、腐草的氣味、屠戶身上的氣味、燒碗處土窯被雨以後放出的氣味，要我說來雖當時無法用言語去形容，要我辨別卻十分容易。蝙蝠的聲音、一隻黃牛當屠戶把刀進牠喉中時嘆息的聲音、藏在田塍土穴中大黃喉蛇的鳴聲、黑暗中魚在水面撥剌的微聲，全因到耳邊時分量不同，我也記得那麼清清楚楚。因此回到家裡時，夜間我便做出無數稀奇古怪的夢。經常是夢向天上飛去，一直到金光閃爍中，終於大叫而醒。這些夢直到將近二十年後的如今，還常常使我在半夜裡無法安眠，既把我帶回到那個過去的空虛裡去，也把我帶往空幻的宇宙裡去。

在我面前的世界已夠寬廣了，但我似乎就還得一個更寬廣的世界。我得用這方面得到的知識證明那方面的疑問；我得從比較中知道誰好誰壞；我得看許多業已由於好詢問別人，以及好自己幻想所感覺到的世界上的新鮮事情、新鮮東西。結果能逃學時我逃學，不能逃學我就只好做夢。

照地方風氣說來，一個小孩子野一點的，照例也必須強悍一點，才能各處跑去。因為一出城外，隨時都會有一樣東西突然撲到你身邊來，或是一隻兇惡的狗，或是一個頑劣的人。無法抵抗這點襲擊，就不容易各處自由放蕩。

一個野一點的孩子，即或身邊不必時時刻刻帶一把小刀，也總得帶一削光的竹塊，好好地插到褲帶上。遇機會到時，就取出來當作武器，尤其是到一個離家較遠的地方看木傀儡戲，不準備廝殺一場簡直不成。

你能幹點，單身往各處去，有人挑戰時，還只是一人近你身邊來惡鬥，若包圍到你身邊的頑童人數極多，你還可挑選同你精力不大相差的一人。你不妨指定其中一個說：「要打嗎？你來，我同你來。」

照規矩，到時也只那一個人攏來。被他打倒，你活該，只好伏在地上盡他壓著痛打一頓；你打倒了他，他活該，把他揍夠後，你可以自由走去，誰也不會追你，只不過說句「下次再來」罷了。

可是你根本上若就十分怯弱，即或結伴同行，到什麼地方去時，也會有人特意挑出你來毆鬥。應戰，你得吃虧；不答應，你得被仇人與同伴兩方奚落，頂不經濟。

感謝我那爸爸給了我一份勇氣，人雖小，到什麼地方去我總不害怕。到被人圍上必須打架時，我能挑出那些同我不差多少的人來，我的敏捷同機智，總常常占點上風。有時氣運不佳，不小心被人摔倒，我還會有方法翻身過來，壓到別人身上去。在這件事上，我只吃過一次虧，不是一個小孩，卻是一隻惡狗，把我攻倒後，咬傷了我一隻手。

我走到任何地方去都不怕誰，同時因換了好些私塾，各處皆有些同學。大家既都逃過學，便有無數朋友，因此也不會同人打架了。可是自從被那隻惡狗攻倒過一次以後，到如今我卻依然十分怕狗。

至於我那地方的大人，用單刀、扁擔在大街上決鬥本不算回事。事情發生時，那些有小孩子在街上玩的母親，只不過說：「小雜種，站遠一點，不要太近！」囑咐小孩子稍稍站開點兒罷了。

本地軍人互相砍殺雖不出奇，但行刺暗算卻不作興。這類善於毆鬥的人物，有軍營中人，有哥老會中老么⑱，有好打不平的閒漢，在當地另成一幫，豁達大度、謙卑接物、為友報仇、愛義好施，且多非常孝順。

但這類人物為時代所陶冶，到民五以後也就漸漸消滅了。雖有些青年軍官還保存那點風格，風格中最重要的一點灑脫處，卻為了軍紀一類影響，大不如前輩了。

我有三個堂叔叔、兩個姑姑都住在城南鄉下，離城四十里左右。那地方名「黃羅寨」，出強悍的人同猛鷙的獸。我爸爸三歲時，在那裡差一點險被老虎咬去。我四歲左右，到那裡第一天，就看見四個鄉下人抬了一隻死虎進城，給我留下極深刻的印象。

我還有一個表哥，住在城北十里地，名「長寧哨」的鄉下，從那裡再過去十來里，便是苗鄉。表哥是一個紫色臉膛的人，一個守碉堡的戰兵。我四歲時被他帶到鄉下去過了三天，二十年後還記得那個小小城堡，黃昏來時鼓角的聲音。

這戰兵在苗鄉有點威信，很能喊叫一些苗人。每次來城時，必為我帶一隻小鬥雞或一點別的東西，一來為我說苗人故事，臨走時我總不讓他走。我喜歡他，覺得他比鄉下叔父能幹、有趣。

註釋

❶得法：適當、合宜。
❷間或：偶爾、有時候。
❸譚鑫培：中國著名京劇表演藝術大師，京劇「譚派」創立者，被尊為「京劇界鼻祖」。
❹即或：儘管、縱然。
❺笞：一種用荊條或竹板鞭打的處罰。
❻绱鞋：即「上鞋」，將鞋幫（鞋的側面部分）與鞋底縫合。
❼肉案：指肉攤或肉店。
❽破篾：將竹、籐等剖成細薄片，可用來做容器。
❾淬水：將物體加熱到一定溫度後，放到水中快速冷卻。
❿缽頭：可用來盛湯、裝食物的圓形金屬或陶瓷用具。

⓫過屠門而大嚼：經過肉鋪前，空著嘴大嚼，語出漢．桓譚〈新論〉：「人聞長安樂，則出門向西而笑；知肉味美，則對屠門而大嚼。」比喻將幻想當成現實，聊以自慰。

⓬十冬臘月：指農曆十月、十一月（冬月）、十二月（臘月），天氣寒冷的季節。

⓭泅：浮游於水上，即游泳。

⓮洄水：賞魚愛好者的專業用語，指富含大量草履蟲的湖泊。扳罾：用網子沉進水中，待魚游過時迅速拉起。

⓯田塍：即「田埂」，田地間的土堤，用來劃分田界及供人行走。

⓰石罅：石頭的空隙、裂縫。

⓱茨棚：用茅草或葦草蓋的架子。

⓲哥老會：清末民國時四川、雲南盛行的一種民間組織。

辛亥革命的一課

有一天，我那表哥又從鄉下來了，見了他我非常快樂。我問他那些水車、那些碾坊，我又問他許多我在鄉下所熟習的東西。可是我不明白，這次他竟不大理我，不大同我親熱。他只成天出去買白帶子，自己買了許多不算，還託我四叔買了許多。家中擱下兩擔白帶子，還說不大夠用。

他同我爸爸又商量了很多事情，我雖聽到卻不很懂是什麼意思。其中一件便是把三弟同大哥，派阿伢當天送進苗鄉去；把我大姐、二姐送過表哥鄉下那個能容萬人避難的齊梁洞去。爸爸即刻就遵照表哥的計畫辦去，母親當時似乎也承認這麼辦較安全方便，在一種迅速處置下，四人當天離開家中同表哥上了路。

表哥去時挑了一擔白帶子，同來另一個陌生人也挑了一擔。我疑心他想開一個鋪子，才用得著這樣多帶子。

當表哥一行人眾動身時，爸爸問表哥明夜來不來，那一個就回答說：「不來，怎麼成事？我的事還多得很！」我知道表哥的許多事中，一定有一件事是為我帶那匹花公雞，那是他早先答應過我的，因此就插口說：「你來，可別忘記答應我那個東西！」

「忘不了，忘了我就帶別的更好的東西。」

當我兩個姐姐、一個哥哥、一個弟弟同那苗婦人躲進苗鄉時，我爸爸問我：「你怎麼樣？跟阿伢進苗鄉去，還是跟我在城裡？」

「什麼地方熱鬧些？」

「不要這樣問，我明白你的意思，你要在城裡看熱鬧，就留下來莫過苗鄉吧！」聽說同我爸爸留在城裡，我真歡喜。我記得分分明明，第二天晚上，叔父紅著臉在燈光下磨刀的情形，真十分有趣。我一時走過倉庫邊看叔父磨刀，一時又走到書房去看我爸爸擦槍。

家中人既走了不少，忽然顯得空闊許多。我平時似乎膽量很小，天黑以後不大出房門，到這天也不知道害怕了。我不明白行將發生什麼事情，但卻知道有一件很重要的新事快要發生。我滿屋各處走去，又傍近爸爸聽他們說話，他們每個人臉色都不同往常安詳，每人說話都結結巴巴。我家中有兩支廣式獵槍，幾個人一面檢查槍枝，一面又常常互相來一個莫名其妙的微笑，我也就跟著他們微笑。

我看到他們在日光下做事，又看到他們在燈光下商量。那長身叔父一會兒跑出門去，一會兒又跑回來悄悄地說一陣。我裝作不注意的神氣，算計到他出門的次數，這一天他一共出門九次，到最後一次出門時，我跟他身後走出到屋廊下，我說：「四叔，怎麼的，你們是不是預備殺仗？」

「咄！你這小東西，還不去睡！回頭要貓兒吃了你。趕快睡去！」於是我便被一個丫頭拖到上邊屋裡去，把頭伏到母親腿上，一會兒就睡著了。

這一夜中城裡、城外發生的事我全不清楚。等到我照常醒來時，只見全家中早已起身，各個人皆臉兒白白的，在那裡悄悄地說些什麼。大家問我昨夜聽到什麼沒有，我只是搖頭。我家中似乎少了幾個人，數了一下，幾個叔叔全不見了，男的只我爸爸一個人，坐在正屋他那唯一專用的太師椅上，低下頭來一句話不說。

我記起了殺仗的事情，我問他：「爸爸，爸爸，你究竟殺過仗了沒有？」

「小東西，莫亂說，夜來我們殺敗了！全軍人馬覆滅，死了上千人！」

正說著，高個兒叔父從外面回來了，滿頭是汗，結結巴巴地說：「衙門從城邊已經抬回了四百一十個人頭、一大串耳朵、七架雲梯、一些刀、一些別的東西。對河還殺得更多，燒了七處房子，現在還不許人上城去看。」

爸爸聽說有四百個人頭，就向叔父說：「你快去看看，躲韓在裡邊沒有。趕快去，趕快去。」躲韓就是我那紫色臉膛的表兄，我明白他昨天晚上也在城外殺仗後，心中十分關切。

聽說衙門口有那麼多人頭，還有一大串人耳朵，正與我爸爸平時為我說到的殺長毛故事相合，我又興奮又害怕，興奮得簡直不知道怎麼辦。

洗過了臉，我方走出房門，看看天氣陰陰的，像要落雨的神氣，一切皆很黯淡。街口平常這時照例可以聽到賣糕人的聲音，以及各種別的叫賣聲音，今天卻異常清靜，似乎過年一樣。

我想得到一個機會出去看看，我最關心的是那些我從不曾摸過的人頭。一會兒，我的機會便來了。長身四叔跑回來告我爸爸，人頭裡沒有躲韓的頭。

且說衙門口人多著，街上鋪子都已奉命開了門，張家二老爺也上街看熱鬧了。對門張家二老爺原是暗中和革命黨有聯繫的本地紳士之一。

因此我爸爸便問我：「小東西，怕不怕人頭，不怕就同我出去。」

「不怕，我想看看！」於是我就在道尹衙門口平地上看到了一大堆骯髒血污人頭，還有衙門口鹿角上、轅門上，也無處不是人頭。從城邊取回的幾架雲梯，全用新毛竹做成（就是把一些新從山中砍來的竹子，橫橫地貫了許多木棍），雲梯木棍上也懸掛許多人頭。

看到這些東西我實在稀奇，我不明白為什麼要殺那麼多人，我不明白這些人因什麼事就被把頭割下。我隨後又發現了那一串耳朵，那麼一串東西，一生真再也不容易見到過的古怪東西！

叔父問我：「小東西，你怕不怕？」

我回答得極好，我說：「不怕。」

我原先已聽了多少殺仗的故事，總說是人頭如山，血流成河，看戲時也總說是千軍萬馬分個勝敗，卻除了從戲臺上，間或演奏瓊哭頭時❶，可看到一個木人頭放在朱紅盤子裡托著舞來舞去，此外就不曾看到過一次真的殺仗砍下什麼人頭。現在卻有那麼一大堆血淋淋的，從人頸脖上砍下的東西。

我並不怕，可不明白為什麼這些人就讓兵士砍他們，有點疑心，以為這一定有了錯誤。為什麼他們被砍？砍他們的人又為什麼？心中許多疑問，回到家中時問爸爸，爸爸只說這是造反打了敗仗，也不能給我一個滿意的答覆。我當時以為爸爸那麼偉大的人，天上、地下知道不知多少事，居然也不明白這件事，倒真覺得奇怪。

到現在我才明白這事永遠在世界上不缺少，可是誰也不能夠給小孩子一個最得體的回答。這革命原是城中紳士早已知道，用來對付鎮筸鎮和辰沅永靖兵備道兩個衙門的旗人大官同那些外路商人，攻城以前先就約好了的。但臨時卻因軍隊方面談的條件不妥，誤了大事。

革命算已失敗了，殺戮還只是剛在開始。

城防軍把防務佈置周密妥當後，就分頭派兵下苗鄉去捉人，捉來的人只問問一句、兩句話，就牽出城外去砍掉。

平常殺人照例應當在西門外，現在造反的人既從北門來，因此應殺的人也就放在北門河灘上殺戮。

當初每天必殺一百左右，每次殺五十個人時，行刑兵士還只是二十一個人，看熱鬧的也不過三十左右。有時衣也不剝，繩子也不捆縛，就那麼跟著趕去的。常常有被殺的站得稍遠一點，兵士以為是看熱鬧的人就忘掉走去。被殺的差不多全從苗鄉捉來，糊糊塗塗不知道是些什麼事，因此還有一直到了河灘被人吼著跪下時，才明白行將有什麼新事，方大聲哭喊，驚惶亂跑，劊子手隨即趕上前去那麼一陣亂刀砍翻的。

這愚蠢殘酷的殺戮繼續了約一個月，才漸漸減少下來。或者因為天氣既很嚴冷，不必擔心到它的腐爛，埋不及時就不埋，或者又因為還另外有一種示眾意思，河灘的屍首總常常躺下四、五百。

到後人太多了，仿佛凡是西北苗鄉捉來的人都得殺頭，衙門方面把文書稟告到撫臺時大致說的就是苗人造反，因此照規矩還得剿平這一片地面上的人民。捉來的人一多，被殺的頭腦簡單異常，無法自脫，但殺人那一方面知道下面消息多些，卻有點寒了心。

幾個本地有力的紳士，也就是暗地裡同城外人溝通卻不為官方知道的人，便一同向道臺請求有一個限制。

經過一番選擇，該殺的殺，該放的放。每天捉來的人既有一百、兩百，差不多全是苗鄉的農民，既不能全部開釋，也不應全部殺頭，因此選擇的手續，便委託了本地人民所敬信的天王。

把犯人牽到天王廟大殿前院坪裡，在神前擲竹筊，一仰一覆的順筊，開釋；雙仰的陽筊，開釋；雙覆的陰筊，殺頭。生死取決於一擲，應死的，自己向左走去；該活的，自己向右走去。一個人在一分賭博上既占去便宜四分之三，因此應死的誰也不說話，就低下頭走去。

我那時已經可以自由出門，一有機會就常常到城頭上去看對河殺頭。每當人已殺過趕不及看那一砍時，便與其他小孩比賽眼力，一、二、三、四屈指計數那一片死屍的數目。或者又跟隨了犯人，到天王廟看他們擲筊。看那些鄉下人，如何閉了眼睛把手中一副竹筊用力拋去，有些人到已應當開釋時還不敢睜開眼睛。

又看著些雖應死去，還想念到家中小孩與小牛、豬、羊的，那份頹喪、那份對神埋怨的神情，真使我永遠忘不了，也影響到我一生對於濫用權力的特別厭惡。

我剛好知道人生時，我知道的原來就是這些事情。

第二年三月，本地革命成功了，各處懸上白旗，寫個「漢」字，小城中官兵算是對革命軍投了降。

革命反正的兵士結隊成排在街上巡遊，外來鎮守使、道尹、知縣，已表示願意走路，地方一切皆由紳士出面來維持，並在大會上進行民主選舉，我爸爸便即刻成為當地要人了。那時節我哥哥、弟弟同兩個姐姐，全從苗鄉接回來了。家中無數鄉下軍人來來往往，院子中坐滿了人。在一群陌生人中，我發現了那個紫黑臉膛的表哥。他並沒有死去，背了一把單刀，朱紅牛皮的刀鞘上描著金黃色雙龍搶寶的花紋。

他正在同別人說那一夜撲近城邊爬城的情形。

我悄悄地告訴他：「我過天王廟看犯人擲筊，想知道犯人中有沒有你，可見不著。」

那表哥說：「他們手短了些，捉不著我。現在應當我來打他們了。」

當天全城人過天王廟開會時，我爸爸正在臺上演說，那表哥當真就爬上臺去重重地打了縣太爺一個嘴巴，使得臺上、臺下都笑鬧不已，演說也無法繼續。

革命使我家中也起了變化。不多久，爸爸和一個姓吳的競選去長沙會議代表失敗，心中十分不平，賭氣出門往北京去了。和本地闞祝明同去，住楊梅竹斜街酉西會館，組織了個鐵血團，謀刺袁世凱，被偵探發現，闞被捕，當時槍決。

我父親因看老譚的戲，有熟人通知，即逃出關，在熱河都統姜桂題、米振標處隱匿（因為相熟）❷，後改名換姓，在赤峰、建平等縣做科長多年，袁死後才和家裡通信。

只記到藉人手寫信來典田還帳。

到後家中就破產了。

父親的還湘，還是我哥哥出關萬里尋親接回的。哥哥會為人畫像，藉此謀生，東北各省都跑過，最後才在赤峰找到了父親。

爸爸這一去，直到十二年後，當我從湘邊卜行時，在辰州地方又見過他一面，從此以後便再也見不著了。

我爸爸在競選失敗離開家鄉那一年，我最小的一個九妹，剛好出世三個月。

革命後地方不同了一點，綠營制度沒有改變多少，屯田制度也沒有改變多少。

地方有軍役的，依然各因等級不同，按月由本人或家中人到營上去領取食糧與碎銀。守兵當值的，到時照常上衙門聽候差遣，兵馬仍照舊把馬養在家中。衙門前鐘鼓樓每到晚上仍有三、五個吹鼓手奏樂。

但防軍組織分配稍微不同了；軍隊所用器械不同了；地方官長不同了——縣知事換了本地人，鎮守使也換了本地人。

當兵的每個家中大門邊釘了一小牌，載明一切，且各因兵役不同，木牌種類也完全不同。道尹衙門前站在香案旁宣講聖諭的秀才已不見了。

但革命印象在我記憶中不能忘記的，卻只是關於殺戮那幾千無辜農民的、幾幅顏色鮮明的圖畫。

民三左右，地方新式小學成立。

民四，我進了新式小學。

民六夏，我便離開了家鄉，在沅水流域十三縣開始過流蕩生活，接受另一種人生教育了。

《註釋》

❶ 秦瓊哭頭：唐代開國將領秦瓊曾受唐初猛將單通之恩，後單通被斬首，秦瓊悲痛萬分。此則故事後常被寫進小說、編成劇本。

❷ 都統：古代武官名，清代以後常置，中華民國北洋政府時期沿用。

我上許多課仍然不放下那一本大書

我改進了新式小學後，學校不背誦經書、不隨便打人，同時也不必成天坐在桌邊。每天不只可以在小院子中玩，互相扭打，先生見及，也不加以約束。七天照例又還有一天放假，因此我不必再逃學了，可是在那學校照例也就什麼都不曾學到。每天上課時照例上上，下課時就遵照大的學生指揮，找尋大小相等的人，到操坪中去打架。一出門就是城牆，我們便想法爬上城去，看城外對河的景致。

上學、散學時，便如同往常一樣，常常繞了多遠的路，去城外邊街上看看那些木工手藝人新雕的佛像貼了多少金；看看那些鑄鐵犁的人一共出了多少新貨；或者什麼人家孵了小雞，也常常不管遠近必跑去看看。

一到星期日，我在家中寫了十六個大字後，就一溜出門，一直到晚方回家中。

半年後家中母親相信了一個親戚的建議，以為應從城內第二初級小學換到城外第一小學，這件事實行後更使我方便快樂。

新學校臨近高山，校屋前後各處是樹，同學又多，當然十分有趣。到這學校我仍然什麼也不學得，生字也沒認識多少，可是我倒學會了爬樹。幾個人一下課，就在校後山邊各自揀選一株合抱大梧桐樹，看誰先爬到頂。

我從這方面便認識約三十種樹木的名稱。

因為爬樹有時跌下或扭傷了腳、刺破了手，就跟同學去採藥，又認識了十來種草藥。我開始學會了釣魚，總是上半天學，釣半天魚。我學會了採筍子、摘蕨菜。後山上，到春天各處是野蘭花，各處是可以充饑解渴的刺莓。在竹篁裡且有無數雀鳥，我便跟他們認識了許多雀鳥，且認識許多野果樹。

去後山約一里左右，又有一個制瓷器的大窯，我們便常常過那裡去看工人製造一切瓷器，看一塊白泥在各樣手續下如何就變成為一個飯碗，或一件別種用具的生產過程。

學校環境使我們在校外所學的實在比校內課堂上多十倍，但在學校也學會了一件事，便是各人用刀在座位板下鐫雕自己的名字。

又因為學校有做手工的白泥，我們就用白泥摹塑教員的肖像，且各為取一怪名：綿羊、耗子、老土地菩薩，還有更古怪的稱呼，總之隨心所欲。

在這些事情上，我的成績照例比學校功課好一點，但自然不能得到任何獎勵。學校已禁止體罰，可是記過罰站還在執行。照情形看來，我已不必逃學，但學校既不嚴格，四個教員恰恰又有我兩個表哥在內，想要到什麼地方去時，我便請假——看戲請假，釣魚請假，甚至幾個人到三里外田坪中去看人割禾、捉蚱蜢，也向老師請假。

至於教師本人，一下課就玩麻雀牌，久成習慣，當時麻雀牌是新事物，所以教師會玩並不以為是壞事情。

那時我家中每年還可收取租穀三百石左右❶，三個叔父、二個姑母占兩分，我家占一分。到秋收時，我便同叔父或其他年長親戚，往二十里外的鄉下去，督促佃夫和一些臨時雇來的工人割禾。

等到田中成熟禾穗已空，新穀裝滿白木淺緣方桶時，便把新穀傾倒到大曬穀簟上來，與佃夫平分。其一半應歸佃夫所有的，由他們去處置，我們把我家應得那一半，雇人押運回家。在那裡最有趣處是可以辨別各種禾苗，認識各種害蟲，學習捕捉蚱蜢、分別蚱蜢。同時學用雞籠去罩捕水田中的肥大鯉魚、鯽魚，把魚捉來即用黃泥包好，塞到熱灰裡去煨熟分吃。

又向佃戶家討小小鬥雞，且認識種類，準備帶回家來，抱到街上去尋找別人同等大小公雞作戰。

又從農家小孩處學習抽稻草心織小簍、小籃，剝桐木皮做捲筒哨子，用小竹子做嗩吶。有時捉得一個刺蝟，有時打死一條大蛇，又有時還可跟叔父讓佃戶帶到山中去，把雉媒拋出去❷，吹呼哨招引野雉。鳥槍裡裝上一把散碎鐵砂和黑色土藥，獵取這華麗驕傲的禽鳥。為了打獵，秋末冬初我們還常常去佃戶家，看他們下圍，跟著他們亂跑。

我最歡喜的是獵取野豬同黃麂。有一次還被他們捆縛在一株大樹高枝上，看他們把受驚的黃麂從樹下追趕過去。我又看過獵狐，眼看著一對狡猾野獸在一株大樹根下轉，到後這東西便變成了我叔父的馬褂。

學校既然不必按時上課，其餘的時間我們還得想出幾件事情來消磨，到下午三點才能散學。幾個人爬上城去，坐在大銅炮上看城外風光，一面拾些石頭奮力向河中擲去，這是一個辦法。另外就是到操場一角砂地上去拿頂翻筋斗，每個人輪流來做這件事，不溜刷的便仿照技術班辦法❸，在那人腰身上縛一條帶子，兩個人各拉一端，翻筋斗時用力一抬，日子一多，便無人不會翻筋斗了。

因為學校有幾個鄉下來的同學，身體壯大異常，便有人想出好主意。提議要這些鄉下孩子裝馬，讓較小的同學跨到馬背上去，同另一匹馬上另一員勇將來作戰，在上面扭成一團，直到跌下地後為止。

這些做馬匹的同學，總照例非常忠厚可靠，在任何情形下皆不卸責。作戰總有受傷的，不拘誰人頭面有時流血了，就抓一把黃土，將傷口敷上，全不在乎似的。

我常常設計把這些人馬調度得十分如法，他們服從我的編排，比一匹真馬還馴服規矩。放學時天氣若還早一些，幾個人不是上城去坐坐，就常常沿了城牆走去。

有時節出城去看看，有誰的柴船無人照料，看明白了這隻船的的確確無人時，幾人就匆忙跳上了船，很快地向河中心划去。等一會兒那船主人來時，若在岸上和和氣氣地說：「兄弟，兄弟，你們快把船划回來，我得回家！」遇到這種和平講道理人時，我們也總得十分和氣把船划回來，各自跳上了岸，讓人家上船回家。

若那人性格暴躁點，一見自己小船為一群胡鬧小將把它送到河中打著圈兒轉，心中十分憤怒，大聲地喊罵，說出許多恐嚇無理的野話。那我們便一面回罵著，一面快快地把船向下游流去，盡他叫罵也不管他。到下游時幾個人上了岸，就讓這船擱在河灘上不再理會了。

有時剛上船坐定，即刻便被船主人趕來，那就得擔當一分兒驚險了。船主照例知道我們受不了什麼簸蕩，搶上船頭，把身體故意向左右連續傾側不已。因此小船就在水面胡亂顛簸，一個無經驗的孩子擔心會掉到水中去，必驚駭得大哭不已。

但有了經驗的人呢，你估計一下，先看看是不是逃得上岸。若已無可逃避，那就好好地坐在船中，盡那鄉下人的磨練，拼一身衣服給水濕透。你不慌不忙，只穩穩地坐在船中，不必作聲告饒，也不必惡聲相罵。過一會兒那鄉下人看看你膽量不小，知道用這方法嚇不了你，他就會讓你明白他的行為不過是一種帶惡意的玩笑。這玩笑到時應當結束了，必把手叉上腰邊，向你微笑，抱歉似的微笑：「少爺，夠了，請你上岸！」於是幾個人便上岸了。

有時不湊巧，我們也會被人用小槳、竹篙一路追趕著打我們，還一路罵我們。只要逃走遠一點點，用什麼話罵來，我們照例也就用什麼話罵回去，追來時我們又很快地跑去。

那河裡有鱖魚，有鯽魚，有小鯰魚，釣魚的人多向上游一點走去。隔河是一片苗人的菜園，不漲水，從跳石上過河，到菜園裡去看花、買菜心吃的次數也很多。河灘上各處曬滿了白布同青菜，每天還有許多婦人背了竹籠來洗衣，用木棒杵在流水中捶打，訇訇地從北城牆腳下應出回聲❹。

天熱時，到下午四點以後，滿河中都是赤光光的身體。有些軍人好事愛玩，還把小孩子、戰馬、看家的狗同一群鴨雛，全部都帶到河中來；有些人父子數人同來。大家皆在激流清水中游泳。

不會游泳的便把褲子泡濕，紮緊了褲管，向水中急急地一兜，捕捉了滿滿的一褲空氣，再用帶子捆好，便成了極合用的水馬。有了這東西，即或全不會漂浮的人，也能很勇敢地向水深處泅去。到這種人多的地方，照例不會出事故、被水淹死的，一出了什麼事，大家皆很勇敢地救人。

我們洗澡可常常到上游一點去，那裡人既很少，水又極深，對我們才算合適。這件事自然得瞞著家中人，家中照例總為我擔憂，唯恐一不小心就會為水淹死。

每天下午既無法禁止我出去玩，又知道下午我不會到米廠上去同人賭骰子，那位對於管拘我、偵察我十分負責的大哥，照例一到飯後我出門不久，他也總得到城外河邊一趟。人多時不能從人叢中發現我，就沿河去找尋我的衣服，在每一堆衣服上來一分注意。一見到了我的衣服，一句話不說，就拿起來走去，遠遠地坐到大路上，等候我要穿衣時來同他會面。衣褲既然在他手上，我不能不見他了。到後只好走上岸來，從他手上把衣服取到手，兩人沉沉默默地回家。

回去不必說什麼，只準備一頓打。可是經過兩次教訓後，我即或仍然在河中洗澡，也就不至於再被家中人發現了。我可以搬些石頭把衣服壓著，只要一看到他從城門洞邊大路走來時，必有人告給我。我就快快地泅到河中去，向天仰臥，把全身泡在水中，只露出一張臉一個鼻孔來，盡岸上那一個搜索也不會得到什麼結果。有些人常常同我在一處，哥哥認得他們，看到了他們時，就喚他們：「熊澧南，印鑒遠，你見我兄弟老二嗎？」

那些同學便故意大聲答著：「我們不知道，你不看看衣服嗎？」

「你們不正是成天在一堆胡鬧嗎？」

「是呀！可是現在誰知道他在哪一片天底下？」

「他不在河裡嗎？」

「你不看看衣服嗎?不數數我們的人數嗎?」

這好人便各處望望，果然不見到我的衣褲，相信我那朋友的答覆不是句謊話，於是站在河邊欣賞了一陣河中景致，又彎下腰拾起兩個放光的貝殼，用他那雙常若含淚發愁的藝術家眼睛賞鑒了一下，或坐下來取出速寫簿，隨意畫兩張河景的素描，口上「噓噓」打著呼哨，又向原來那條路上走去了。

等他走去以後，我們便來模仿我這個可憐的哥哥，互相反復著前後那種答問——「熊澧南，印鑒遠，看見我兄弟嗎?」

「不知道，不知道，你自己不看看這裡一共有多少衣服嗎?」

「你們成天在一堆!是呀!成天在一堆，可是誰知道他現在到哪兒去了呢?」

於是互相澆起水來，直到另一個逃走方能完事。

有時這好人明知道我在河中，當時雖無法擒捉，回頭卻常常隱藏在城門邊，坐在賣蕎粑的苗婦人小茅棚裡❺，很有耐心地等待著，等到我十分高興地從大路上同幾個朋友走近身時，他便風快地同一隻公貓一樣，從那小棚中躍出，一把攫住了我衣領。

於是同行的朋友就大嚷大笑，伴送我到家門口，才自行散去。不過這種事也只有三、兩次，我從經驗上既知道這一著棋時，進城時便常常故意慢一陣，有時且繞了極遠的東門回去。

我人既長大了些，權利自然也多些了，在生活方面，我的權利便是即或家中明知我下河洗了澡，只要不是當面被捉，家中可不能用爬搔皮膚方法決定我的應否受罰了❻。

同時我的游泳自然也進步多了，我記到我能在河中來去泅過三次，至於那個名叫熊澧南的，卻大約能泅過五次。

下河的事若在平常日子，多半是三點晚飯以後才去。如遇星期日，則常常幾人先一天就邀好，過河上游一點棺材潭的地方去，泡一個整天，泅一陣水又摸一會兒魚，把魚從水中石底捉得，就用枯枝在河灘上燒來當點心。

有時那一天正當附近十里長寧哨苗鄉場集，就空了兩隻手跑到那地方去，玩一個半天。到了場上後，過賣牛處看看他們討論價錢、盟神發誓的樣子；又過賣豬處，看看那些大豬、小豬，查看牠，把後腳提起時，必銳聲呼喊；又到賭場上，去看看那些鄉下人一隻手抖抖地下注，替別人擔一陣心；又到賣山貨處去，用手摸摸那些豹子、老虎的皮毛，且聽聽他們談到獵取這野物的種種危險經驗；又到賣雞處去，欣賞欣賞那些大雞、小雞，我們皆知道什麼雞戰鬥時厲害，什麼雞生蛋極多。

我們且各自把那些鬥雞毛色記下來，因為這些雞照例當天全將為城中來的兵士和商人買去，五天以後就會在城中鬥雞場出現。

我們間或還可在敞坪中看苗人決鬥❼，用扁擔或雙刀互相拼命。小河邊到了場期，照例來了無數小船和竹筏，竹筏上且常常有長眉秀目臉兒、極白奶頭高腫的青年苗族女人，用繡花大衣袖掩著口笑，使人看來十分舒服。

我們來回走二、三十里路，各個人兩隻手既是空空的，因此在場上什麼也不能吃；間或誰一個人身上有一、兩枚銅元，就到賣狗肉攤邊割一塊狗肉，蘸些鹽水，平均分來吃吃；或者無意中誰一個人在人叢中碰著了一位親長，被問道：「吃過點心嗎？」大家正餓著，互相望了會兒，羞羞怯怯地一笑。那人知道情形了，便道：「這成嗎？不喝一杯還算趕場嗎？」到後自然就被拉到狗肉攤邊去，切一斤、兩斤肥狗肉，分割成幾大塊，各人來那麼一塊，蘸了鹽水往嘴上送。

機會不好，不曾碰到這麼一個慷慨的親戚，我們也依然不會癟了肚皮回家❽。沿路有無數人家的桃樹、李樹，果實全把樹枝壓得彎彎的，等待我們去為它們減除一分負擔。還有多少黃泥田裡，紅蘿蔔大得如小豬頭，沒有我們去吃它、讚美它，便始終委屈在那深土裡！

除此以外路塍上無處不是莓類同野生櫻桃；大道旁無處不是甜滋滋的地枇杷；無處不可得到充饑果腹的山果野莓；口渴時無處不可以隨意低下頭去喝水。至於茶油樹上長的茶莓，則常年四季都可以隨意採吃，不犯任何忌諱。

即或任何東西沒得吃，我們還是十分高興，就為的是鄉場中那一派空氣、一陣聲音、一分顏色，以及在每一處、每一項生意人身上發出那一股臭味，就夠使我們覺得滿意，我們用各樣官能吃了那麼多東西❾，即使不再用口來吃喝也很夠了。

到場上去我們還可以看各樣水碾、水碓並各種形式的水車。我們必得經過好幾個榨油坊，遠遠地就可以聽到油坊中打油人唱歌的聲音。

一過油坊時便跑進去，看看那些堆積如山的桐子，經過些什麼手續才能出油。

我們只要稍稍繞一點路，還可以從一個造紙工作場過身，在那裡可以看他們利用水力搗碎稻草同竹篠❿，用細篾簾子舀取紙漿做紙。

我們又必須從一些造船的河灘上過身，有萬千機會看到那些造船工匠在太陽下安置一隻小船的龍骨，或把粗麻頭同桐油石灰嵌進縫罅裡補治舊船。

總而言之，這樣玩一次，就只一次，也似乎比讀半年書還有益處。若把一本好書同這種好地方盡我揀選一種，直到如今，我還覺得不必看這本弄虛作偽、千篇一律用文字寫成的小書，卻應當去讀那本色香俱備、內容充實、用人事寫成的大書。

我不明白我為什麼就學會了賭骰子，大約還是因為每早上買菜，總可剩下三、五個小錢，讓我有機會傍近用骰子賭輸贏的糕類攤子。

起始當三、五個人蹲到那些戲樓下，把三粒骰子，或四粒骰子，或六粒骰子抓到手中，奮力向大土碗擲去，跟著它的變化喊出種種專門名詞時，我真忘了自己，也忘了一切。那富於變化的六骰子賭、七十二種「快」、「臭」，一眼間我皆能很得體地喊出它的得失，誰也不能在我面前占去便宜，誰也騙不了我。

自從精明這一項玩意兒以後，我家裡這一早上若派我出去買菜，我就把買菜的錢去作注，同一群小無賴在一個有天棚的米廠上玩骰子。贏了錢自然全部買東西吃，若不湊巧全輸掉時，就跑回來悄悄地進門找尋外祖母，從她手中把買菜的錢得到。

但這是件相當冒險的事，家中知道後可得痛打一頓。因此賭雖然賭，經常總只下一個銅子的注，贏了拿錢走去，輸了也不再來，把菜少買一些，總可敷衍下去。

由於賭術精明我不大擔心輸贏，我倒最希望玩個半天結果無輸無贏，我所擔心的只是正玩得十分高興，忽然後領一下子為一隻強硬有力的瘦手攫定⑪，一個啞啞的聲音在我耳邊響著：「這一下捉到你了！這一下捉到你了！」先是一驚，想掙扎可不成。

既然捉定了，不必回頭，我就明白我被誰捉住，且不必猜想，我就知道我回家去應受些什麼款待，於是提了菜籃讓這個仿佛生下來給我作對的人把我揪回去。這樣過街可真無臉面，因此不是請求他放和平點，抓著我一隻手，總是趁他不注意的情形下，忽然掙脫，先行跑回家去，準備他回來時受罰。每次在這件事上我受的處罰都似乎略略過分了些，總是被一條繡花的白綢腰帶縛定兩手，繫在空穀倉裡，用鞭子打幾十下，上半天不許吃飯，或是整天不許吃飯。親戚中看到覺得十分可憐，多以為哥哥不應當這樣虐待弟弟，但這樣不顧臉面地去同一些乞丐賭博，給了家中多少氣慪⑫，我是不理解的。

我從那方面學會了不少下流野話和賭博術語，在親戚中身分似乎也就低了些。只是當十五年後，我能夠用我各方面的經驗寫點故事時，這些粗話野話，卻給了我許多幫助，增加了故事中人物的色彩和生命。

革命後本地設了女學校，我兩個姐姐一同被送過女學校讀書。我那時也歡喜過女學校去玩，就因為那地方有些新奇的東西。

學校外邊一點，有個做小鞭炮的作坊，從起始用一根細鋼條，捲上了紙，送到木機上一搓，「吱」的一聲就成了空心的小管子，再如何經過些什麼手續，便成了燃放時「吧」的一聲的小爆仗⑬，被我看得十分熟悉。

我藉故去瞧姐姐時，總在那裡看他們工作一會兒。

我還可看他們烘焙火藥，碓舂木炭⑭，篩硫磺，配合火藥的原料，因此明白制焰火用的藥同制爆仗用的藥，硫磺的分配分量如何不同，這些知識遠比學校讀的課本有用。

一到女學校時，我必跑到長廊下去，欣賞那些平時不易見到的織布機器。那些大小不一鋼齒輪互相銜接，一動它時全部都轉動起來，且發出一種異樣、陌生的聲音，聽來我總十分歡喜。

我平時是個怕鬼的人，但為了欣賞這機器，黃昏中我還敢在那兒逗留，直到她們大聲呼喊各處找尋時，我才從廊下跑出。

當我轉入高小那年，正是民國五年，我們那地方為了上年受蔡鍔討袁戰事的刺激[15]，感覺軍隊非改革不能自存，因此本地鎮守署方面，設了一個軍官團。前為道尹，後改成苗防屯務處方面，也設了一個將弁學校[16]。另外還有一個教練兵士的學兵營、一個教導隊。

小小的城裡多了四個軍事學校，一切都用較新方式訓練，地方因此氣象一新。由於常常可以見到這類青年學生結隊成排在街上走過，本地的小孩，以及一些小商人，都覺得學軍事較有意思、有出息。

有人與軍官團一個教官做鄰居的，要他在飯後課餘教教小孩子，先在大街上操練，到後卻借了附近由皇殿改成的軍官團操場使用，不上半月便招集了一百人左右。有同學在裡面受過訓練來的，精神比起別人來特別強悍，顯明不同於一般同學。我們覺得奇怪。

這同學就告我們一切，且問我願不願意去。並告我到裡面後，每兩月可以考選一次，配吃一份口糧，作守兵、戰兵的就可以補上名額當兵。在我生長那個地方，當兵不是恥辱，多久以來，文人只出了個翰林——即熊希齡、兩個進士、四個拔貢⑰。至於武人，隨同曾國荃打入南京城的就出了四名提督軍門⑱，後來從日本士官學校出來的朱湘溪，還做蔡鍔的參謀長。出身保定軍官團的，且有一大堆，在湘西十三縣似占第一位。

本地的光榮原本是從過去無數男子的勇敢流血搏來的。誰都希望當兵，因為這是年輕人一條出路，也正是年輕人唯一的出路。

同學說及進技術班時，我就答應試來問問我的母親，看看母親的意見，這將軍的後人，是不是仍然得從步卒出身。

那時節我哥哥已過熱河找尋父親去了，我因不受拘束，生活既日益放肆，不易教管。母親正想不出處置我的好方法，因此一來，將軍後人就決定去做兵役的候補者了。

註釋

❶ 租穀：佃戶依規定從收成作物中付給地主的米。
❷ 雉媒：人馴養的雉，用來招引野雉。
❸ 溜刷：湖北方言，指動作明快、熟練。
❹ 訇訇：大聲的樣子。

❺蕎粑：即「蕎麥餅」。
❻爬搔：用指甲輕抓。
❼敞坪：寬敞的場地。
❽癟：凹下去、不飽滿的。
❾官能：器官的感覺機能。
❿竹篠：細竹枝條。
⓫攫：強力地抓住。
⓬慪：使人生氣。
⓭爆仗：用紙捲裹火藥做成的鞭炮。
⓮碓舂：指搗碎。碓：舂米的用具。舂：把穀物以杵臼搗去皮殼。
⓯蔡鍔討袁：蔡鍔為清末民初政治家、軍事家，曾響應辛亥革命，後來發動反對袁世凱恢復帝制的護國戰爭，以維護憲政。
⓰將弁學校：即「軍事學校」。將弁為武官所戴的帽子，亦作為武職的通稱。
⓱拔貢：清代因文行兼優，而被選拔入京師的秀才，稱為「拔貢生」。
⓲曾國荃：清朝湘軍將領。

《邊城》

一

由四川過湖南去，靠東有一條官路。這官路將近湘西邊境到了一個地方名為「茶峒」的小山城時，有一小溪，溪邊有座白色小塔，塔下住了一戶單獨的人家。這人家只一個老人、一個女孩子、一隻黃狗。

小溪流下去，繞山岨流，約三里便匯入茶峒的大河。人若過溪，越小山走去，則只一里路就到了茶峒城邊。溪流如弓背，山路如弓弦，故遠近有了小小差異。小溪寬約二十丈，河床為大片石頭作成。靜靜的水即或深到一篙不能落底[1]，卻依然清澈透明，河中游魚來去皆可以計數。

小溪既為川湘來往孔道，水常有漲落，限於財力不能搭橋，就安排了一隻方頭渡船。這渡船一次連人帶馬，約可以載二十位搭客過河，人數多時則反復來去。渡船頭豎了一枝小小竹竿，掛著一個可以活動的鐵環，溪岸兩端水槽牽了一段廢纜，有人過渡時，把鐵環掛在廢纜上，船上人就引手攀緣那條纜索，慢慢地牽船過對岸去。

船將攏岸了，管理這渡船的，一面口中嚷著：「慢點！慢點！」自己霍地躍上了岸，拉著鐵環，於是人貨牛馬全上了岸，翻過小山不見了。

渡頭為公家所有，故過渡人不必出錢。有人心中不安，抓了一把錢擲到船板上時，管渡船的必為一一拾起，依然塞到那人手心裡去，儼然吵嘴時的認真神氣：「我有了口糧、三斗米、七百錢，夠了。誰要這個！」但不成，凡事求個心安理得，出氣力不受酬誰好意思，不管如何還是有人把錢的。

管船人卻情不過，也為了心安起見，便把這些錢託人到茶峒去買茶葉和草煙，將茶峒出產的上等草煙，一紮一紮掛在自己腰帶邊，過渡的誰需要這東西必慷慨奉贈。有時從神氣上估計那遠路人對於身邊草煙引起了相當的注意時，便把一小束草煙紮到那人包袱上去，一面說：「不吸這個嗎？這好的，這妙的，味道蠻好，送人也合式❷！」茶葉則在六月裡放進大缸裡去，用開水泡好，給過路人解渴。

管理這渡船的，就是住在塔下的那個老人，活了七十年，從二十歲起便守在這小溪邊，五十年來不知把船來去渡了若干人。年紀雖那麼老了，本來應當休息了，但天不許他休息，他仿佛不能夠同這一份生活離開。他從不思索自己的職務對於本人的意義，只是靜靜地、很忠實地在那裡活下去。代替了天，使他在日頭升起時，感到生活的力量；當日頭落下時，又不至於思量與日頭同時死去的，是那個伴在他身旁的女孩子。

他唯一的朋友為一隻渡船與一隻黃狗，唯一的親人便只那個女孩子。女孩子的母親——老船夫的獨生女，十五年前同一個茶峒軍人，很秘密地背著那忠厚爸爸發生了曖昧關係。有了小孩子後，這屯戍軍士便想約了她一同向下游逃去。但從逃走的行為上看來，一個違悖了軍人的責任，一個卻必得離開孤獨的父親。經過一番考慮後，軍人見她無遠走勇氣，自己也不便毀去作軍人的名譽，就心想：「一同去生，既無法聚首；一同去死，當無人可以阻攔。」首先服了毒。女的卻關心腹中的一塊肉，不忍心，拿不出主張。

事情業已為作渡船夫的父親知道，父親卻不加上一個有分量的字眼兒，只作為並不聽到過這事情一樣，仍然把日子很平靜地過下去。女兒一面懷了羞慚，一面卻懷了憐憫，仍守在父親身邊，待到腹中小孩生下後，卻到溪邊吃了許多冷水死去了。

在一種近於奇跡中，這遺孤居然已長大成人，一轉眼間便十三歲了。為了住處兩山多篁竹，翠色逼人而來，老船夫隨便為這可憐的孤雛，拾取了一個近身的名字，叫作「翠翠」。

翠翠在風日裡長養著，把皮膚變得黑黑的，觸目為青山綠水，一對眸子清明如水晶。自然既長養她且教育她。為人天真活潑，處處儼然如一隻小獸物；人又那麼乖，如山頭黃麂一樣。從不想到殘忍事情；從不發愁；從不動氣。

平時在渡船上遇陌生人對她有所注意時，便把光光的眼睛瞅著那陌生人，做成隨時皆可舉步逃入深山的神氣。但明白了人無機心後，就又從從容容地在水邊玩耍了。

老船夫不論晴雨，必守在船頭。有人過渡時，便略彎著腰，兩手緣引了竹纜，把船橫渡過小溪。有時疲倦了，躺在臨溪大石上睡著了，人在隔岸招手喊過渡，翠翠不讓祖父起身，就跳下船去，很敏捷地替祖父把路人渡過溪。一切皆溜刷在行，從不誤事。

有時又和祖父、黃狗一同在船上，過渡時和祖父一同動手。船將近岸邊，祖父正向客人招呼：「慢點，慢點。」時，那隻黃狗便口銜繩子，最先一躍而上，且儼然懂得如何方為盡職似的，把船繩緊銜著，拖船攏岸。

風日清和的天氣，無人過渡，鎮日長閒，祖父同翠翠便坐在門前大岩石上曬太陽；或把一段木頭從高處向水中拋去，嗾使身邊黃狗自岩石高處躍下❸，把木頭銜回來；或翠翠與黃狗皆張著耳朵，聽祖父說些城中多年以前的戰爭故事；或祖父同翠翠兩人，各把小竹做成的豎笛，逗在嘴邊，吹著迎親送女的曲子。

過渡人來了，老船夫放下了竹管，獨自跟到船邊去，橫溪渡人。在岩上的一個，見船開動時，於是銳聲喊著：「爺爺！爺爺！你聽我吹，你唱！」爺爺到溪中央便很快樂地唱起來，啞啞的聲音同竹管聲振蕩在寂靜空氣裡，溪中仿佛也熱鬧了一些，實則歌聲的來復，反而使一切更寂靜一些了。有時過渡的是從川東過茶峒的小牛，是羊群，是新娘子的花轎，翠翠必爭著作渡船夫，站在船頭，懶懶地攀引纜索，讓船緩緩地過去。牛、羊、花轎上岸後，翠翠必跟著走，站到小山頭，目送這些東西走去很遠了，方回轉船上，把船牽靠近家的岸邊。且獨自低低地學小羊叫著，學母牛叫著，或採一把野花縛在頭上，獨自裝扮新娘子。

茶峒山城只隔渡頭一里路，買油、買鹽時，逢年過節，祖父得喝一杯酒時，祖父不上城，黃狗就伴同翠翠入城裡去備辦東西。到了賣雜貨的鋪子裡，有大把的粉條、大缸的白糖，有炮仗，有紅蠟燭，莫不給翠翠很深的印象，回到祖父身邊，總把這些東西說個半天。

那裡河邊還有許多上行船❹，百十船夫忙著起卸百貨。這種船隻比起渡船來，全大得多，有趣味得多，翠翠也不容易忘記。

註釋

❶ 篙：撐船用的竹竿或木棍。

❷ 合式：滿意、合乎心意，現多作「合適」。

❸ 嗾使：出聲命令。

❹ 上行船：指往河流上游方向行駛的船隻，反之則稱為下行船。

二

茶峒地方憑水依山築城，近山的一面，城牆如一條長蛇，緣山爬去；臨水一面則在城外河邊留出餘地設碼頭，灣泊小小篷船。船下行時運桐油、青鹽、染色的棓子；上行則運棉花、棉紗，以及布匹、雜貨同海味。

貫串各個碼頭有一條河街，人家房子多一半著陸，一半在水，因為餘地有限，那些房子莫不設有吊腳樓。河中漲了春水，到水逐漸進街後，河街上人家，便各用長長的梯子，一端搭在屋簷口，一端搭在城牆上，人人皆罵著、嚷著，帶了包袱、鋪蓋、米缸，從梯子上進城裡去，水退時方又從城門口出城。

某一年水若來得特別猛一些，沿河吊腳樓必有一處、兩處為大水沖去，大家皆在城上頭呆望，受損失的也同樣呆望著。對於所受的損失仿佛無話可說，與在自然安排下，眼見其他無可挽救的不幸來時相似。

漲水時在城上還可望著驟然展寬的河面，流水浩浩蕩蕩❶。隨同山水，從上流浮沉而來的有房子、牛、羊、大樹，於是在水勢較緩處，稅關躉船前面❷，便常常有人駕了小舢板，一見河心浮沉而來的是一匹牲畜、一段小木，或一隻空船，船上有一個婦人或一個小孩哭喊的聲音，便急急地把船槳去，在下游一些迎著了那個目的物，把它用長繩繫定，再向岸邊槳去。這些誠實、勇敢的人，也愛利，也仗義，同一般當地人相似，不拘救人、救物，卻同樣在一種愉快冒險行為中，做得十分敏捷勇敢，使人見及不能不為之喝彩。

那條河水便是歷史上知名的「酉水」，新名字叫作「白河」。白河下游到辰州與沅水匯流後，便略顯渾濁，有出山泉水的意思。若溯流而上，則三丈、五丈的深潭皆清澈見底。深潭為白日所映照，河底小小白石子，有花紋的瑪瑙石子，全看得明明白白。水中游魚來去，全如浮在空氣裡。兩岸多高山，山中多可以造紙的細竹，長年做深翠顏色，逼人眼目。

近水人家多在桃、杏花裡，春天時只需注意，凡有桃花處必有人家，凡有人家處必可沽酒；夏天則曬晾在日光下耀目的紫花布衣褲，可以作為人家所在的旗幟；秋、冬來時，房屋在懸崖上的、濱水的，無不朗然入目❸。黃泥的牆、烏黑的瓦，位置則永遠那麼妥貼，且與四圍環境極其調和，使人迎面得到的印象，實在非常愉快。

一個對於詩歌圖畫稍有興味的旅客，在這小河中，蜷伏於一隻小船上，做三十天的旅行，必不至於感到厭煩。正因為處處有奇跡，自然的大膽處與精巧處，無一處不使人神往傾心。

白河的源流，從四川邊境而來，從白河上行的小船，春水發時可以直達川屬的秀山。但屬湖南境界的，則茶峒為最後一個水碼頭。這條河水的河面，在茶峒時雖寬約半里，當秋、冬之際水落時，河床流水處還不到二十丈，其餘只是一灘青石。

小船到此後，既無從上行，故凡川東的進出口貨物，皆由這地方落水起岸。出口貨物俱由腳夫用杉木扁擔壓在肩膊上挑抬而來，入口貨物也莫不從這地方成束、成擔地用人力搬去。這地方城中只駐紮一營，由昔年綠營屯丁改編而成的戍兵，及五百家左右的住戶。（這些住戶中，除了一部分擁有了些山田同油坊，或放賬屯油、屯米、屯棉紗的小資本家外❹，其餘多數皆為當年屯戍來此，有軍籍的人家。）

地方還有個釐金局❺，辦事機關在城外河街下面小廟裡，經常掛著一面長長的幡信❻，局長則住在城中。一營兵士駐紮老參將衙門，除了號兵每天上城吹號玩，使人知道這裡還駐有軍隊以外，其餘兵士皆仿佛並不存在。

冬天的白日裡，到城裡去，便只見各處人家門前皆晾曬有衣服同青菜；紅薯多帶藤，懸掛在屋簷下；用棕衣做成的口袋，裝滿了栗子、榛子和其他硬殼果，也多懸掛在屋簷下。屋角隅各處有大、小雞叫著、玩著。

間或有什麼男子，占據在自己屋前門限上鋸木，或用斧頭劈樹，把劈好的柴堆到敞坪裡去，一座一座如寶塔。又或可以見到幾個中年婦人，穿了漿洗得極硬的藍布衣裳，胸前掛有白布扣花圍裙，躬著腰在日光下，一面說話，一面做事。

一切總永遠那麼靜寂，所有人民每個日子皆在這種單純、寂寞裡過去。一分安靜增加了人對於「人事」的思索力，增加了夢。在這小城中生存的，各人也一定皆各在分定一份日子裡❼，懷了對於人事愛憎必然的期待。但這些人想些什麼？誰知道。

住在城中較高處，門前一站便可以眺望對河以及河中的景致。船來時，遠遠地就從對河灘上看著無數縴夫❽。那些縴夫也有從下游地方，帶了細點心、洋糖之類，攏岸時卻拿進城中來換錢的。船來時，小孩子的想像當在那些拉船人一方面；大人呢，孵一巢小雞，養兩隻豬，託下行船夫打副金耳環，帶兩丈官青布或一壇好醬油、一個雙料的美孚燈罩回來❾，便占去了大部分作主婦的心了。

這小城裡雖那麼安靜和平，但地方既為川東商業交易接頭處，因此城外小小河街，情形卻不同了一點，也有商人落腳的客店、坐鎮不動的理髮館。此外飯店、雜貨鋪、油行、鹽棧、花衣莊，莫不各有一種地位，裝點了這條河街。還有賣船上用的檀木活車、竹纜與罐鍋鋪子，介紹水手職業吃碼頭飯的人家。

小飯店門前長案上，常有煎得焦黃的鯉魚豆腐，身上裝飾了紅辣椒絲，臥在淺口缽頭裡，缽旁大竹筒中插著大把紅筷子。不拘誰個願意花點錢，這人就可以傍了門前長案坐下來，抽出一雙筷子到手上。那邊一個眉毛扯得極細，臉上擦了白粉的婦人就走過來問：「大哥！副爺！要甜酒？要燒酒？」男子火焰高一點的、詣趣的、對內掌櫃有點意思的，必裝成生氣似的說：「吃甜酒？又不是小孩，還問人吃甜酒！」那麼，釅冽的燒酒，從大甕裡用竹筒舀出，倒進土碗裡，即刻就來到身邊案桌上了。

雜貨鋪賣美孚油及點美孚油的洋燈，與香燭紙張；油行屯桐油；鹽棧堆火井出的青鹽；花衣莊則有白棉紗、大布、棉花，以及包頭的黑縐綢出賣[10]。

賣船上用物的，百物羅列，無所不備，且間或有重至百斤以外的鐵錨擱在門外路旁，等候主顧問價的。

專以介紹水手為事業，吃水碼頭飯的，則在河街的家中，終日大門敞開著，常有穿青羽緞馬褂的船主與毛手毛腳的水手進出。地方像茶館，卻不賣茶；不是煙館，又可以抽煙。來到這裡的，雖說所談的是船上生意經，然而船隻的上下，划船、拉縴人大都有一定規矩，不必做數目上的討論，他們來到這裡大多數倒是在「聯歡」。以「龍頭管事」作中心，談論點本地時事、兩省商務上情形，以及下游的「新事」。邀會的，集款時大多數皆在此地扒骰子，看點數多少。輪作會首時，也常常在此舉行。

常常成為他們生意經的，有兩件事——買賣船隻、買賣媳婦。大都市隨了商務發達而產生的某種寄食者，因為商人的需要、水手的需要，這小小邊城的河街，也居然有那麼一群人，聚集在一些有吊腳樓的人家。這種婦人不是從附近鄉下弄來，便是隨同川軍來湘，流落後的婦人，穿了假洋綢的衣服、印花標布的褲子，把眉毛扯得成一條細線，大大的髮髻上敷了香味極濃俗的油類。

白日裡無事，就坐在門口做鞋子，在鞋尖上用紅綠絲線挑繡雙鳳，或為情人水手挑繡花抱兜⓫，一面看過往行人，消磨長日；或靠在臨河窗口上看水手鋪貨，聽水手爬桅子唱歌。到了晚間，則輪流地接待商人同水手，切切實實盡一個妓女應盡的義務。

由於邊地的風俗淳樸，便是作妓女，也永遠那麼渾厚，遇不相熟的人，做生意時得先交錢，再關門撒野；人既相熟後，錢便在可有可無之間了。妓女多靠四川商人維持生活，但恩情所結，則多在水手方面。感情好的，互相咬著嘴唇，咬著頸脖，發了誓，約好了「分手後各人皆不許胡鬧」。四十天或五十天，在船上浮著的那一個，同留在岸上的這一個，便皆呆著打發這一堆日子，盡把自己的心緊緊縛定遠遠的一個人。

尤其是婦人感情真摯，癡到無可形容，男子過了約定時間不回來。做夢時，就總常常夢船攏了岸，一個人搖搖蕩蕩地從船跳板到了岸上，直向身邊跑來。或日中有了疑心，則夢裡必見男子在桅上向另一方面唱歌，卻不理會自己。性格弱一點兒的，接著就在夢裡投河、吞鴉片煙，性格強一點兒的便手執菜刀，直向那水手奔去。

她們生活雖那麼同一般社會疏遠，但是眼淚與歡樂，在一種愛憎得失間，揉進了這些人生活裡時，也便同另外一片土地、另外一些年輕生命相似，全個身心為那點愛憎所浸透，見寒作熱，忘了一切。若有多少不同處，不過是這些人更真切一點，也更近於糊塗一點罷了。

短期的包定、長期的嫁娶、一時間的關門，這些關於一個女人身體上的交易，由於民情的淳樸，身當其事的不覺得如何下流、可恥，旁觀者也就從不用讀書人的觀念，加以指摘與輕視。這些人既重義輕利，又能守信自約，即便是娼妓，也常常較之講道德、知羞恥的城市中人還更可信任。

掌水碼頭的名叫「順順」，一個前清時便在營伍中混過日子來的人物，革命時在著名的陸軍四十九標做個什長。同樣做什長的，有因革命成了偉人、名人的，有殺頭碎屍的。他卻帶少年喜事得來的腳瘋痛，回到了家鄉。把所積蓄的一點錢，買了一條六槳白木船，租給一個窮船主，代人裝貨在茶峒與辰州之間來往。氣運好，半年之內船不壞事，於是他從所賺的錢上，又討了一個略有產業的白臉、黑髮小寡婦。

數年後，在這條河上，他就有了大小四隻船、一個鋪子、兩個兒子了。但這個大方灑脫的人，事業雖十分順手，卻因歡喜交朋結友，慷慨而又能濟人之急，便不能同販油商人一樣大大發作起來。自己既在糧子裡混過日子，明白出門人的甘苦，理解失意人的心情，故凡因船隻失事破產的船家、過路的退伍兵士、遊學文墨人，凡到了這個地方聞名求助的，莫不盡力幫助，一面從水上賺來錢，一面就這樣灑脫散去。這人雖然腳上有點小毛病，還能泅水；走路難得其平，為人卻那麼公正無私。

水面上，各事原本極其簡單，一切皆為一個習慣所支配，誰個船碰了頭，誰個船妨害了別一個人、別一隻船的利益，皆照例有習慣方法來解決。唯運用這種習慣、規矩排調一切的，必需一個高年碩德的中心人物。某年秋天，那原來執事人死去了，順順作了這樣一個代替者。那時他還只五十歲，為人既明事明理，正直和平又不愛財，故無人對他年齡懷疑。

到如今，他的兒子大的已十八歲，小的已十六歲，兩個年輕人皆結實如小公牛，能駕船，能泅水，能走長路。凡從小鄉城裡出身的年輕人所能夠做的事，他們無一不做，做去無一不精。年紀較長的，如他們爸爸一樣，豪放豁達，不拘常套小節；年幼的則氣質近於那個白臉、黑髮的母親，不愛說話，眼眉卻秀拔出群，一望即知其為人聰明，而又富於感情。兩兄弟既年已長大，必須在各種生活上來訓練他們，作父親的就輪流派遣兩個小孩子各處旅行。

向下行船時，多隨了自己的船隻充夥計，甘苦與人相共；蕩槳時，選最重的一把；背縴時，拉頭縴、二縴。吃的是乾魚、辣子、臭酸菜；睡的是硬邦邦的艙板。

向上行從旱路走去，則跟了川東客貨，過秀山、龍潭、酉陽做生意。不論寒暑雨雪，必穿了草鞋按站趕路，且佩了短刀，遇不得已必須動手，便霍地把刀抽出，站到空闊處去，等候對面的一個，接著就同這個人用肉搏來解決。

幫裡的風氣，既為「對付仇敵必須用刀，聯結朋友也必須用刀」，故需要刀時，他們也就從不讓它失去那點機會。學貿易，學應酬，學習到一個新地方去生活，且學習用刀保護身體同名譽。教育的目的，似乎在使兩個孩子學得做人的勇氣與義氣。一分教育的結果，弄得兩個人皆結實如老虎，卻又和氣親人，不驕惰、不浮華、不倚勢凌人。故父子三人在茶峒邊境上為人所提及時，人人對這個名姓無不加以一種尊敬。

作父親的，當兩個兒子很小時，就明白大兒子一切與自己相似，卻稍稍見得溺愛那第二個兒子。由於這點不自覺的私心，他把長子取名天保，次子取名儺送。意思是天保佑的在人事上或不免有齟齬處，至於儺神所送來的，照當地習氣，人便不能稍加輕視了。

儺送美麗得很，茶峒船家人拙於讚揚這種美麗，只知道為他取出一個諢名為「岳雲」⓬。雖無什麼人親眼看到過岳雲，一般的印象，卻從戲臺上小生岳雲，得來一個相近的神氣。

《註釋》

❶浩浩蕩蕩：水勢盛大壯闊的樣子。
❷稅關：徵收貨物與商船稅款的機關。躉船：無動力裝置的大船，固定停泊於岸旁，供別的船停靠、裝卸、囤積貨物，或供旅客來往停駐。
❸朗然：清楚、明白的樣子。
❹放賬：提供貸款。
❺釐金局：清朝時，向經過水陸要道的貨物徵收稅款的機關。
❻幡信：用以傳遞命令的旗幟。
❼分定：人生命運有定，不能強求。
❽縴夫：以縴繩幫人拉船為生的人。
❾美孚燈：煤油燈的舊稱，為電燈普及之前的主要照明工具。
❿縐綢：用絲或棉等纖維織成的輕薄織物。
⓫抱兜：一種附有錢包的寬腰帶。
⓬諢名：外號、綽號。

三

兩省接壤處，十餘年來主持地方軍事的，注重在安輯保守❶，處置還得法，並無變故發生。水陸商務既不至於受戰爭停頓，也不至於為土匪影響。一切莫不極有秩序，人民也莫不安分樂生。這些人，除了家中死了牛，翻了船，或發生別的死亡大變，為一種不幸所絆倒覺得十分傷心外，中國其他地方正在如何不幸掙扎中的情形，似乎就永遠不會為這邊城人民所感到。

邊城所在一年中最熱鬧的日子，是端午、中秋和過年。三個節日過去三、五十年前如何興奮了這地方人，直到現在，還毫無什麼變化，仍能成為那地方居民最有意義的幾個日子。

端午日，當地婦女小孩子，莫不穿了新衣，額角上用雄黃蘸酒畫了個王字。任何人家到了這天必可以吃魚、吃肉。大約上午十一點鐘左右，全茶峒人就吃了午飯，把飯吃過後，在城裡住家的，莫不倒鎖了門，全家出城到河邊看划船。

河街有熟人的，可到河街吊腳樓門口邊看，不然就站在稅關門口與各個碼頭上看。河中龍船以長潭某處作起點，稅關前作終點，做比賽競爭。因為這一天軍官、稅官，以及當地有身分的人，莫不在稅關前看熱鬧。划船的事，各人在數天以前就早有了準備，分組、分幫，各自選出了若干身體結實、手腳伶俐的小夥子，在潭中練習進退。

船隻的形式，與平常木船大不相同，形體一律又長又狹，兩頭高高翹起，船身繪著朱紅顏色長線，平常時節多擱在河邊乾燥洞穴裡，要用它時，拖下水去。每隻船可坐十二個到十八個槳手、一個帶頭的、一個鼓手、一個鑼手。

槳手每人持一支短槳，隨了鼓聲緩促為節拍，把船向前划去。坐在船頭上，頭上纏裹著紅布包頭，手上拿兩支小令旗，左右揮動，指揮船隻的進退。

擂鼓打鑼的，多坐在船隻的中部，船一划動便即刻「蓬蓬鏜鏜」把鑼鼓很單純地敲打起來，為划槳水手調理下槳節拍。一船快慢既不得不靠鼓聲，故每當兩船競賽到劇烈時，鼓聲如雷鳴，加上兩岸人吶喊助威，便使人想起梁紅玉老鸛河時水戰擂鼓❷，牛皋水擒楊么時也是水戰擂鼓❸。

凡把船划到前面一點的，必可在稅關前領賞，一匹紅、一塊小銀牌，不拘纏掛到船上某一個人頭上去，皆顯出這一船合作的光榮。好事的軍人，且當每次某一隻船勝利時，必在水邊放些表示勝利慶祝的五百響鞭炮。

賽船過後，城中的戍軍長官，為了與民同樂，增加這節日的愉快起見，便把三十隻綠頭長頸大雄鴨，頸膊上縛了紅布條子，放入河中，盡善於泅水的軍民人等，下水追趕鴨子。不拘誰把鴨子捉到，誰就成為這鴨子的主人，於是長潭換了新的花樣，水面各處是鴨子，各處有追趕鴨子的人。船與船的競賽，人與鴨子的競賽，直到天晚方能完事。

掌水碼頭的龍頭大哥順順，年輕時節便是一個泅水的高手，入水中去追逐鴨子，在任何情形下總不落空。但一到次子儺送年過十二歲時，已能入水閉鋪氽著到鴨子身邊❹，再忽然從水中冒水而出，把鴨子捉到，這作爸爸的便解嘲似的說：「好，這種事有你們來做，我不必再下水了。」於是當真就不下水與人來競爭捉鴨子。但下水救人呢，當作別論，凡幫助人遠離患難，便是入火，人到八十歲，也還是成為這個人一種不可逃避的責任！

天保、儺送兩人皆是當地泅水、划船好選手。

端午又快來了，初五划船，河街上初一開會，就決定了屬於河街的那隻船當天入水。天保恰好在那天應向上行，隨了陸路商人，過川東龍潭送節貨，故參加的就只儺送。十六個結實如牛犢的小夥子❺，帶了香燭、鞭炮、同一個用生牛皮蒙好繪有朱紅太極圖的高腳鼓，到了擱船的河上游山洞邊。燒了香燭，把船拖入水後，各人上了船，燃著鞭炮，擂著鼓，這船便如一枝箭似的，很迅速地向下游長潭射去。

那時節還是上午，到了午後，對河漁人的龍船也下了水，兩隻龍船就開始預習種種競賽的方法。水面上第一次聽到了鼓聲，許多人從這鼓聲中，感到了節日臨近的歡悅。住臨河吊腳樓對遠方人有所等待、有所盼望的，也莫不因鼓聲想到遠人。

在這個節日裡，必然有許多船隻可以趕回，也有許多船隻只合在半路過節，這之間，便有些眼目所難見的人事哀樂，在這小山城河街間，讓一些人鋪事，也讓一些人皺眉。「蓬蓬」鼓聲掠水越山到了渡船頭那裡時，最先注意到的是那隻黃狗。那黃狗「汪汪」地吠著，受了驚似的繞屋亂走，有人過渡時，便隨船渡過河東岸去，且跑到那小山頭向城裡一方面大吠。

翠翠正坐在門外大石上用棕葉編蚱蜢、蜈蚣玩，見黃狗先在太陽下睡著，忽然醒來便發瘋似的亂跑，過了河又回來，就問牠、罵牠：「狗，狗，你做什麼！不許這樣子！」可是一會兒那聲音被她發現了，她於是也繞屋跑著，且同黃狗一塊兒渡過了小溪，站在小山頭聽了許久，讓那點迷人的鼓聲，把自己帶到一個過去的節日裡去。

《註釋》

❶安輯：猶「安撫」，使安定。
❷南宋著名抗金女英雄梁紅玉與其夫韓世忠曾圍困金國十萬大軍於黃天蕩，長達四十八天，逼得金國南征大將疏通老鸛河以突圍而出。
❸南宋抗金名將牛皋曾鎮壓以楊么為首的農民起義。
❹氽：漂流。
❺牛犢：小牛。

四

還是兩年前的事。

五月端陽❶，渡船頭祖父找人作了代替，便帶了黃狗同翠翠進城，過大河邊去看划船。河邊站滿了人，四隻朱色長船在潭中划著，龍船水剛剛漲過❷，河中水皆豆綠，天氣又那麼明朗，鼓聲「蓬蓬」響著，翠翠抿著嘴一句話不說，心中充滿了不可言說的快樂。河邊人太多了一點，各人皆盡張著眼睛望河中，不多久，黃狗還在身邊，祖父卻擠得不見了。翠翠一面注意划船，一面心想：「過不久祖父總會找來的。」但過了許久，祖父還不來，翠翠便稍稍有點兒著慌了。

先是兩人同黃狗進城前一天，祖父就問翠翠：「明天城裡划船，倘若一個人去看，人多怕不怕？」翠翠就說：「人多我不怕，但自己只是一個人可不好玩。」

於是祖父想了半天，方想起一個住在城中的老熟人，趕夜裡到城裡去商量，請那老人來看一天渡船，自己卻陪翠翠進城玩一天。且因為那人比渡船老人更孤單，身邊無一個親人，也無一隻狗，因此便約好了那人早上過家中來吃飯，喝一杯雄黃酒。

第二天那人來了，吃了飯，把職務委託那人以後，翠翠等便進了城。到路上時，祖父想起什麼似的，又問翠翠：「翠翠，翠翠，人那麼多，好熱鬧，妳一個人敢到河邊看龍船嗎？」翠翠說：「怎麼不敢？可是一個人有什麼意思。」到了河邊後，長潭裡的四隻紅船，把翠翠的注意力完全占去了，身邊祖父似乎也可有可無了。

祖父心想：「時間還早，到收場時，至少還得三個時刻。溪邊的那個朋友，也應當來看看年輕人的熱鬧，回去一趟，換換地位還趕得及。」因此就問翠翠：「人太多了，站在這裡看，不要動，我到別處去有事情，無論如何總趕得回來伴妳回家。」翠翠正為兩隻競速並進的船迷著，祖父說的話毫不思索就答應了。

祖父知道黃狗在翠翠身邊，也許比他自己在她身邊還穩當，於是便回家看船去了。祖父到了那渡船處時，見代替他的老朋友，正站在白塔下注意聽遠處鼓聲。祖父喊他，請他把船拉過來，兩人渡過小溪仍然站到白塔下去。

那人問老船夫為什麼又跑回來，祖父就說想替他一會兒，故把翠翠留在河邊，自己趕回來，好讓他也過河邊去看看熱鬧，且說：「看得好，就不必再回來，只需見了翠翠問她一聲，翠翠到時自會回家的。小丫頭不敢回家，你就伴她走走！」

但那替手對於看龍船已無什麼興味，卻願意同老船夫在這溪邊大石上各自再喝兩杯燒酒。老船夫十分高興，把酒葫蘆取出，推給城中來的那一個，兩人一面談些端午舊事，一面喝酒，不到一會，那人卻在岩石上為燒酒醉倒了。

人既醉倒了，無從入城，祖父為了責任又不便與渡船離開，留在河邊的翠翠便不能不著急了。河中划船的決了最後勝負後，城裡軍官已派人駕小船在潭中放了一群鴨子，祖父還不見來。翠翠恐怕祖父也正在什麼地方等著她，因此帶了黃狗各處人叢中擠著去找尋祖父，結果還是不得祖父的蹤跡。

後來看看天快要黑了，軍人扛了長凳出城看熱鬧的，皆已陸續扛了那凳子回家。潭中的鴨子只剩下三、五隻，捉鴨人也漸漸地少了。落日向上游翠翠家中那一方落去，黃昏把河面裝飾了一層薄霧。

翠翠望到這個景致，忽然起了一個怕人的想頭❸，她想：「假若爺爺死了？」她記起祖父囑咐她不要離開原來地方那一句話，便又為自己解釋這想頭的錯誤，以為祖父不來必是進城去或到什麼熟人處去，被人拉著喝酒，故一時不能來的。正因為這也是可能的事，她又不願在天未斷黑以前，同黃狗趕回家去，只好站在那石碼頭邊等候祖父。

再過一會，對河那兩隻長船已泊到對河小溪裡去不見了，看龍船的人也差不多全散了。吊腳樓有娼妓的人家，已上了燈，且有人敲小斑鼓、彈月琴、唱曲子。另外一些人家，又有划拳、行酒的吵嚷聲音。同時停泊在吊腳樓下的一些船隻，上面也有人在擺酒、炒菜，把青菜、蘿蔔之類，倒進滾熱油鍋裡去時發出「吵——」的聲音。

河面已朦朦朧朧，看去好像只有一隻白鴨在潭中浮著，也只剩一個人追著這隻鴨子。

翠翠還是不離開碼頭，總相信祖父會來找她，同她一起回家。

吊腳樓上唱曲子聲音熱鬧了一些，只聽到下面船上有人說話，一個水手說：「金亭，你聽你那鋪子陪川東莊客喝酒、唱曲子，我賭個手指，說這是她的聲音！」另一個水手就說：「她陪他們喝酒、唱曲子，心裡可想我。她知道我在船上！」先前那一個又說：「身體讓別人玩著，心還想著你，你有什麼憑據？」另一個說：「有憑據。」

於是這水手吹著呼哨，做出一個古怪的記號，一會兒，樓上歌聲便停止了。歌聲停止後，兩個水手皆笑了，兩人接著便說了些關於那個女人的一切，使用了不少粗鄙字眼。翠翠很不習慣把這種話聽下去，但又不能走開。

且聽水手之一說，樓上婦人的爸爸是在棉花坡被人殺死的，一共殺了十七刀。翠翠心中那個古怪的想頭——「爺爺死了呢？」便仍然占據到心裡有一忽兒❹。兩個水手還正在談話，潭中那隻白鴨慢慢地向翠翠所在的碼頭邊游來，翠翠想：「再過來些我就捉住你！」

於是靜靜地等著，但那鴨子將近岸邊三丈遠近時，卻有個人笑著，喊那船上水手。原來水中還有個人，那人已把鴨子捉到手，卻慢慢地「踹水」游近岸邊的❺。船上人聽到水面的喊聲，在隱約裡也喊道：「二老，二老，你真能幹，你今天得了五隻吧！」

那水上人說：「這傢伙狡猾得很，現在可歸我了。」

「你這時捉鴨子，將來捉女人，一定有同樣的本領。」

水上那一個不再說什麼，手腳並用地拍著水傍了碼頭。濕淋淋地爬上岸時，翠翠身旁的黃狗，彷彿警問水中人似的，「汪汪」地叫了幾聲，那人方注意到翠翠。

碼頭上已無別的人，那人問：「是誰？」

「是翠翠！」

「翠翠又是誰？」

「是碧溪岨撐渡船的孫女。」

「妳在這兒做什麼？」

「我等我爺爺。我等他來，好回家去。」

「等他來，他可不會來，妳爺爺一定到城裡、軍營裡喝了酒，醉倒後被人抬回去了！」

「他不會。他答應來，他就一定會來的。」

「這裡等也不成。到我家裡去，到那邊點了燈的樓上去，等爺爺來找妳好不好？」

翠翠誤會邀他進屋裡去那個人的好意，正記著水手說的婦人醜事，她以為那男子就是要她上有女人唱歌的樓上去。本來從不罵人，這時正因等候祖父太久了，心中焦急得很，聽人要她上去，以為欺侮了她，就輕輕地說：「你個悖時砍腦殼的❻！」

話雖輕輕的，那男的卻聽得出，且從聲音上聽得出翠翠年紀，便帶笑說：「怎麼，妳罵人？妳不願意上去，要待在這兒，回頭水裡大魚來咬了妳，可不要叫喊！」

翠翠說：「魚咬了我也不管你的事。」那黃狗好像明白翠翠被人欺侮了，又「汪汪」地吠起來。那男子把手中白鴨舉起，向黃狗嚇了一下，便走上河街去了。

黃狗為了自己被欺侮還想追過去，翠翠便喊：「狗，狗，你叫人，也看人叫！」翠翠意思仿佛只在問給狗——「那輕薄男子還不值得叫」。但男子聽去的卻是另外一種好意，男的以為是她要狗莫向好人叫，放肆地笑著，不見了。

又過了一陣，有人從河街拿了一個廢纜做成的火炬，喊叫著翠翠的名字來找尋她，到身邊時翠翠卻不認識那個人。那人說，老船夫回到家中，不能來接她，故搭了過渡人口信來，問翠翠要她即刻就回去。翠翠聽說是祖父派來的，就同那人一起回家，讓打火把的在前引路，黃狗時前時後，一同沿了城牆向渡口走去。

翠翠一面走，一面問那拿火把的人，是誰問他就知道她在河邊。那人說是二老問他的，他是二老家裡的夥計，送翠翠回家後還得回轉河街。

翠翠說：「二老他怎麼知道我在河邊？」

那人便笑著說：「他從河裡捉鴨子回來，在碼頭上見妳，他說好意請妳上家裡坐坐，等候妳爺爺，妳還罵過他！」

翠翠帶了點兒驚訝輕輕地問：「二老是誰？」

那人也帶了點兒驚訝說：「二老妳都不知道？就是我們河街上的儺送二老！就是岳雲！他要我送妳回去！」

「儺送二老」在茶峒地方不是一個生疏的名字，翠翠想起自己先前罵人那句話，心裡又吃驚又害羞，再也不說什麼，默默地隨了那火把走去。

翻過了小山岨，望得見對溪家中火光時，那一方面也看見了翠翠方面的火把，老船夫即刻把船拉過來，一面拉船，一面啞聲兒喊問：「翠翠，翠翠，是不是妳？」翠翠不理會祖父，口中卻輕輕地說：「不是翠翠，不是翠翠，翠翠早被大河裡鯉魚吃去了。」

翠翠上了船，二老派來的人，打著火把走了，祖父牽著船問：「翠翠，妳怎麼不答應我，生我的氣了嗎？」翠翠站在船頭還是不作聲。翠翠對祖父那一點兒埋怨，等到把船拉過了溪，一到了家中，看明白了醉倒的另一個老人後，就完事了。但另一件事，屬自己，不關祖父的，卻使翠翠沉默了一個夜晚。

註釋

❶端陽：指「端午節」。

❷龍船水：端午節前後，中國華南地區會出現大範圍的強降雨，使得江河的水位迅速上漲，為賽龍舟提供了良好的場地條件。

❸想頭：念頭、想法。

❹一忽兒：猶「一會兒」，指很短的時間。

❺踹水：即「踏水」，人在水中，雙腳快速推蹬，使身體不下沉。

❻你個悖時砍腦殼的：四川、湖北等地用語，詛咒他人遇事不順利。

五

兩年日子過去了。

這兩年來，兩個中秋節，恰好都無月亮可看，凡在這邊城地方，因看月而起整夜男女唱歌的故事，皆不能如期舉行，故兩個中秋留給翠翠的印象，極其平淡無奇。兩個新年卻照例可以看到軍營裡與各鄉來的獅子龍燈，在小教場迎春，鑼鼓喧闐，很熱鬧。到了十五夜晚，城中舞龍、耍獅子的鎮筸兵士，還各自赤裸著肩膊，往各處去歡迎炮仗煙火。

城中軍營裡，稅關局長公館，河街上一些大字號，莫不預先截老毛竹筒，或鏤空棕櫚樹根株，用洞硝拌和礦炭、鋼砂，一千捶、八百捶把煙火做好。好勇取樂的軍士，光赤著個上身，玩著燈、打著鼓來了，小鞭炮如落雨的樣子，從懸到長竿尖端的空中落到玩燈的肩背上，鑼鼓催動急促的拍子，大家皆為這事情十分興奮。鞭炮放過一陣後，用長凳綁著的大筒燈火，在敞坪一端燃起了引線，先是「嗞嗞」地流瀉白光，慢慢地，這白光便吼嘯起來，做出如雷、如虎驚人的聲音，白光向上空沖去，高至二十丈，下落時便灑散著滿天花雨。玩燈的兵士，在火花中繞著圈子，儼然毫不在意的樣子。翠翠同他的祖父，也看過這樣的熱鬧，留下一個熱鬧的印象，但這印象不知為什麼原因，總不如那個端午所經過的事情甜而美。

翠翠為了不能忘記那件事，上年一個端午又同祖父到城邊河街去看了半天船，一切玩得正好時，忽然落了行雨，無人衣衫不被雨濕透。為了避雨，祖孫二人同那隻黃狗，走到順順吊腳樓上去，擠在一個角隅裡。有人扛凳子從身邊過去，翠翠認得那人是去年打了火把送她回家的人，就告給祖父：「爺爺，那個人去年送我回家，他拿了火把走路時，真像個嘍囉！」祖父當時不作聲，等到那人回頭又走過面前時，就一把抓住那個人，笑嘻嘻說：「嗨，嗨，你這個人！要你到我家喝一杯也不成，還怕酒裡有毒，把你這個真命天子毒死！」

那人一看是守渡船的，且看到了翠翠，就笑了：「翠翠，妳長大了！二老說妳在河邊大魚會吃妳，我們這裡河中的魚，現在可吞不下妳了。」翠翠一句話不說，只是抿起嘴唇笑著。

這一次雖在這嘍囉長年口中聽到個「二老」名字，卻不曾見及這個人。從祖父與那長年談話裡，翠翠聽明白了二老是在下游六百里外青浪灘過端午的。但這次不見二老，卻認識了「大老」，且見著了那個一地出名的順順。

大老把河中的鴨子捉回家裡後，因為守渡船的老傢伙稱讚了那隻肥鴨兩次，順順就要大老把鴨子給翠翠。且知道祖孫二人所過的日子十分拮据，節日裡自己不能包粽子，又送了許多尖角粽子。

那水上名人同祖父談話時，翠翠雖裝作眺望河中景致，耳朵卻把每一句話聽得清清楚楚。那人向祖父說，翠翠長得很美，問過翠翠年紀，又問有不有人家。祖父則很快樂地誇獎了翠翠不少，且似乎不許別人來關心翠翠的婚事，故一到這件事便閉口不談。

回家時，祖父抱了那隻白鴨子同別的東西，翠翠打火把引路。兩人沿城牆走去，一面是城，一面是水，祖父說：「順順真是個好人，大方得很。大老也很好，這一家人都好！」翠翠說：「一家人都好，你認識他們一家人嗎？」

祖父不明白這句話的意思所在，因為今天太高興一點，便笑著說：「翠翠，假若大老要妳作媳婦，請人來作媒，妳答應不答應？」翠翠就說：「爺爺，你瘋了！再說我就生你的氣！」祖父話雖不說了，心中卻很顯然地還轉著這些可笑的、不好的念頭。

翠翠著了惱，把火炬向路兩旁亂晃著，向前快快地走去了。

「翠翠，莫鬧，我摔到河裡去，鴨子會走脫的！」

「誰也不稀罕那隻鴨子！」

祖父明白翠翠為什麼事不高興，祖父便唱起搖櫓人駛船下灘時催櫓的歌聲，聲音雖然啞沙沙的，字眼兒卻穩穩當當毫不含糊。

翠翠一面聽著，一面向前走去，忽然停住了發問：「爺爺，你的船是不是正在下青浪灘呢？」祖父不說什麼，還是唱著，兩人皆記順順家二老的船正在青浪灘過節，但誰也不明白另外一個人的記憶所止處。

祖孫二人便沉默地一直走還家中。

到了渡口，那代理看船的，正把船泊在岸邊等候他們。幾人渡過溪到了家中，剝粽子吃，到後那人要進城去，翠翠趕即為那人點上火把❶，讓他有火把照路。人過了小溪上小山時，翠翠同祖父在船上望著，翠翠說：「爺爺，看嘍囉上山了啊！」

祖父把手攀引著橫纜，注目溪面的薄霧，彷彿看到了什麼東西，輕輕地吁了一口氣。祖父靜靜地拉船過對岸家邊時，要翠翠先上岸去，自己卻守在船邊。因為過節，明白一定有鄉下人上城裡看龍船，還得乘黑趕回家去。

《註釋》

❶趕即：趕緊、立即。

六

白日裡，老船夫正在渡船上同個賣皮紙的過渡人有所爭持❶，一個不能接受所給的錢，一個卻非把錢送給老人不可。正似乎因為那個過渡人送錢氣派，使老船夫受了點壓迫，這撐渡船人就儼然生氣似的，迫著那人把錢收回，使這人不得不把錢捏在手裡。

但船攏岸時，那人跳上了碼頭，一手銅錢向船艙裡一撒，卻笑眯眯地匆匆忙忙走了。老船夫手還得拉著船讓別人上岸，無法去追趕那個人，就喊小山頭的孫女：「翠翠，翠翠，幫我拉著那個賣皮紙的小夥子，不許他走！」翠翠不知道是怎麼回事，當真便同黃狗去攔那第一個下山人。

那人笑著說：「不要攔我！……」正說著，第二個商人趕來了，就告給翠翠是什麼事情。翠翠明白了，更拉著賣紙人衣服不放，只說：「不許走！不許走！」黃狗為了表示同主人的意見一致，也便在翠翠身邊「汪汪汪」地吠著。

其餘商人皆笑著，一時不能走路。祖父氣吁吁地趕來了，把錢強迫塞到那人手心裡，且搭了一大束草煙到那商人擔子上去，搓著兩手笑著說：「走呀！你們上路走！」那些人於是全笑著走了。

翠翠說：「爺爺，我還以為那人偷你東西，同你打架！」祖父就說：「他送我好些錢。

我才不要這些錢！告他不要錢，他還同我吵，不講道理！」翠翠說：「全還給他了嗎？」

祖父抿著嘴把頭搖搖，裝成狡猾得意神氣笑著，把紮在腰帶上留下的那枚單銅子取出，送給翠翠。且說：「他得了我們那把煙葉，可以吃到鎮筸城！」

遠處鼓聲又「蓬蓬」地響起來了，黃狗張著兩個耳朵聽著，翠翠問祖父，聽不聽到什麼聲音。祖父一注意，知道是什麼聲音了，便說：「翠翠，端午又來了。妳記不記得去年天保大老送妳那隻隻肥鴨子，早上大老同一群人上川東去，過渡時還問妳，妳一定忘記那次落的行雨。我們這次若去，又得打火把回家；妳記不記得我們兩人用火把照路回家？」

翠翠還正想起兩年前的端午一切事情哪。但祖父一問，翠翠卻微帶點兒惱著的神氣，把頭搖搖，故意說：「我記不得，我記不得。」其實她那意思就是「我怎麼記不得？」

祖父明白那話裡意思，又說：「前年還更有趣，妳一個人在河邊等我，差點兒不知道回來，我還以為大魚會吃掉妳！」

提起舊事翠翠「嗤」地笑了：「爺爺，你還以為大魚會吃掉我？是別人家說我，我告給你的！你那天只是恨不得讓城中的那個爺爺把裝酒的葫蘆吃掉！你這種記性！」

「我人老了，記性也壞透了。翠翠，現在妳人長大了，一個人一定敢上城看船，不怕魚吃掉妳了。」

「人大了就應當守船哩！」

「人老了才當守船。」

「人老了應當歇憩！」

「妳爺爺還可以打老虎，人不老！」祖父說著，於是，把膀子彎曲起來，努力使筋肉在局束中顯得又有力又年輕❷，且說：「翠翠，妳不信，妳咬。」

翠翠睨著腰背微駝、白髮滿頭的祖父，不說什麼話。

遠處有吹嗩吶的聲音，她知道那是什麼事情，且知道嗩吶方向，要祖父同她下了船，把船拉過家中那邊岸旁去。為了想早早地看到那迎婚送親的喜轎，翠翠還爬到屋後塔下去眺望。

過不久，那一夥人來了，兩個吹嗩吶的、四個強壯鄉下漢子、一頂空花轎、一個穿新衣的團總兒子模樣的青年❸，另外還有兩隻羊、一個牽羊的孩子、一壇酒、一盒糍粑❹、一個擔禮物的人。一夥人上了渡船後，翠翠同祖父也上了渡船，祖父拉船，翠翠卻傍花轎站定，去欣賞每一個人的臉色與花轎上的流蘇。

攏岸後，團總兒子模樣的人，從扣花抱肚裡掏出了一個小紅紙包封❺，遞給老船夫。這是規矩，祖父再不能說不接收了。

但得了錢祖父卻說話了，問那個人，新娘是什麼地方人，明白了；又問姓什麼，明白了；

又問多大年紀，一起皆弄明白了。

吹嗩吶的一上岸後又把嗩吶「嗚嗚喇喇」吹起來，一行人便翻山走了。祖父同翠翠留在船上，感情仿佛皆追著那嗩吶聲音走去，走了很遠的路方回到自己身邊來。祖父掂著那紅紙包封的分量說：「翠翠，宋家堡子裡新嫁娘只十五歲。」

翠翠明白祖父這句話的意思所在，不做理會，靜靜地把船拉動起來。

到了家邊，翠翠跑回家去取小小竹子做的雙管嗩吶，請祖父坐在船頭吹「娘送女」曲子給她聽，她卻同黃狗躺到門前大岩石上蔭處看天上的雲。

白日漸長，不知什麼時節，祖父睡著了，翠翠同黃狗也睡著了。

《註釋》

❶ 爭持：爭執而相持不下。

❷ 局束：限制拘束。

❸ 團總：舊時地方組織的首領。

❹ 糍粑：用糯米蒸熟搗爛後所製成的一種食物。

❺ 抱肚：把布綁於胸腹前，可放置物品。

七

到了端午。

祖父同翠翠在三天前業已預先約好，祖父守船，翠翠同黃狗過順順吊腳樓去看熱鬧。翠翠先不答應，後來答應了。但過了一天，翠翠又翻悔回來❶，以為要看，兩人去看；要守船，兩人守船。

祖父明白那個意思，是翠翠玩心與愛心相戰爭的結果。為了祖父的牽絆，應當玩的也無法去玩，這不成！祖父含笑說：「翠翠，妳這是為什麼？說定了的又翻悔，同茶峒人平素品德不相稱。我們應當說一是一，不許三心二意。我記性並不壞到這樣子，把妳答應了我的即刻忘掉！」

祖父雖那麼說，很顯然的事，祖父對於翠翠的打算是同意的。但人太乖了，祖父有點愀然不樂了。

見祖父不再說話，翠翠就說：「我走了，誰陪妳？」

祖父說：「妳走了，船陪我。」

翠翠把眉毛皺攏去苦笑著：「船陪你，嗨，嗨，船陪你……爺爺，你真是……」

祖父心想：「妳總有一天會要走的。」但不敢提這件事。祖父一時無話可說，於是走過屋後塔下小圃裡去看蔥，翠翠跟過去。

「爺爺，我決定不去，要去讓船去，我替船陪你！」

「好，翠翠，妳不去，我去，我還得戴了朵紅花，裝劉姥姥進城去見世面❷！」兩人都為這句話笑了許久。

祖父理蔥，翠翠卻摘了一根大蔥「嗚嗚」吹著。有人在東岸喊過渡，翠翠不讓祖父占先，便忙著跑下去，跳上了渡船，援著橫溪纜子拉船過溪去接人，一面拉船，一面喊祖父：「爺爺，你唱！你唱！」

祖父不唱，卻只站在高岩上望翠翠，把手搖著，一句話不說。

祖父有點心事。

心事重重的，翠翠長大了……翠翠一天比一天大了，無意中提到什麼時會紅臉了。時間在成長她，似乎正催促她，使她在另外一件事情上負點兒責。她歡喜看撲粉滿臉的新嫁娘；歡喜說到關於新嫁娘的故事；歡喜把野花戴到頭上去；還歡喜聽人唱歌，茶峒人的歌聲，纏綿處她已領略得出。

她有時仿佛孤獨了一點，愛坐在岩石上去，向天空一起雲、一顆星凝眸。

祖父若問：「翠翠，想什麼？」

她便帶著點兒害羞情緒，輕輕地說：「在看水鴨子打架！」照當地習慣意思就是「翠翠不想什麼」。

但在心裡卻同時又自問：「翠翠，妳真在想什麼？」同是自己也在心裡答著：「我想的很遠、很多，可是我不知想些什麼。」她的確在想，又的確連自己也不知在想些什麼。這女孩子身體既發育得很完全，在本身上因年齡自然而來的一件「奇事」，到月就來，也使她多了些思索，多了些夢。

祖父明白這類事情對於一個女子的影響，祖父心情也變了些。祖父是一個在自然裡活了七十年的人，但在人事上的自然現象，就有了些不能安排外。

因為翠翠的長成，使祖父記起了些舊事，從掩埋在一大堆時間裡的故事中，重新找回了些東西。翠翠的母親，某一時節原同翠翠一個樣子——眉毛長、眼睛大、皮膚紅紅的，也乖得使人憐愛，也懂在一些小處，起眼動眉毛，使家中長輩快樂，也仿佛永遠不會同家中這一個分開。但一點不幸來了，她認識了那個兵，到末了丟開老的和小的，卻陪那個兵死了。

這些事從老船夫說來誰也無罪過，只應「天」去負責。翠翠的祖父口中不怨天，心卻不能完全同意這種不幸的安排，攤派到本身的一分，說來實在不公平！說是放下了，也正是不能放下的、莫可奈何容忍到的一件事！那時還有個翠翠。

如今假若翠翠又同媽媽一樣，老船夫的年齡，還能把小雛兒再育下去嗎？

人願意，神卻不同意！

人太老了，應當休息了，凡是一個良善的鄉下人，所應得到的勞苦與不幸，全得到了。

假若另外高處有一個上帝，這上帝且有一雙手支配一切，很明顯的事、十分公道的辦法，是應把祖父先收回去，再來讓那個年輕的在新的生活上得到應分接受那幸或不幸，才合道理。可是祖父並不那麼想，他為翠翠擔心。他有時便躺到門外岩石上，對著星子想他的心事。他以為死是應當快到了的，正因為翠翠人已長大了，證明自己也真正老了。

無論如何，得讓翠翠有個著落。翠翠既是她那可憐母親交把他的，翠翠大了，他也得把翠翠交給一個人，他的事才算完結！交給誰？必需什麼樣的人方不委屈她？

前幾天順順家天保大老過溪時，同祖父談話，這心直口快的青年人，第一句話就說：「老伯伯，你翠翠長得真標致，像個觀音樣子。再過兩年，若我有閒空能留在茶峒照料事情，不必像老鴉到處飛，我一定每夜到這溪邊來為翠翠唱歌。」

祖父用微笑獎勵這種自白，一面把船拉動，一面把那雙小眼睛瞅著大老。於是大老又說：「翠翠太嬌了，我擔心她只宜於聽點茶峒人的歌聲，不能做茶峒女子作媳婦的一切正經事。我要個能聽我唱歌的情人，卻更不能缺少個照料家務的媳婦。『又要馬兒不吃草，又要馬兒走得好。』唉……這兩句話恰是古人為我說的！」

祖父慢條斯理把船掉了頭，讓船尾傍岸，就說：「大老，也有這種事兒，你瞧著吧！」究竟是什麼事，祖父可並不明白說下去。

那青年走去後，祖父溫習著那些出於一個男子口中的真話，實在又愁又喜。翠翠若應當交把一個人，這個人是不是適宜於照料翠翠？當真交把了他，翠翠是不是願意？

《註釋》

❶ 翻悔：即「反悔」，對已決定或約定好的事情心生悔意或中途變卦。

❷ 劉姥姥：古典名著《紅樓夢》的角色，為一鄉村老婦，她最為人熟知的故事是進入名門望族賈府的「大觀園」，對於所有事物都感到新鮮驚奇。

八

初五大清早落了點毛毛雨，上游且漲了點「龍船水」，河水全變作豆綠色。祖父上城買辦過節的東西，戴了個粽粑葉「斗篷」，攜帶了一個籃子、一個裝酒的大葫蘆，肩頭上掛了個褡褳❶，其中放了一吊六百錢，就走了。因為是節日，這一天從小村、小寨帶了銅錢、擔了貨物，上城去辦貨、掉貨的極多，這些人起身也極早，故祖父走後，黃狗就伴同翠翠守船。

翠翠頭上戴了一個嶄新的斗篷，把過渡人一趟一趟地送來送去。黃狗坐在船頭，每當船攏岸時必先跳上岸邊去銜繩頭，引起每個過渡人的興味。有些過渡鄉下人也攜了狗上城，照例如俗話說的「狗離不得屋」，一離了自己的家，即或傍著主人，也變得非常老實了。

到過渡時，翠翠的狗必走過去嗅嗅，從翠翠方面討取了一個眼色，似乎明白翠翠的意思，就不敢有什麼舉動。

直到上岸後，把拉繩子的事情做完，眼見到那隻陌生的狗上小山去了，也必跟著追去。或者向狗主人輕輕吠著，或者逐著那陌生的狗，必得翠翠帶點兒嗔惱地嚷著❷：「狗，狗，你『汪』什麼？還有事情做，你就跑呀！」於是這黃狗趕快跑回船上來，且依然滿船聞嗅不已。翠翠說：「這算什麼輕狂舉動！跟誰學得的！還不好好蹲到那邊去！」狗儼然極其懂事，便即刻到牠自己原來地方去，只間或又像想起什麼似的，輕輕地吠幾聲。

雨落個不止，溪面一起煙。翠翠在船上無事可做時，便算著老船夫的行程。

她知道他這一去應到什麼地方、碰到什麼人、談些什麼話；這一天城門邊應當是些什麼情形；河街上應當是些什麼情形，「心中一本冊」，她完全如同眼見到的那麼明明白白。

她又知道祖父的脾氣，一見城中相熟糧子上人物❸，不管是馬夫、火夫，總會把過節時應有的頌祝說出。這邊說：「副爺，你過節吃飽喝飽！」那一個便也將說：「划船的，你吃飽喝飽！」

這邊若說著如上的話，那邊人說：「有什麼可以吃飽喝飽？四兩肉、兩碗酒，既不會飽也不會醉！」那麼，祖父必很誠實邀請這熟人過碧溪岨喝個夠量。

倘若有人當時就想喝一口祖父葫蘆中的酒，這老船夫也從不吝嗇，必很快地就把葫蘆遞過去。

酒喝過了，那兵營中人捲舌子舔著嘴唇，稱讚酒好，於是又必被勒迫著喝第二口。酒在這種情形下少起來了，就又跑到原來鋪上去，加滿為止。

翠翠且知道祖父還會到碼頭上去同剛攏岸一天、兩天的上水船水手談談話，問問下河的米價、鹽價。有時且彎著腰鑽進那帶有海帶、魷魚味，以及其他油味、醋味、柴煙味的船艙裡去，水手們從小壇中抓出一把紅棗，遞給老船夫。過一陣，等到祖父回家被翠翠埋怨時，這紅棗便成為祖父與翠翠和解的東西。

祖父一到河街上，且一定有許多鋪子上商人送他粽子與其他東西，作為對這個忠於職守的划船人一點敬意，祖父雖嚷著：「我帶了那麼一大堆，回去會把老骨頭壓斷。」可是不管如何，這些東西多少總得領點情。

走到賣肉案桌邊去，他想買肉，人家卻不願接錢，屠戶若不接錢，他卻寧可到另外一家去，決不想沾那點便宜。

那屠戶說：「爺爺，你為人那麼硬算什麼？又不是要你去做犁口耕田！」但不行，他以為這是血錢，不比別的事情。你不收錢，他會把錢預先算好，猛地把錢擲到大而長的錢筒裡去，攫了肉就走去的。

賣肉的明白他那種性情，到他稱肉時總選取最好的一處，且把分量故意加多，他見及時卻將說：「喂，喂，大老闆，我不要你那些好處！腿上的肉是城裡人炒魷魚肉絲用的肉，莫同我開玩笑！我要夾項肉，我要濃的、糯的，我是個划船人，我要拿去燉葫蘿蔔喝酒的！」

得了肉，把錢交過手時，自己先數一次，又囑咐屠戶再數，屠戶卻照例不理會他，把一手錢「嘩」地向長竹筒口丟去，他於是簡直是嫵媚地微笑著走了。屠戶與其他買肉人，見到他這種神氣，必笑個不止……

翠翠還知道祖父必到河街上順順家裡去。翠翠溫習著兩次過節、兩個日子所見、所聞的一切，心中很快樂，好像目前有一個東西，同早間在床上閉了眼睛所看到那種捉摸不定的黃葵花一樣，這東西彷彿很明朗地在眼前，卻看不準、抓不住。

翠翠想：「白雞關真出老虎嗎？」她不知道為什麼忽然想起白雞關。白雞關是酉水中部一個地名，離茶峒兩百多里路！

於是又想：「三十二個人搖六匹櫓，上水走風時張起個大篷，一百幅白布鋪成的一片東西，先在這樣大船上過洞庭湖，多可笑……」她不明白洞庭湖有多大，也就從沒見過這種大船，更可笑的，還是她自己也不知道為什麼卻想到這個問題！

一群過渡人來了，有擔子，有送公事跑差模樣的人物，另外還有母女二人。母親穿了新漿洗得硬朗的藍布衣服，女孩子臉上塗著兩餅紅色，穿了不甚合身的新衣，上城到親戚家中去拜節、看龍船的。

等待眾人上船穩定後，翠翠一面望著那小女孩，一面把船拉過溪去。那小孩從翠翠估來年紀也將十三、四歲了，神氣卻很嬌，似乎從不曾離開過母親。腳下穿的是一雙尖頭新油過的釘鞋，上面沾汙了些黃泥；褲子是那種泛紫的蔥綠布做的。見翠翠盡是望她，她也便看著翠翠，眼睛光光的如同兩粒水晶球，有點害羞，有點不自在，同時也有點不可言說的愛嬌。

那母親模樣的婦人便問翠翠年紀有幾歲。

翠翠笑著，不高興答應，卻反問小女孩今年幾歲。

聽那母親說十三歲時，翠翠忍不住笑了。

那母女顯然是財主人家的妻女，從神氣上就可看出的。

翠翠注視那女孩，發現了女孩子手上還戴得有一副麻花絞的銀手鐲，閃著白白的亮光，心中有點兒歆羨❹。

船傍岸後，人陸續上了岸，婦人從身上摸出一銅子，塞到翠翠手中，就走了。

翠翠當時竟忘了祖父的規矩了，也不說道謝，也不把錢退還，只望著這一行人中那個女孩子身後發癡。

一行人正將翻過小山時，翠翠忽又忙匆匆地追上去，在山頭上把錢還給那婦人。

那婦人說：「這是送妳的！」翠翠不說什麼，只微笑把頭盡搖，且不等婦人來得及說第二句話，就很快地向自己渡船邊跑去了。

到了渡船上，溪那邊又有人喊過渡，翠翠把船又拉回去。

第二次過渡是七個人，又有兩個女孩子，也同樣因為看龍船特意換了乾淨衣服，相貌卻並不如何美觀，因此使翠翠更不能忘記先前那一個。

今天過渡的人特別多，其中女孩子比平時更多，翠翠既在船上拉纜子擺渡，故見到什麼好看的、極古怪的、人乖的❺、眼睛眶子紅紅的，莫不在記憶中留下個印象。

無人過渡時，等著祖父，祖父又不來，便盡只反復溫習這些女孩子的神氣，且輕輕地、無所謂地唱著：「白雞關出老虎咬人，不咬別人，團總的小姐派第一……大姐戴副金簪子，二姐戴副銀釧子，只有我三妹沒得什麼戴，耳朵上長年戴條豆芽菜。」

城中有人下鄉的，在河街上一個酒店前面，曾見及那個撐渡船的老頭子，把葫蘆嘴推讓給一個年輕水手，請水手喝他新買的白燒酒。翠翠問及時，那城中人就告給她所見到的事情。翠翠笑祖父的慷慨不是時候，不是地方。

過渡人走了，翠翠就在船上又輕輕地哼著巫師十二月裡為人還願迎神的歌玩：

祢大仙，祢大神，睜眼看看我們這裡人！

他們既誠實，又年輕，又身無疾病。

他們大人會喝酒，會做事，會睡覺；
他們孩子能長大，能耐餓，能耐冷；
他們牯牛肯耕田，山羊肯生仔，雞、鴨肯孵卵；
他們女人會養兒子，會唱歌，會找她心中歡喜的情人！
祢大神，祢大仙，排駕前來站兩邊。
關夫子身跨赤兔馬❻，
尉遲公手拿大鐵鞭❼！
祢大仙，祢大神，雲端下降慢慢行！
張果老驢得坐穩❽，
鐵拐李腳下要小心❾！
福祿綿綿是神恩，
和風和雨神好心，
好酒好飯當前陣，
肥豬肥羊火上烹！
洪秀全❿，李鴻章⓫，

你們在生是霸王，
殺人、放火、盡節、全忠，各有道，
今來坐席又何妨！
慢慢吃，慢慢喝，
月白風清好過河。
醉時攜手同歸去，
我當為你再唱歌！

那首歌聲音既極柔和，快樂中又微帶憂鬱。唱完了這歌，翠翠覺得心上有一絲兒淒涼。她想起秋末酬神還願時田坪中的火燎同鼓角。

遠處鼓聲已起來了，她知道繪有朱紅長線的龍船這時節已下河了，細雨還依然落個不止，溪面一片煙。

註釋

❶褡褳：古時人們出外時會攜帶的一種長形布袋。

❷嗔惱：惱怒。

❸糧子：舊時稱當兵的人。

❹歆羨：羨慕。

❺人乖：乖巧伶俐。

❻關夫子：三國時期蜀漢大將關羽的尊稱，以忠義聞名，後被神化，亦作「關公」、「關帝爺」。

❼尉遲公：尉遲敬德，初唐大將。

❽張果老：張果，唐代精通服氣、修煉內丹的道士，中唐後逐漸被神化，成為民間神話的「八仙」之一，被稱為張果老，其形象常倒騎一頭白驢。

❾鐵拐李：民間傳說的「八仙」之首，其形象臉色黝黑、頭髮蓬鬆、頭戴金箍、鬍鬚雜亂、眼睛圓瞪、瘸腿並拄著一枝鐵製拐杖。

❿洪秀全：清末宗教組織拜上帝會創始人、太平天國的建立者。

⓫李鴻章：晚清四大名臣之一，地方武裝淮軍的創建者和領導者。

九

祖父回家時，大約已將近平常吃早飯時節了，肩上手上全是東西，一上小山頭便喊翠翠，要翠翠拉船過小溪來迎接他。

翠翠眼看到多少人皆進了城，正在船上急得莫可奈何，聽到祖父的聲音，精神旺了，銳聲答著：「爺爺，爺爺，我來了！」

老船夫從碼頭邊上了渡船後，把肩上、手上的東西擱到船頭上，一面幫著翠翠拉船，一面向翠翠笑著，如同一個小孩子，神氣充滿了謙虛與羞怯。

「翠翠，妳急壞了，是不是？」

翠翠本應埋怨祖父的，但她卻回答說：「爺爺，我知道你在河街上勸人喝酒，好玩得很。」翠翠還知道祖父極高興到河街上去玩，但如此說來，將更使祖父害羞亂嚷了，因此話到口邊卻不提出。

翠翠把擱在船頭的東西一一估記在眼裡，不見了酒葫蘆。

翠翠「嗤」地笑了：「爺爺，你倒大方，請副爺同船上人吃酒，連葫蘆也吃到肚裡去了！」祖父笑著忙做說明：「哪裡，哪裡，我那葫蘆被順順大伯扣下了，他見我在河街上請人喝酒，就說：『喂！喂！擺渡的張橫，這不成的。你不開槽坊，如何這樣子！把你那個放下來，請我全喝了吧。』他當真那麼說——『請我全喝了吧。』我把葫蘆放下了。但我猜想他是同我鬧著玩的，他家裡還少燒酒嗎？翠翠，妳說……」

「爺爺，你以為人家真想喝你的酒，便是同你開玩笑嗎？」

「那是怎麼的？」

「你放心，人家一定因為你請客不是地方，所以扣下你的葫蘆，不讓你請人把酒喝完。等等就會為你送來的，你還不明白，真是！」

「唉，當真會是這樣的！」

說著船已攏了岸，翠翠搶先幫祖父搬東西，但結果卻只拿了那尾魚、那個花褡褳，褡褳中錢已用光了，卻有一包白糖、一包小芝麻餅子。

兩人剛把新買的東西搬運到家中，對溪就有人喊過渡，祖父要翠翠看著肉菜，免得被野貓拖去，爭著下溪去做事，一會兒，便同那個過渡人嚷著到家中來了。

原來這人便是送酒葫蘆的。

只聽到祖父說：「翠翠，妳猜對了。人家當真把酒葫蘆送來了！」翠翠來不及向灶邊走去，祖父同一個年紀輕輕的、臉黑肩膊寬的人物，便進到屋裡了。

翠翠同客人皆笑著，讓祖父把話說下去。客人又望著翠翠笑，翠翠仿佛明白為什麼被人望著，有點不好意思起來，走到灶邊燒火去了。

溪邊又有人喊過渡，翠翠趕忙跑出門外船上去，把人渡過了溪，恰好又有人過溪。天雖落小雨，過渡人卻分外多，一連三次。

翠翠在船上一面做事，一面想起祖父的趣處。不知怎麼的，從城裡被人打發來送酒葫蘆的，她覺得好像是個熟人。可是眼睛裡像是熟人，卻不明白在什麼地方見過面，但也正像是不肯把這人想到某方面去，方猜不著這來人的身分。

祖父在岩坎上邊喊：「翠翠，翠翠，妳上來歇歇，陪陪客！」本來無人過渡便想上岸去燒火，但經祖父一喊，反而不上岸了。

來客問祖父：「進不進城看船？」

老渡船夫就說：「應當看守渡船。」

兩人又談了些別的話。

到後來客方言歸正傳：「伯伯，你翠翠像個大人了，長得很好看！」

撐渡船的笑了。「口氣同哥哥一樣，倒爽快呢！」這樣想著，卻那麼說：「二老，這地方配受人稱讚的只有你，人家都說你好看！『八面山的豹子』、『地地溪的錦雞』全是特為頌揚你這個人好處的警句！」

「但是，這很不公平。」

「很公平的！我聽船上人說，你上次押船，船到三門下面白雞關灘出了事，從急浪中你援救過三個人。你們在灘上過夜，被村子裡女人見著了，人家在你棚子邊唱歌一整夜，是不是真有其事？」

「不是女人唱歌一夜，是狼嗥。那地方著名多狼，只想得機會吃我們！我們燒了一大堆火，嚇住了牠們，才不被吃掉！」

老船夫笑了：「那更妙！人家說的話還是很對的。狼是只吃姑娘，吃小孩，吃十八歲標致青年，像我這種老骨頭，牠不要吃的！」

那二老說：「伯伯，你到這裡見過兩萬個日頭，別人家全說我們這個地方風水好，出大人，不知為什麼原因，如今還不出大人？」

「你是不是說風水好，應出有大名頭的人？我以為這種人不生在我們這個小地方，也不礙事，我們有聰明、正直、勇敢、耐勞的年輕人，就夠了。像你們父子兄弟，為本地也增光彩已經很多很多！」

「伯伯，你說得好，我也是那麼想。地方不出壞人，出好人，如伯伯那麼樣子，人雖老了，還硬朗得同棵楠木樹一樣，穩穩當當地活到這塊地面，又正經，又大方，難得的咧！」

「我是老骨頭了，還說什麼！日頭、雨水，走長路、挑分量沉重的擔子、大吃大喝、挨餓受寒，自己分上的都拿過了，不久就會躺到這冰涼土地上喂蛆吃的。這世界有得是你們小夥子分上的一切，好好地幹，日頭不辜負你們，你們也莫辜負日頭！」

「伯伯，看你那麼勤快，我們年輕人不敢辜負日頭！」

說了一陣，二老想走了，老船夫便站到門口去喊叫翠翠，要她到屋裡來燒水煮飯，調換他自己看船。

翠翠不肯上岸，客人卻已下船了，翠翠把船拉動時，祖父故意裝作埋怨神氣說：「翠翠，妳不上來，難道要我在家裡作媳婦煮飯嗎？」

翠翠斜睨了客人一眼，見客人正盯著她，便把臉背過去，抿著嘴兒，很自負地拉著那條橫纜，船慢慢拉過對岸了。

客人站在船頭同翠翠說話：「翠翠，吃了飯，同妳爺爺去看划船吧？」翠翠不好意思不說話，便說：「爺爺說不去，去了無人守這個船！」

「妳呢？」

「爺爺不去，我也不去。」

「妳也守船嗎？」

「我陪我爺爺。」

「我要一個人來替你們守渡船，好不好？」

「砰」地一下船頭已撞到岸邊土坎上了，船攏岸了。

二老向岸上一躍，站在斜坡上說：「翠翠，難為妳！我回去就要人來替你們，你們快吃飯，一同到我家裡去看船，今天人多咧！熱鬧咧！」

翠翠不明白這陌生人的好意，不懂得為什麼一定要到他家中去看船，抿著小嘴笑笑，就把船拉回去了。到了家中一邊溪岸後，只見那個人還正在對溪小山上，好像等待什麼，不即走開。

翠翠回轉家中，到灶口邊去燒火，一面把帶點濕氣的草塞進灶裡去，一面向正在把客人帶回的那一葫蘆酒試著的祖父詢問：「爺爺，那人說回去就要人來替你，要我們兩人去看船，你去不去？」

「妳高興去嗎？」

「兩人同去我高興。那個人很好，我像認得他，他是誰？」

祖父心想：「這倒對了，人家也覺得妳好！」

祖父笑著說：「翠翠，妳不記得妳前年在大河邊時，有個人說要讓大魚咬妳嗎？」

翠翠明白了，卻仍然裝不明白問：「他是誰？」

「妳想想看，猜猜看。」

「一本《百家姓》好多人，我猜不著他是張三李四❶。」

「順順船總家的二老，他認識妳，妳不認識他啊！」

他抿了一口酒，像讚美酒，又像讚美人，低低地說：「好的！妙的！這是難得的！」過渡的人在門外坎下叫喚著，老祖父口中還是「好的！妙的……」匆匆下船做事去了。

《註釋》

❶張三李四：假設的名字，泛指某人或某些人。

十

吃飯時隔溪有人喊過渡，翠翠搶著下船，到了那邊，方知道原來過渡的人，便是船總順順家派來作替手的水手，一見翠翠就說道：「二老要你們一吃了飯就去，他已下河了。」見了祖父又說：「二老要你們吃了飯就去，他已下河了。」張耳聽聽，便可聽出遠處鼓聲已較密，從鼓聲裡使人想到那些極狹的船，在長潭中筆直前進時，水面上畫著如何美麗的長長的線路！

新來的人茶也不吃，便在船頭站妥了，翠翠同祖父吃飯時，邀他喝一杯，只是搖頭推辭。祖父說：「翠翠，我不去，妳同小狗去好不好？」

「要不去，我也不想去！」

「我去呢？」

「我本來也不想去，但我願意陪你去。」

祖父微笑著：「翠翠，翠翠，妳陪我去，好的，妳陪我去！」

祖父同翠翠到城裡大河邊時河邊早站滿了人。

細雨已經停止，地面還是濕濕的。

祖父要翠翠過河街船總家吊腳樓上去看船，翠翠卻以為站在河邊較好。兩人在河邊站定不多久，順順便派人把他們請去了。

吊腳樓上已有了很多的人。早上過渡時，為翠翠所注意的鄉紳妻女，受順順家的款待，占據了最好窗口，一見到翠翠，那女孩子就說：「妳來，妳來！」翠翠帶著點兒羞怯走去，坐在他們身後條凳上，祖父便走開了。

祖父並不看龍船競渡，卻為一個熟人拉到河上游半里路遠近，到一個新碾坊看水碾子去了，老船夫對於水碾子原來就極有興味的。

倚山濱水來一座小小茅屋，屋中有那麼一個圓石片子，固定在一個橫軸上，斜斜地擱在石槽裡。當水閘門抽去時，流水衝激地下的暗輪，上面的石片便飛轉起來。作主人的管理這個東西，把毛穀倒進石槽中去❶，把碾好的米弄出放在屋角隅篩子裡，再篩去糠灰。地上全是糠灰，主人頭上包著塊白布帕子，頭上、肩上也全是糠灰。

天氣好時就在碾坊前後隙地裡種些蘿蔔、青菜、大蒜、四季蔥。水溝壞了，就把褲子脫去，到河裡去堆砌石頭修理泄水處。水碾壩若修築得好，還可裝個小小魚梁❷，漲小水時就自會有魚上梁來，不勞而獲。在河邊管理一個碾坊，比管理一隻渡船多變化、有趣味，情形一看也就明白了。但一個撐渡船的若想有座碾坊，那簡直是不可能的妄想，凡碾坊照例是屬當地小財主的產業。

那熟人把老船夫帶到碾坊邊時，就告給他這碾坊業主為誰。兩人一面各處視察，一面說話，那熟人用腳踢著新碾盤說：「中寨人自己坐在高山砦子上❸，卻歡喜來到這大河邊置產業。這是中寨王團總的，大錢七百吊。」

老船夫轉著那雙小眼睛，很羡慕地去欣賞一切、估計一切，把頭點著，且對於碾坊中物件一一加以很得體地批評。

後來兩人就坐到那還未完工的白木條凳上去，熟人又說到這碾坊的將來，似乎是團總女兒陪嫁的妝奩❹。那人於是想起了翠翠，且記起大老託過他的事情來了，便問道：「伯伯，你翠翠今年十幾歲？」

「滿十四，進十五歲。」老船夫說過這句話後，便接著在心中計算過去的年月。

「十四歲多能幹！將來誰得她真有福氣！」

「有什麼福氣？又無碾坊陪嫁，一個光人。」

「別說一個光人，一個有用的人，兩隻手抵得五座碾坊！洛陽橋也是魯班兩隻手造的❺！」這樣那樣地說著，說到後來，那人笑了。

老船夫也笑了，心想：「翠翠有兩隻手將來也去造洛陽橋吧！新鮮事！」

那人過了一會又說：「茶峒人年輕男子眼睛光，選媳婦也極在行。伯伯，你若不多我的心時，我就說個笑話給你聽。」

老船夫問：「是什麼笑話。」

那人說：「伯伯你若不多心時，這笑話也可以當真話去聽咧。」接著說得下去就是順順家大老如何在人家讚美翠翠，且如何託他來探聽老船夫口氣那麼一件事。末了同老船夫來轉述另一回會話的情形：「我問他：『大老，大老，你是說真話，還是說笑話？』他就說：『你為我去探聽探聽那老的，我歡喜翠翠，想要翠翠，是真話！』我說：『我這口鈍得很，說出了口，老的一巴掌打來呢？』他說：『你怕打，你先當笑話去說，不會挨打的！』所以，伯伯，我就把這件真事情當笑話來同你說了。你試想想，他初九從川東回來見我時，我應當如何回答他？」

老船夫記前一次大老親口所說的話，知道大老的意思很真，且知道順順也歡喜翠翠，心裡很高興。但這件事照規矩得這個人帶封點心，親自到碧溪岨家中去說，方見得慎重起事，老船夫就說：「等他來時，你說老傢伙聽過了笑話後，自己也說了個笑話，他說：『車是車路，馬是馬路，各有走法。大老走的是車路，應當由大老爹爹作主，請了媒人來正正經經同我說；走的是馬路，應當自己作主，站在渡口對溪高崖上，為翠翠唱三年六個月的歌。』「伯伯，若唱三年六個月的歌動得了翠翠的心，我趕明天就自己來唱歌了。」

「你以為翠翠肯了，我還會不肯嗎？」

「不咧！人家以為這件事你老人家肯了，翠翠便無有不肯呢！」

「不能那麼說，這是她的事呵！」

「便是她的事，可是必須老的作主，人家也仍然以為在日頭月光下唱三年六個月的歌，還不如得伯伯說一句話好！」

「那麼，我說我們就這樣辦，等他從川東回來時要他同順順去說明白。我呢，我也先問問翠翠，若以為聽了三年六個月的歌再跟那唱歌人走去有意思些，我就請你勸大老走他那彎彎曲曲的馬路。」

「那好的。見了他，我就說：『大老，笑話嗎，我已說過了。真話呢，看你自己的命運去了。』當真看他的命運去了，不過我明白他的命運，還是在你老人家手上捏著的。」

「不是那麼說！我若捏得定這件事，我馬上就答應了。」這裡兩人把話說妥後，就過另一處看一隻順順新近買來的三艙船去了。

河街上順順吊腳樓方面，卻有了如下事情。

翠翠雖被那鄉紳女孩喊到身邊去坐，地位非常之好，從窗口望出去，河中一切朗然在望，然而心中可不安寧。擠在其他幾個窗口看熱鬧的人，似乎皆常常把眼光從河中景物挪到這邊幾個人身上來；還有些人故意裝成有別的事情樣子，從樓這邊走過那一邊，事實上卻全為得是好仔細看看翠翠這方面幾個人。

翠翠心中老不自在，只想藉故跑去。

一會兒河下的炮聲響了，幾隻從對河取齊的船隻❻，直向這方面划來。先是四條船皆相去不遠，如四枝箭在水面射著；到了一半，已有兩隻船占先了些；再過一會子，那兩隻船中間便又有一隻超過了並進的船隻而前。

看看船到了稅局門前時，第二次炮聲又響，那船便勝利了。這時節勝利的已判明屬河街人所划的一隻，各處便皆響著慶祝的小鞭炮。那船於是沿了河街吊腳樓划去，鼓聲「蓬蓬」作響，河邊與吊腳樓各處，都同時吶喊表示快樂的祝賀。

翠翠眼見在船頭站定，搖動小旗指揮進退，頭上包著紅布的那個年輕人，便是送酒葫蘆到碧溪岨的二老，心中便印著三年前的舊事——

「大魚吃掉妳！」

「吃掉不吃掉，不用你管！」

「狗，狗，你也看人叫！」想起狗，翠翠才注意到自己身邊那隻黃狗，已不知跑到什麼地方去，便離了座位，在樓上各處找尋她的黃狗，把船頭人忘掉了。她一面在人叢裡找尋黃狗，一面聽人家正說些什麼話。

一個大臉婦人問：「是誰家的人，坐到順順家當中窗口前的那塊好地方？」

一個婦人就說：「是砦子上王鄉紳家大姑娘，今天說是來看船，其實來看人，同時也讓人看！人家命好，有福分坐那好地方！」

「看誰人？被誰看？」

「嗨，妳還不明白，那鄉紳想同順順打親家呢！」

「那姑娘配什麼人？是大老，還是二老？」

「說是二老呀！等等妳們看這岳雲，就會上樓來看他丈母娘的！」

另一個女人便插嘴說：「事弄妥了，好得很呢！人家有一座嶄新碾坊陪嫁，比十個長年還好一些。」

有人問：「二老怎麼樣？可樂意？」

有人就輕輕地說：「二老已說過了，這不必看。第一件事我就不想作那個碾坊的主人！」

「妳聽岳雲二老親口說嗎？」

「我聽別人說的，還說二老歡喜一個撐渡船的。」

「他又不是傻小二，不要碾坊，要渡船嗎？」

「那誰知道。橫順人是『牛肉炒韭菜，各人心裡愛』，只看各人心裡愛什麼就吃什麼。渡船不會不如碾坊！」

當時各人眼睛對著河裡，口中說著這些閒話，卻無一個人回頭來注意到身後邊的翠翠。翠翠臉發火發燒走到另外一處去，又聽有兩個人提到這件事。

且說：「一切早安排好了，只需要二老一句話。」

又說：「只看二老今天那麼一股勁兒，就可以猜想得出這勁兒是岸上一個黃花姑娘給他的！」誰是激動二老的黃花姑娘？聽到這個，翠翠心中不免有點兒亂。

翠翠人矮了些，在人背後已望不見河中情形，只聽到敲鼓聲漸近漸激越，岸上吶喊聲自遠而近，便知道二老的船恰恰經過樓下。

樓上人也大喊著，雜夾叫著二老的名字，鄉紳太太那方面，且有人放小百子鞭炮。忽然又用另外一種驚訝聲音喊著，且同時便見許多人出門向河下走去。

翠翠不知出了什麼事，心中有點迷亂，正不知走回原來座位邊去好，還是依然站在人背後好。

只見那邊正有人拿了個托盤，裝了一大盤粽子同細點心，在請鄉紳太太、小姐用點心，不好意思再過那邊去，便想也擠出大門外到河下去看看。

從河街一個鹽店旁邊甬道下河時，正在一排吊腳樓的樑柱間，迎面碰頭一群人，擁著那個頭包紅布的二老來了。

原來二老因失足落水，已從水中爬起來了。

路太窄了一些，翠翠雖閃過一旁，與迎面來的人仍然得肘子觸著肘子。

二老一見翠翠就說：「翠翠，妳來了，爺爺也來了嗎？」

翠翠臉還發著燒不便作聲，心想：「黃狗跑到什麼地方去了呢？」

二老又說：「怎不到我家樓上去看呢？我已要人替妳弄了個好位子。」

翠翠心想：「碾坊陪嫁，稀奇事情咧！」

二老不能逼迫翠翠回去，到後便各自走開了。

翠翠到河下時，小小心中充滿了一種說不分明的東西。是煩惱吧？不是……是憂愁吧？不是……是快樂吧？不……有什麼事情使這個女孩子快樂呢？是生氣了吧？是的，她當真彷彿覺得自己是在生一個人的氣，又像是在生自己的氣。

河邊人太多了，碼頭邊淺水中、船桅船篷上，以至於吊腳樓的柱子上，也莫不有人。

翠翠自言自語說：「人那麼多，有什麼三腳貓好看？」

先還以為可以在什麼船上發現她的祖父，但搜尋了一陣，各處卻無祖父的影子。

她擠到水邊去，一眼便看到了自己家中那條黃狗，同順順家一個長年，正在去岸數丈一隻空船上看熱鬧。翠翠銳聲叫喊了兩聲，黃狗張著耳葉昂頭四面一望，便猛地撲下水中，向翠翠方面泅來了。

到了身邊時狗身上已全是水，把水抖著且跳躍不已，翠翠便說：「得了，裝什麼瘋。你又不翻船，誰要你落水呢？」翠翠同黃狗找祖父去，在河街上一個木行前恰好遇著了祖父。

老船夫說：「翠翠，我看了個好碾坊，碾盤是新的，水車是新的，屋上稻草也是新的！水壩管著一綹水，急溜溜的。抽水閘時，水車轉得如陀螺。」

翠翠帶著點做作問：「是什麼人的？」

「是什麼人的？住在山上的王團總的。我聽人說是那中寨人為女兒作嫁妝的東西，好不闊氣，包工就是七百吊大錢，還不管風車，不管家什❼！」

「誰討那個人家的女兒？」

祖父望著翠翠乾笑著：「翠翠，大魚咬妳，大魚咬妳。」

翠翠因為對於這件事心中有了個數目，便仍然裝著全不明白，只詢問祖父：「爺爺，誰個人得到那個碾坊？」

「岳雲二老！」祖父說了又自言自語地說，「有人羨慕二老得到碾坊，也有人羨慕碾坊得到二老！」「誰羨慕呢？爺爺。」「我羨慕。」祖父說著便又笑了。

翠翠說：「爺爺，你喝醉了。」「可是二老還稱讚妳長得美呢！」翠翠說：「爺爺，你醉瘋了。」祖父說：「爺爺不醉不瘋……去！我們到河邊看他們放鴨子去。」他還想說：「二老捉得鴨子，一定又會送給我們的。」話不及說，二老來了，站在翠翠面前微笑著。

翠翠也微笑著。

於是三個人回到吊腳樓上去。

註釋

❶毛穀：未經清理的稻穀。

❷魚梁：攔截水流以捕魚的設施。

❸中寨：指中國湖南省懷化市新晃侗族自治縣下轄的一個鎮。

❹妝奩：即「嫁妝」。

❺魯班：春秋時代著名工匠家。

❻取齊：聚齊、會合。

❼家什：家庭所用的器具。

十一

有人帶了禮物到碧溪岨，掌水碼頭的順順，當真請了媒人為兒子向渡船的攀親起來了。老船夫慌慌張張把這個人渡過溪口，一同到家裡去。翠翠正在屋門前剝豌豆，來了客並不如何注意，但一聽到客人進門說：「賀喜！賀喜！」心中有事，不敢再待在屋門邊，就裝作追趕菜園地的雞，拿了竹響篙「唰唰」地搖著，一面口中輕輕喝著，向屋後白塔跑去了。

來人說了些閒話，言歸正傳轉述到順順的意見時，老船夫不知如何回答，只是很驚惶地搓著兩隻結繭的大手，好像這不會真有其事，而且神氣中只像在說：「那好！那好！」其實這老頭子卻不曾說過一句話。

馬兵把話說完後，就問作祖父的意見怎麼樣，老船夫笑著把頭點著說：「大老想走車路，這個很好。可是我得問問翠翠，看她自己主意怎麼樣。」

來人走後，祖父在船頭叫翠翠下河邊來說話。

翠翠拿了一簸箕豌豆下到溪邊，上了船，嬌嬌地問他的祖父：「爺爺，你有什麼事？」祖父笑著不說什麼，只偏著個白髮盈顛的頭看著翠翠❶，看了許久。

翠翠坐到船頭，低下頭去剝豌豆，耳中聽著遠處竹篁裡的黃鳥叫。

翠翠想：「日子長咧！爺爺話也長了。」

翠翠心輕輕的跳著，過了一會祖父說：「翠翠，翠翠，先前來的那個伯伯來做什麼，妳知道不知道？」

翠翠說：「我不知道。」說後臉同頸脖全紅了。

祖父看看那種情景，明白翠翠的心事了，便把眼睛向遠處望去，在空霧裡望見了十五年前翠翠的母親，老船夫心中異常柔和了。

輕輕地自言自語說：「每一隻船總要有個碼頭，每一隻雀兒得有個巢。」他同時想起那個可憐的母親過去的事情，心中有了一點隱痛，卻勉強笑著。

翠翠呢，正從山中黃鳥杜鵑叫聲裡，以及山谷中伐竹人「唦唦」一下一下的砍伐竹子聲音裡，想到許多事情——老虎咬人的故事、與人對罵時四句頭的山歌、造紙作坊中的方坑、鐵工廠熔鐵爐裡泄出的鐵汁……耳朵聽來的、眼睛看到的，她似乎都要去溫習溫習。

她所以這樣做，又似乎全只為了希望忘掉眼前的一樁事而起。

但她實在有點誤會了。

祖父說：「翠翠，船總順順家裡請人來作媒，想討妳作媳婦，問我願不願。我呢，人老了，再過三年兩載會過去的，我沒有不願的事情。這是妳自己的事，妳自己想想，自己來說，願意，就成了；不願意，也好。」

翠翠不知如何處理這個問題，裝作從容，怯怯地望著老祖父，又不便問什麼，當然也不好回答。

祖父又說：「大老是個有出息的人，為人又正直又慷慨，妳嫁了他，算是命好！」

翠翠明白了，人來做媒的大老……

不曾把頭抬起，心忡忡地跳著❷，臉燒得厲害，仍然剝她的豌豆，且隨手把空豆莢拋到水中去，望著它們在流水中從從容容地流去，自己也儼然從容了許多。

見翠翠總不作聲，祖父於是笑了，且說：「翠翠，想幾天不礙事。洛陽橋並不是一個晚上造得好的，要日子咧。前次那人來的就向我說到這件事，我已經就告過他，車是車路，馬是馬路，各有規矩。想爸爸作主，請媒人正正經經來說是車路；要自己作主，站到對溪高崖竹林裡為妳唱三年六個月的歌是馬路。妳若歡喜走馬路，我相信人家會為妳在日頭下唱熱情的歌，在月光下唱溫柔的歌，一直唱到吐血、喉嚨爛！」

翠翠不作聲，心中只想哭，可是也無理由可哭。

祖父再說下去，便引到死去了的母親來了。

老人說了一陣，沉默了。

翠翠悄悄把頭撂過一些，祖父眼中業已釀了一汪眼淚。

翠翠又驚又怕怯生生地說：「爺爺，你怎麼的？」祖父不作聲，用大手掌擦著眼睛，小孩子似的咕咕笑著，跳上岸跑回家中去了。

翠翠心中亂亂的，想趕去卻不趕去。

雨後放晴的天氣，日頭炙到人肩上、背上已有了點兒力量。溪邊蘆葦水楊柳、菜園中菜蔬，莫不繁榮滋茂，帶著一分有野性的生氣。草叢裡綠色蚱蜢各處飛著，翅膀搏動空氣時「窸窸」作聲，枝頭新蟬聲音已漸漸洪大，兩山深翠逼人竹篁中，有黃鳥與竹雀杜鵑鳴叫。

翠翠感覺著、望著、聽著，同時也思索著：「爺爺今年七十歲……三年六個月的歌……誰送那隻白鴨子呢？得碾子的好運氣，碾子得誰更是好運氣……」癡著，忽地站起，半簸箕豌豆便傾倒到水中去了，伸手把那簸箕從水中撈起時，隔溪有人喊過渡。

《註釋》

❶白髮盈顛：滿頭的白頭髮。盈：滿。顛：頭頂。

❷忡忡：憂慮不安的樣子。

十二

翠翠第二天在白塔下菜園地裡，第二次被祖父詢問到自己主張時，仍然心兒忡忡地跳著，把頭低下不做理會，只顧用手去掐蔥。

祖父笑著，心想：「還是等等看，再說下去這一坪蔥會全掐掉了。」同時似乎又覺得這其間有點古怪處，不好再說下去，便自己按捺到言語，用一個做作的笑話，把問題引到另外一件事情上去了。

天氣漸漸地越來越熱了。近六月時，天氣熱了些，老船夫把一個滿是灰塵的黑陶缸子從屋角隅裡搬出，自己還勻出閒工夫❶，拼了幾方木板做成一個圓蓋，又鋸木頭做成一個三腳架子，且削刮了個大竹筒，用葛藤繫定，放在缸邊作為舀茶的家具。

自從這茶缸移到屋門溪邊後，每早上翠翠就燒一大鍋開水，倒進那缸子裡去。有時缸裡加些茶葉，有時卻只放下一些用火燒焦的鍋巴，趁那東西還燃著時便拋進缸裡去。

老船夫且照例準備了些發痧、肚痛、治皰瘡瘍子的草根木皮❷，把這些藥擱在家中當眼處，一見過渡人神氣不對，就忙匆匆地把藥取來，善意地勒迫這過路人使用他的藥方，且告人這許多救急丹方的來源。（這些丹方自然全是他從城中軍醫同巫師學來的。）

他終日裸著兩隻膀子，在方頭船上站定，頭上還常常是光光的，一頭短短白髮，在日光下如銀子。

翠翠依然是個快樂人，屋前屋後跑著、唱著，不走動時就坐在門前高崖樹蔭下吹小竹管兒玩。

爺爺彷彿把大老提婚的事早已忘掉，翠翠自然也早忘掉這件事情了。可是那作媒的不久又來探口氣了，依然是同從前一樣，祖父把事情成否全推到翠翠身上去，打發了媒人上路。回頭又同翠翠談了一次，也依然不得結果。

老船夫猜不透這事情在這什麼方面有個疙瘩，解除不去，夜裡躺在床上便常常陷入一種沉思裡去，隱隱約約體會到一件事情——翠翠愛二老，不愛大老。想到了這裡時，他笑了，為了害怕而勉強笑了。

其實他有點憂愁，因為他忽然覺得翠翠一切全像那個母親，而且隱隱約約便感覺到這母女二人共同的命運。

一堆過去的事情蜂擁而來，不能再睡下去了。一個人便跑出門外，到那臨溪高崖上去，望天上的星辰，聽河邊紡織娘，以及一切蟲類如雨的聲音，許久，許久，還不睡覺。

這件事翠翠是毫不注意的，這小女孩子日裡儘管玩著、工作著，也同時為一些很神秘的東西馳騁她那顆小小的心，但一到夜裡，卻甜甜地睡眠了。

不過一切皆得在一分時間中變化，這一家安靜平凡的生活，也因了一堆接連而來的日子，在人事上把那安靜空氣完全打破了。

船總順順家中一方面，天保大老的事已被二老知道了，儺送二老同時也讓他哥哥知道了弟弟的心事，這一對難兄難弟原來同時愛上了那個撐渡船的外孫女。

這事情在本地人說來並不稀奇，邊地俗話說：「火是各處可燒的；水是各處可流的；日月是各處可照的；愛情是各處可到的。」

有錢船總兒子，愛上一個弄渡船的窮人家女兒，不能成為稀罕的新聞，有一點困難處，只是這兩兄弟到了誰應取得這個女人作媳婦時，是不是也還得照茶峒人規矩，來一次流血的掙扎？兄弟兩人在這方面是不至於動刀的，但也不作興有「情人奉讓」❸，如大都市懦怯男子愛與仇對面時做出的可笑行為。

那哥哥同弟弟在河上游一個造船的地方，看他家中那一隻新船，在新船旁把一切心事全告給了弟弟，且附帶說明，這點愛還是兩年前植下根基的。

弟弟微笑著，把話聽下去。

兩人從造船處沿了河岸又走到王鄉紳新碾坊去。

那大哥就說：「二老，你倒好，作了團總女婿，有座碾坊；我呢，若把事情弄好了，我應當接那個老的手來划渡船了。我歡喜這個事情，我還想把碧溪岨兩個山頭買過來，在界線上種大南竹，圍著這一條小溪作為我的砦子！」

那二老仍然聽著，把手中拿的一把彎月形鐮刀隨意斫削路旁的草木。到了碾坊時，卻站住了向他哥哥說：「大老，你信不信這女子心上早已有了個人？」

「我不信。」

「大老，你信不信這碾坊將來歸我？」

「我不信。」兩人於是進了碾坊。

二老說：「你不必——大老，我再問你，假若我不想得這座碾坊，卻打量要那隻渡船，而且這念頭也是兩年前的事，你信不信呢？」

那大哥聽來真著了一驚，望了一下坐在碾盤橫軸上的儺送二老，知道二老不是開玩笑，於是站近了一點，伸手在二老肩上拍打了一下，且想把二老拉下來。

他明白了這件事，他笑了。

他說：「我相信的，你說的是真話。」

二老把眼睛望著他的哥哥，很誠實地說：「大老，相信我，這是真事。我早就那麼打算到了。家中不答應，那邊若答應了，我當真預備去弄渡船的！你告我，你呢？」

「爸爸已聽了我的話，為我要城裡的楊馬兵做保山❹，向划渡船說親去了！」大老說到這個求親手續時，好像知道二老要笑他，又解釋要保山去的用意：「只是因為老的說，車有車路，馬有馬路，我就走了車路。」

「結果呢？」「得不到什麼結果，老的口上含李子，說不明白。」

「馬路呢？」「馬路呢，那老的說若走馬路，得在碧溪岨對溪高崖上唱三年六個月的歌。把翠翠心唱軟，翠翠就歸我了。」

「這並不是個壞主張！」

「是呀！一個結巴人話說不出，還唱得出，可是這件事輪不到我了——我不是竹雀，不會唱歌。鬼知道那老的存心是要把孫女兒嫁個會唱歌的水車，還是預備規規矩矩嫁個人！」

「那你怎麼樣？」「我想告那老的，要他說句實在話，只一句話，不成，我跟船下桃源去了；成呢，便是要我撐渡船，我也答應了他。」

「唱歌呢？」「這是你的拿手好戲，你要去做竹雀，你就去吧！我不會撿馬糞塞你嘴巴的。」二老看到哥哥那種樣子，便知道為這件事，哥哥感到的是一種如何煩惱了。

他明白他哥哥的性情，代表了茶峒人粗鹵爽直一面❺，弄得好，掏出心子來給人也很慷慨做去；弄不好，親舅舅也必「一是一，二是二」。

大老何嘗不想在車路上失敗時走馬路，但他一聽到二老的坦白陳述後，他就知道馬路只二老有分，自己的事不能提了。因此他有點氣惱、有點憤慨，自然是無從掩飾的。

二老想出了個主意，就是兩兄弟月夜裡同到碧溪岨去唱歌，莫讓人知道是弟兄兩個。兩人輪流唱下去，誰得到回答，誰便繼續用那張唱歌勝利的嘴唇，服侍那划渡船的外孫女。

大老不善於唱歌，輪到大老時也仍然由二老代替。

兩人憑命運來決定自己的幸福，這麼辦可說是極公平了。

提議時，那大老還以為他自己不會唱，也不想請二老替他作竹雀。

但二老那種詩人性格，卻使他很固持地要哥哥實行這個辦法。

二老說必須這樣做，一切才公平一點。

大老把弟弟提議想想，做了一個苦笑。

「×娘的，自己不是竹雀，還請老弟做竹雀！好，就是這樣子，我們各人輪流唱，我也不要你幫忙，一切我自己來吧！樹林子裡的貓頭鷹，聲音不動聽。要老婆時，也仍然是自己叫下去，不請人幫忙的！」

兩人把事情說妥當後，算算日子，今天十四，明天十五，後天十六，接連而來的三個日子，正是有大月亮天氣。氣候既到了中夏，半夜裡不冷不熱，穿了白家機布汗褂❻，到那些月光照及的高崖上去，遵照當地的習慣，很誠實與坦白去為一個「初生之犢」的黃花女唱歌。露水降了，歌聲澀了，到應當回家了時，就趁殘月趕回家去，或過那些熟識的整夜工作不息的碾坊裡去，躺到溫暖的穀倉裡小睡，等候天明。

一切安排皆極其自然，結果是什麼，兩人雖不明白，但也看得極其自然。兩人便決定了從當夜起始，來做這種為當地習慣所認可的競爭。

《註釋》

❶勻出：撥出或騰出一部分。
❷發痧：中暑，染患痧症。
❸作興：流行、盛行。
❹保山：即「媒人」。
❺粗鹵：粗率鹵莽，現常作「粗魯」。
❻家機布：一種質料較佳的布料。

十三

黃昏來時，翠翠坐在家中屋後白塔下，看天空為夕陽烘成桃花色的薄雲。十四中寨逢場，城中生意人過中寨收買山貨的很多，過渡人也特別多，祖父在渡船上忙個不息。

天快夜了，別的雀子似乎都在休息了，只杜鵑叫個不息。石頭泥土為白日曬了一整天，草木為白日曬了一整天，到這時節皆放散一種熱氣。空氣中有泥土氣味，有草木氣味，且有甲蟲類氣味。翠翠看著天上的紅雲，聽著渡口飄鄉生意人的雜亂聲音，心中有些兒薄薄地淒涼。

黃昏照樣地溫柔、美麗、平靜，但一個人若體念或追究到這個當前一切時，也就照樣在這黃昏中會有點兒薄薄地淒涼。於是，這日子成為痛苦的東西了。翠翠覺得好像缺少了什麼；好像眼見到這個日子過去了，想在一件新的人事上攀住它，但不成；好像生活太平凡了，忍受不住。

「我要坐船下桃源縣過洞庭湖，讓爺爺滿城打鑼去叫我，點了燈籠火把去找我。」她便同祖父故意生氣似的，很放肆地去想到這樣一件事，她且想像她出走後，祖父用各種方法尋覓全無結果，到後如何無可奈何躺在渡船上。

人家喊：「過渡，過渡，老伯伯，你怎麼的！不管事！」

「怎麼的？翠翠走了，下桃源縣了！」

「那你怎麼辦？」

「怎麼辦嗎？拿把刀，放在包袱裡，搭下水船去殺了她！」

翠翠彷彿當真聽著這種對話，嚇怕起來了，一面銳聲喊著她的祖父，一面從坎上跑向溪邊渡口去。

見到了祖父正把船拉在溪中心，船上人喁喁說著話❶，小小心子還依然跳躍不已。

「爺爺，爺爺，你把船拉回來呀！」

那老船夫不明白她的意思，還以為是翠翠要為他代勞了，就說：「翠翠，等一等，我就回來！」

「你不拉回來了嗎？」

「我就回來！」

翠翠坐在溪邊，望著溪面為暮色所籠罩的一切，且望到那隻渡船上一群過渡人，其中有個吸旱煙的打著火鐮吸煙❷，且把煙杆在船邊「剝剝」地敲著煙灰，就忽然哭起來了。

祖父把船拉回來時，見翠翠癡癡的坐在岸邊，問她是什麼事，翠翠不作聲。

祖父要她去燒火煮飯，想了一會兒，覺得自己哭得可笑，一個人便回到屋中去，坐在黑黝黝的灶邊把火燒燃後，她又走到門外高崖上去，喊叫她的祖父，要他回家裡來。在職務上毫不兒戲的老船夫，因為明白過渡人皆是趕回城中吃晚飯的人，來一個就渡一個，不便要人站在那岸邊呆等，故不上岸來。只站在船頭告翠翠，且讓他做點事，把人渡完事後，就回家裡來吃飯。

翠翠第二次請求祖父，祖父不理會，她坐在懸崖上，很覺得悲傷。

天夜了，有一匹大螢火蟲尾上閃著藍光，很迅速地從翠翠身旁飛過去，翠翠想：「看你飛得多遠！」便把眼睛隨著那螢火蟲的明光追去。

杜鵑又叫了。

「爺爺，為什麼不上來？我要你！」在船上的祖父聽到這種帶著嬌有點兒埋怨的聲音，一面粗聲粗氣地答道：「翠翠，我就來！我就來！」一面心中卻自言自語：「翠翠，爺爺不在了，妳將怎麼樣？」

老船夫回到家中時，見家中還黑黝黝的，只灶間有火光，見翠翠坐在灶邊矮條凳上，用手蒙著眼睛，走過去才曉得翠翠已哭了許久。祖父一個下半天來，皆彎著個腰在船上拉來拉去，歇歇時手也酸了、腰也酸了。照規矩，一到家裡就會嗅到鍋中所燜瓜菜的味道，且可見到翠翠安排晚飯在燈光下跑來跑去的影子。

今天情形竟不同了一點。

祖父說：「翠翠，我來慢了，妳就哭，這還成嗎？我死了呢？」翠翠不作聲。

祖父又說：「不許哭，做一個大人，不管有什麼事都不許哭。要硬紮一點、結實一點❸，才配活到這塊土地上！」

翠翠把手從眼睛邊移開，靠近了祖父身邊去：「我不哭了。」

兩人吃飯時，祖父為翠翠說到一些有趣味的故事，因此提到了死去了的翠翠的母親。兩人在豆油燈下把飯吃過後，老船夫因為工作疲倦，喝了半碗白酒，因此飯後興致極好，又同翠翠到門外高崖上、月光下去說故事。說了些那個可憐母親的乖巧處，同時且說到那可憐母親性格強硬處，使翠翠聽來神往傾心。

翠翠抱膝坐在月光下，傍著祖父身邊，問了許多關於那個可憐母親的故事。間或吁一口氣，似乎心中壓上了些分量沉重的東西，想挪移得遠一點，才吁著這種氣，可是卻無從把那東西挪開。

月光如銀子，無處不可照及，山上篁竹在月光下皆成為黑色。身邊草叢中蟲聲繁密如落雨。間或不知道從什麼地方，忽然會有一隻草鶯「落落落落噓」

囀著牠的喉嚨。不久之間，這小鳥兒又好像明白這是半夜，不應當那麼吵鬧，便仍然閉著那小小眼兒安睡了。

祖父夜來興致很好，為翠翠把故事說下去，就提到了本城人二十年前唱歌的風氣，如何馳名於川黔邊地。

翠翠的父親，便是唱歌的第一手，能用各種比喻解釋愛與憎的結子❹，這些事也說到了。翠翠母親如何愛唱歌，且如何同父親在未認識以前在白日裡對歌，一個在半山上竹篁裡砍竹子，一個在溪面渡船上拉船，這些事也說到了。

翠翠問：「後來怎麼樣？」祖父說：「後來的事長得很，最重要的事情，就是這種歌唱出了妳。」

《註釋》

❶ 喁喁：形容人低聲說話。

❷ 火鐮：打火用的器具，形狀像鐮刀。

❸ 硬紮：湘地方言，指強硬、結實。

❹ 結子：糾結。

十四

老船夫做事累了，睡了；翠翠哭倦了，也睡了。

翠翠不能忘記祖父所說的事情，夢中靈魂為一種美妙歌聲浮起來了，仿佛輕輕地各處飄著，上了白塔；下了菜園；到了船上；又復飛竄過懸崖半腰——去做什麼呢？摘虎耳草！白日裡拉船時，她仰頭望著崖上那些肥大虎耳草已極熟習。崖壁三、五丈高，平時攀折不到手，這時節卻可以選頂大的葉子做傘。一切皆像是祖父說的故事，翠翠只迷迷糊糊地躺在粗麻布帳子裡草薦上❶，以為這夢做得頂美頂甜。

祖父卻在床上醒著，張起個耳朵聽對溪高崖上的人唱了半夜的歌。他知道那是誰唱的，他知道是河街上天保大老走馬路的第一著，又憂愁又快樂地聽下去。

翠翠因為日裡哭倦了，睡得正好，他就不去驚動她。

第二天天一亮，翠翠就同祖父起身了，用溪水洗了臉，把早上說夢的忌諱去掉了，翠翠趕忙同祖父去說昨晚上所夢的事情。

「爺爺，你說唱歌，我昨天就在夢裡聽到一種頂好聽的歌聲，又軟又纏綿。我像跟了這聲音各處飛，飛到對溪懸崖半腰，摘了一大把虎耳草，得到了虎耳草，我可不知道把這個東西交給誰去了。我睡得真好，夢得真有趣！」

祖父溫和悲憫地笑著，並不告給翠翠昨晚上的事實。

祖父心裡想：「做夢一輩子更好，還有人在夢裡作宰相、中狀元咧！」昨晚上唱歌的，老船夫還以為是天保大老，日來便要翠翠守船，藉故到城裡去送藥，探聽情況。在河街見到了大老，就一把拉住那小夥子，很快樂地說：「大老，你這個人，又走車路，又走馬路，是怎樣一個狡猾東西！」但老船夫卻做錯了一件事情，把昨晚唱歌人「張冠李戴」了。

這兩弟兄昨晚上同時到碧溪岨去，為了作哥哥的走車路占了先，無論如何也不肯先開腔唱歌，一定得讓那弟弟先唱。弟弟一開口，哥哥卻因為明知不是敵手，更不能開口了。

翠翠同她祖父晚上聽到的歌聲，便全是那個儺送二老所唱的。

大老伴弟弟回家時，就決定了同茶峒地方離開，駕家中那隻新油船下駛，好忘卻了上面的一切，這時正想下河去看新船裝貨。

老船夫見他神情冷冷的，不明白他的意思，就用眉眼做了一個可笑的記號，表示他明白大老的冷淡是裝成的，表示他有消息可以奉告。他拍了大老一下，輕輕地說：「你唱得很好，別人在夢裡聽著你那個歌，為那個歌帶得很遠，走了不少的路！你是第一號，是我們地方唱歌第一號。」大老望著弄渡船的老船夫涎皮的老臉❷，輕輕地說：「算了吧，你把寶貝女兒送給了會唱歌的竹雀吧。」這句話使老船夫完全弄不明白他的意思。

大老從一個吊腳樓甬道走下河去了，老船夫也跟著下去。到了河邊，見那隻新船正在裝貨，許多油簍子擱到岸邊。一個水手正在用茅草紥成長束，備做船舷上擋浪用的茅把，還有人在河邊用脂油擦槳板。老船夫問那個坐在大太陽下紥茅把的水手，這船什麼日子下行，誰押船。那水手把手指著大老。

老船夫搓著手說：「大老，聽我說句正經話，你那件事走車路，不對；走馬路，你有分的！」那大老把手指著窗口說：「伯伯，你看那邊，你要竹雀作孫女婿，竹雀在那裡啊！」

老船夫抬頭望到二老，正在窗口整理一個魚網。

回碧溪岨到渡船上時，翠翠問：「爺爺，你同誰吵了架，臉色那樣難看！」

祖父莞爾而笑，他到城裡的事情，不告給翠翠一個字。

《註釋》

❶ 草薦：即「草席」。

❷ 涎皮：嬉皮笑臉。

十五

大老坐了那隻新油船向下河走去了，留下儺送二老在家。

老船夫方面還以為上次歌聲既歸二老唱的，在此後幾個日子裡，自然還會聽到那種歌聲。一到了晚間就故意從別樣事情上，促翠翠注意夜晚的歌聲。

兩人吃完飯坐在屋裡，因屋前濱水，長腳蚊子一到黃昏就「嗡嗡」地叫著，翠翠便把蒿艾束成的煙包點燃，向屋中角隅各處晃著驅逐蚊子。晃了一陣，估計全屋子裡已為蒿艾煙氣薰透了，才擱到床前地上去，再坐在小板凳上來聽祖父說話。

從一些故事上慢慢地談到了唱歌，祖父話說得很妙。

祖父到後發問道：「翠翠，夢裡的歌可以使妳爬上高崖去摘那虎耳草，若當真有誰來在對溪高崖上為妳唱歌，妳怎麼樣？」祖父把話當笑話說著的。

翠翠便也當笑話答道：「有人唱歌我就聽下去，他唱多久，我也聽多久！」

「唱三年六個月呢？」

「唱得好聽，我聽三年六個月。」

「這不公平吧？」

「怎麼不公平？為我唱歌的人，不是極願意我長遠聽他的歌嗎？」

「照理說——炒菜要人吃，唱歌要人聽。可是人家為妳唱，是要妳懂他歌裡的意思！」

「爺爺，懂歌裡什麼意思？」

「自然是他那顆想同妳要好的真心！不懂那點心事，不是同聽竹雀唱歌一樣了嗎？」

「我懂了他的心又怎麼樣？」

祖父用拳頭把自己腿重重地捶著，且笑著：「翠翠，妳人乖，爺爺笨得很，話也不說得溫柔，莫生氣。我信口開河，說個笑話給妳聽，妳應當當笑話聽。河街天保大老走車路，請保山來提親，我告給過妳這件事了，妳那神氣不願意，是不是？可是，假若那個人還有個兄弟，走馬路，為妳來唱歌，向妳求婚，妳將怎麼說？」

翠翠吃了一驚，低下頭去。因為她不明白這笑話有幾分真，又不清楚這笑話是誰謅的❶。

祖父說：「妳告訴我，願意哪一個？」

翠翠便微笑著，輕輕地帶點兒懇求的神氣說：「爺爺莫說這個笑話吧！」翠翠站起身了。

「我說的若是真話呢？」

「爺爺你真是個……」翠翠說著走出去了。

祖父說：「我說的是笑話，妳生我的氣嗎？」

翠翠不敢生祖父的氣，走近門限邊時，就把話引到另外一件事情上去：「爺爺看天上的月亮，那麼大！」說著，出了屋外，便在那一派清光的露天中站定。站了一忽兒，祖父也從屋中出到外邊來了。

翠翠於是坐到那白日裡為強烈陽光曬熱的岩石上去，石頭正散發日間所儲的餘熱，祖父就說：「翠翠，莫坐熱石頭，免得生坐板瘡❷。」但自己用手摸摸後，自己便也坐到那岩石上了。

月光極其柔和，溪面浮著一層薄薄白霧。這時節對溪若有人唱歌，隔溪應和，實在太美麗了。翠翠還記著先前祖父說的笑話，耳朵又不聾，祖父的話說得極分明，一個兄弟走馬路，唱歌來打發這樣的晚上，算是怎麼回事？她似乎為了等著這樣的歌聲，沉默了許久。

她在月光下坐了一陣，心裡卻當真願意聽一個人來唱歌。久之，對溪除了一片草蟲的清音復奏以外，別無所有。

翠翠走回家裡去，在房門邊摸著了那個蘆管，拿出來在月光下自己吹著，覺吹得不好，又遞給祖父要祖父吹。

老船夫把那個蘆管豎在嘴邊，吹了個長長的曲子，翠翠的心被吹柔軟了。翠翠依傍祖父坐著，問祖父：「爺爺，誰是第一個做這個小管子的人？」

「一定是個最快樂的人，因為他分給人的也是許多快樂；可又像是個最不快樂的人做的，因為他同時也可以引起人不快樂！」

「爺爺，你不快樂了嗎？生我的氣了嗎？」

「我不生妳的氣。妳在我身邊，我很快樂。」

「我萬一跑了呢？」

「妳不會離開爺爺的。」

「萬一有這種事，爺爺你怎麼樣？」

「萬一有這種事，我就駕了這隻渡船去找妳。」翠翠「嗤」地笑了。

「鳳灘、茨灘不為凶，下面還有繞雞籠，繞雞籠也容易下，青浪灘浪如屋大。爺爺，你渡船也能下鳳灘、茨灘、青浪灘嗎？那些地方的水，你不說過像瘋子嗎？」

祖父說：「翠翠，我到那時可真像瘋子，還怕大水、大浪？」

翠翠儼然極認真地想了一下，就說：「爺爺，我一定不走。可是，你會不會走？你會不會被一個人抓到別處去？」

祖父不作聲了，他想到被死亡抓走那一類事情。

老船夫打量著自己被死亡抓走以後的情形，癡癡地看望天南角上一顆星子，心想：「七月、八月天上方有流星，人也會在七月、八月死去吧？」又想起白日在河街上同大老談話的經過，想其中寨人陪嫁的那座碾坊，想起二老，想起一大堆事情，心中有點兒亂。

翠翠忽然說：「爺爺，你唱個歌給我聽聽，好不好？」

祖父唱了十個歌，翠翠傍在祖父身邊，閉著眼睛聽下去。等到祖父不作聲時，翠翠自言自語說：「我又摘了一把虎耳草了。」

祖父所唱的歌便是那晚上聽來的歌。

註釋

❶ 謅：編造。

❷ 坐板瘡：久坐日晒之地，以致溼熱凝滯於臀部而生的瘡瘍。

十六

二老有機會唱歌卻從此不再到碧溪岨唱歌。

十五過去了，十六也過去了，到了十七，老船夫忍不住了。進城往河街去找尋那個年輕小夥子，到城門邊正預備入河街時，就遇著上次為大老作保山的楊馬兵，正牽了一匹騾馬預備出城。一見老船夫，就拉住了他：「伯伯，我正有事情告你，碰巧你就來城裡！」

「什麼事？」

「天保大老坐下水船到茨灘出了事，閃不知這個人掉到灘下漩水裡就淹壞了。早上順順家裡得到這個信，聽說二老一早就趕去了。」

這消息同有力巴掌一樣重重地摑了他那麼一下❶，他不相信這是當真的消息。

他故作從容地說：「天保大老淹壞了嗎？從不聽說有水鴨子被水淹壞的！」

「可是那隻水鴨子仍然有那麼一次被淹壞了……我贊成你的卓見，不讓那小子走車路十分順手。」從馬兵言語上，老船夫還十分懷疑這個新聞，但從馬兵神氣上注意，老船夫卻看清楚這是個真的消息了。

他慘慘地說：「我有什麼卓見可言？這是天意！一切都有天意……」老船夫說時心中充滿了感情。

特為證明那馬兵所說的話有多少可靠處，老船夫同馬兵分手後，於是匆匆趕到河街上去。到了順順家門前，正有人燒紙錢，許多人圍在一處說話。走近去聽聽，所說的便是楊馬兵提到的那件事，但一到有人發現了身後的老船夫時，大家便把話語轉了方向，故意來談下河油價漲落情形了。

老船夫心中很不安，正想找一個比較要好的水手談談。

一會船總順順從外面回來了，樣子沉沉的。這豪爽正直的中年人，正似乎為不幸打倒努力想掙扎爬起的神氣，一見到老船夫就說：「老伯伯，我們談的那件事情吹了吧。天保大老已經壞了，你知道了吧？」

老船夫兩隻眼睛紅紅的，把手搓著：「怎麼的，這是真事！是昨天？是前天？」另一個像是趕路同來報信的，插嘴說道：「十六中上，船擱到石包子上，船頭進了水，大老想把篙撇著，人就彈到水中去了。」

老船夫說：「你眼見他下水嗎？」

「我還與他同時下水！」

「他說什麼？」

「什麼都來不及說！這幾天來他都不說話！」

老船夫把頭搖搖，向順順那麼怯怯地溜了一眼。船總順順像知道他心中不安處，就說：「伯伯，一切是天，算了吧。我這裡有大興場人送來的好燒酒，你拿一點去喝吧。」一個夥計用竹筒上了一筒酒，用新桐木葉蒙著筒口，交給了老船夫。

老船夫把酒拿走，到了河街後，低頭向河碼頭走去，到河邊天保大前天上船處去看看。楊馬兵還在那裡放馬到沙地上打滾，自己坐在柳樹蔭下乘涼。老船夫就走過去請馬兵試試那大興場的燒酒，兩人喝了點酒後，興致似乎皆好些了。

老船夫就告給楊馬兵，十四夜裡，二老過碧溪岨唱歌那件事情。

那馬兵聽到後便說：「伯伯，你是不是以為翠翠願意二老，應該派歸二老……」話沒說完，儺送二老卻從河街下來了。

這年輕人正像要遠行的樣子，一見了老船夫就回頭走去。

楊馬兵就喊他說：「二老，二老，你來，有話同你說呀！」二老站定了，很不高興神氣，問馬兵：「有什麼話說？」

馬兵望望老船夫，就向二老說：「你來，有話說！」

「什麼話？」

「我聽人說你已經走了，你過來我同你說，我不會吃掉你！」那黑臉寬肩膊，樣子虎虎有生氣的儺送二老，勉強笑著。

到了柳蔭下時，老船夫想把空氣緩和下來，指著河上游遠處那座新碾坊說：「二老，聽人說那碾坊將來是歸你的！歸了你，派我來守碾子，行不行？」二老彷彿聽不慣這個詢問的用意，便不作聲。

楊馬兵看風頭有點兒僵，便說：「二老，你怎麼的，預備下去嗎？」那年輕人把頭點點，不再說什麼，就走開了。

老船夫討了個沒趣，很懊惱地趕回碧溪岨去。到了渡船上時，就裝作把事情看得極隨便似的，告給翠翠：「翠翠，今天城裡出了件新鮮事情，天保大老駕油船下辰州，運氣不好，掉到茨灘淹壞了。」

翠翠因為聽不懂，對於這個報告最先好像全不在意。

祖父又說：「翠翠，這是真事。上次來到這裡做保山的楊馬兵，還說我早不答應親事，極有見識！」

翠翠瞥了祖父一眼，見他眼睛紅紅的，知道他喝了酒，且有了點事情不高興，心中想：「誰撩你生氣？」

船到家邊時，祖父不自然地笑著向家中走去。
翠翠守船，半天不聞祖父聲息，趕回家去看看，見祖父正坐在門檻上編草鞋耳子。
翠翠見祖父神氣極不對，就蹲到他身前去：「爺爺，你怎麼的？」
「天保當真死了！二老生了我們的氣，以為他家中出這件事情，是我們分派的！」
有人在溪邊大聲喊渡船過渡，祖父匆匆出去了。
翠翠坐在那屋角隅稻草上，心中極亂，等等還不見祖父回來，就哭起來了。

註釋

❶ 摑：用手掌打人的臉。

十七

祖父似乎生誰的氣，臉上笑容減少了，對於翠翠方面也不大注意了。

翠翠像知道祖父已不很疼她，但又像不明白它的原因。

但這並不是很久的事，日子一過去，也就好了。

兩人仍然划船過日子，一切依舊，唯對於生活，卻仿佛什麼地方有了個看不見的缺口，始終無法填補起來。

祖父過河街去仍然可以得到船總順順的款待，但很明顯的事，那船總卻並不忘掉死去者死亡的原因。

二老出北河下辰州走了六百里，沿河找尋那個可憐哥哥的屍骸，毫無結果。在各處稅關上貼下招字，返回茶峒來了。

過不久，他又過川東去辦貨，過渡時見到老船夫。

老船夫看看那小夥子，好像已完全忘掉了從前的事情，就同他說話。

「二老，大六月日頭毒人，你又上川東去，不怕辛苦？」

「要飯吃，頭上是火也得上路。」

「要吃飯？二老家還少飯吃？」

「有飯吃，爹爹說年輕人也不應該在家中白吃不做事。」

「你爹爹好嗎？」

「吃得、做得，有什麼不好？」

「你哥哥壞了，我看你爹爹為這件事情也好像萎悴多了❶！」

二老聽到這句話，不作聲了，眼睛望著老船夫屋後那個白塔。

他似乎想起了過去那個晚上那件舊事，心中十分惆悵。

老船夫怯怯地望了年輕人一眼，一個微笑在臉上漾開。

「二老，我家翠翠說，五月裡有天晚上，做了個夢……」說時他又望望二老，見二老並不驚訝，也不厭煩，於是又接著說：「她夢得古怪，說在夢中被一個人的歌聲浮起來，上懸岩摘了一把虎耳草！」

二老把頭偏過一旁去，做了一個苦笑，心中想到：「老頭子倒會做作。」這點意思在那個苦笑上，仿佛同樣洩露出來，仍然被老船夫看到了，老船夫就說：「二老，你不信嗎？」

那年輕人說：「我怎麼不相信？因為我做傻子在那邊岩上唱過一晚的歌！」老船夫被一句料想不到的老實話窘住了❷，口中結結巴巴地說：「這是真的……這是假的……」

「怎麼不是真的？天保大老的死，難道不是真的？」

「可是……可是……」老船夫的做作處，原意只是想把事情弄明白一點，但一起始自己敘述這段事情時，方法上就有了錯處，因此反被二老誤會了。

他這時正想把那夜的情形好好說出來，船已到了岸邊。

二老一躍上了岸，就想走去。

老船夫在船上顯得更加忙亂的樣子說：「二老！二老！你等等，我有話同你說，你先前不是說到那個——你做傻子的事情嗎？你並不傻，別人才當真叫你那歌弄成傻相！」

那年輕人雖站定了，口中卻輕輕地說：「得了，夠了，不要說了。」

老船夫說：「二老，我聽人說你不要碾子，要渡船，這是楊馬兵說的，不是真的吧？」

那年輕人說：「要渡船又怎樣？」

老船夫看看二老的神氣，心中忽然高興起來了，就情不自禁地高聲叫著翠翠，要她下溪邊來。可是，不知翠翠是故意不從屋裡出來，還是到別處去了，許久還不見到翠翠的影子，也不聞這個女孩子的聲音。

二老等了一會，看看老船夫那副神氣，一句話不說，便微笑著，大踏步同一個挑擔粉條、白糖貨物的腳夫走去了。

過了碧溪岨小山，兩人應沿著一條曲曲折折的竹林走去，那個腳夫這時節開了口：「儺送二老，看那弄渡船的神氣，很歡喜你！」

二老不作聲，那人就又說道：「二老，他問你要碾坊，還是要渡船，你當真預備作他的孫女婿，接替他那隻渡船嗎？」

二老笑了，那人又說：「二老，若這件事派給我，我要那座碾坊。一座碾坊的出息❸，每天可收七升米、三斗糠。」

二老說：「我回來時向我爹爹去說，為你向中寨人做媒，讓你得到那座碾坊吧。至於我呢，我想弄渡船是很好的，只是老傢伙為人彎彎曲曲、不利索，大老是他弄死的。」

老船夫見二老那麼走去了，翠翠還不出來，心中很不快樂。走回家去看看，原來翠翠並不在家。

過一會，翠翠提了個籃子從小山後回來了，方知道大清早翠翠已出門掘竹鞭筍去了。

「翠翠，我喊了妳好久，妳不聽到？」

「喊我做什麼？」

「一個過渡……一個熟人，我們談起妳……我喊妳，妳可不答應！」

「是誰？」

「妳猜，翠翠。不是陌生人……妳認識他！」

翠翠想起適間從竹林裡無意中聽來的話，臉紅了，半天不說話。

老船夫問：「翠翠，妳得了多少鞭筍？」

翠翠把竹籃向地下一倒，除了十來根小小鞭筍外，只是一大把虎耳草。

老船夫望了翠翠一眼，翠翠兩頰緋紅跑了。

註釋

❶萎悴：枯萎、衰落。

❷窘：困窘難堪的樣子。

❸出息：利益、好處。

十八

日子平平的，過了一個月，一切人心上的病痛，似乎皆在那份長長的白日下醫治好了。天氣特別熱，各人只忙著流汗，用涼水淘江米酒吃❶。不用什麼心事，心事在人生活中，也就留不住了。

翠翠每天皆到白塔下背太陽的一面去午睡，高處既極涼快。兩山竹篁裡叫得使人發松的竹雀和其他鳥類又如此之多❷，致使她在睡夢裡盡為山鳥歌聲所浮著，做的夢也便常是頂荒唐的夢。

這並不是人的罪過。

詩人們會在一件小事上寫出整本整部的詩；雕刻家在一塊石頭上雕得出骨血如生的人像；畫家一撇兒綠，一撇兒紅，一撇兒灰，畫得出一幅一幅帶有魔力的彩畫，誰不是為了惦著一個微笑的影子，或是一個皺眉的記號，方弄出那麼些古怪成績。

翠翠不能用文字；不能用石頭；不能用顏色把那點心頭上的愛憎移到別一件東西上去。卻只讓她的心，在一切頂荒唐事情上馳騁。

她從這份穩秘裡，常常得到又驚又喜的興奮。一點兒不可知的未來，搖撼她的情感極厲害，她無從完全把那種癡處不讓祖父知道。

祖父呢？可以說一切都知道了的。

但事實上他又卻是個一無所知的人，他明白翠翠不討厭那個二老，卻不明白那小夥子二老怎麼樣。

他從船總處與二老處，皆碰過了釘子，但他並不灰心。

「要安排得對一點，方合道理，一切有個命！」他那麼想著，就更顯得好事多磨起來了。睜著眼睛時，他做的夢比那個外孫女翠翠便更荒唐、更寥闊❸。他向各個過渡本地人打聽二老父子的生活，關切他們如同自己家中人一樣。

但也古怪，因此他卻怕見到那個船總同二老了。一見他們，他就不知說些什麼，只是老脾氣把兩隻手搓來搓去，從容處完全失去了。

二老父子方面皆明白他的意思，但那個死去的人，卻用一個淒涼的印象，鑲嵌到父子心中。兩人便對於老船夫的意思，儼然全不明白似的，一同把日子打發下去。

明明白白夜來並不做夢，早晨同翠翠說話時，那作祖父的會說：「翠翠，翠翠，我昨晚上做了個好不怕人的夢！」

翠翠問：「什麼怕人的夢？」

就裝作思索夢境似的，一面細看翠翠小臉、長眉毛，一面說出他另一時張著眼睛所做的好夢。不消說，那些夢原來都並不是當真怎樣使人嚇怕的。

一切河流皆得歸海，話起始說得縱極遠，到頭來總仍然是歸到使翠翠紅臉那件事情上去。待到翠翠顯得不大高興，神氣上露出受了點小窘時，這老船夫又才像有了一點兒嚇怕，忙著解釋，用閒話來遮掩自己所說到那問題的原意。

「翠翠，我不是那麼說，我不是那麼說。爺爺老了，糊塗了，笑話多咧！」

但有時翠翠卻靜靜地把祖父那些笑話、糊塗話聽下去，一直聽到後來還抿著嘴兒微笑。翠翠也會忽然說道：「爺爺，你真是有一點兒糊塗！」

祖父聽過了不再作聲，他將說：「我有一大堆心事……」但來不及說，恰好就被過渡人喊走了。

天氣熱了，過渡人從遠處走來，肩上挑得是七十斤擔子。到了溪邊，貪涼快不即走路，必蹲在岩石下茶缸邊喝涼茶，與同伴交換煙管，且一面與弄渡船的攀談。許多子虛烏有的話皆從此說出口來，給老船夫聽到了。

過渡人有時還因溪水清潔，就溪邊洗腳抹澡的，坐得更久，話也就更多。

祖父把些話轉說給翠翠，翠翠也就學懂了許多事情。

貨物的價錢漲落呀；坐轎搭船的用費呀；放木筏的人把他那個木筏從灘上流下時，十來把大橈子如何活動呀❹；在小煙船上吃葷煙，大腳娘如何燒煙呀……無一不備。

儺送二老從川東押物回到了茶峒。

時間已近黃昏了，溪面很寂靜，祖父同翠翠在菜園地裡看蘿蔔秧子。

翠翠白日中覺睡久了些，覺得有點寂寞，好像聽人嘶聲喊過渡，就爭先走下溪邊去。下坎時，見兩個人站在碼頭邊，斜陽影裡背身看得極分明，正是儺送二老同他家中的長年！翠翠大吃一驚，同小獸物見到獵人一樣，回頭便向山竹林裡跑掉了。

但那兩個在溪邊的人，聽到腳步響時，一轉身，也就看明白這件事情了。等了一下再也不見人來，那長年又嘶聲音喊叫過渡。

老船夫聽得清清楚楚，卻仍然蹲在蘿蔔秧地上數菜，心裡覺得好笑。他已見到翠翠走去，他知道必是翠翠看明白了過渡人是誰，故蹲在那高岩上不理會。

翠翠人小不管事，過渡人求她不幹，奈何她不得，故只好嘶著個喉嚨叫過渡了。

那長年叫了幾聲，見無人來，就停了，同二老說：「這是什麼玩意兒，難道老的害病弄翻了，只剩下翠翠一個人了嗎？」

二老說：「等等看，不算什麼。」就等了一陣。

因為這邊在靜靜地等著，園地上老船夫卻在心裡想：「難道是二老嗎？」他彷彿擔心攪惱了翠翠似的❺，就仍然蹲著不動。

但再過一陣，溪邊又喊起過渡來了，聲音不同了一點，這才真是二老的聲音。

生氣了吧？等久了吧？吵嘴了吧？老船夫一面胡亂估著，一面跑到溪邊去。

到了溪邊，見兩個人業已上了船，其中之一正是二老。

老船夫驚訝的喊叫：「呀！二老，你回來了！」

年輕人很不高興似的：「回來了……你們這渡船是怎麼的，等了半天也不來個人！」

「我以為……」

老船夫四處一望，並不見翠翠的影子，只見黃狗從山上竹林裡跑來，知道翠翠上山了，便改口說，「我以為你們過了渡。」

「過了渡！不得你上船，誰敢開船？」那長年說著，一隻水鳥掠著水面飛去：「翠鳥兒歸窠了，我們還得趕回家去吃夜飯！」

「早咧！到河街早咧！」說著，老船夫已跳上了船，且在心中一面說著：「你不是想承繼這隻渡船嗎？」一面把船索拉動，船便離岸了。

「二老，路上累得很……」老船夫說著，二老不置可否不動感情聽下去。

船攏了岸，那年輕小夥子同家中長年挑擔子翻山走了。

那點淡漠印象留在老船夫心上，老船夫於是在兩個人身後，捏緊拳頭威嚇了三下，輕輕地吼著，把船拉回去了。

《註釋》

❶江米酒：主要原料為江米，在中國北方一般稱為「米酒」或「甜酒」。
❷發松：感到輕鬆。
❸寥闊：空曠、深遠。
❹大橈子：船槳。
❺攪惱：即「打擾」。

十九

翠翠向竹林裡跑去，老船夫半天還不下船，這件事從儺送二老看來，前途顯然有點不利。雖老船夫言詞之間，無一句話不在說明「這事有邊」，但那畏畏縮縮地說明，極不得體，二老想起他的哥哥，便把這件事曲解了。

他有一點憤憤不平，有一點兒氣惱。

回到家裡第三天，中寨有人來探口風，在河街順順家中住下，把話問及順順，想明白二老是不是還有意接受那座新碾坊，順順就轉問二老自己意見怎麼樣。

二老說：「爸爸，你以為這事為你，家中多座碾坊多個人，你可以快活，你就答應了。若果為的是我，我要好好去想一下，過些日子再說它吧。我還不知道我應當得座碾坊，還是應當得一隻渡船——我命裡或只許我撐個渡船！」

探口風的人把話記住，回中寨去報命。到碧溪岨過渡時，見到了老船夫，想起二老說的話，不由得不咪咪地笑著。

老船夫問明白了他是中寨人，就又問他過茶峒做什麼事。

那心中有分寸的中寨人說：「什麼事也不做，只是過河街船總順順家裡坐了一會兒。」

「無事不登三寶殿，坐了一定就有話說！」

「話倒說了幾句。」

「說了些什麼話？」

那人不再說了，老船夫卻問道：「聽說你們中寨人想把大河邊一座碾坊連同家中閨女送給河街上順順，這事情有不有了點眉目？」那中寨人笑了：「事情成了。我問過順順，順順很願意同中寨人結親家，又問過那小夥子……」

「小夥子意思怎麼樣？」

「他說：『我眼前有座碾坊，有條渡船，我本想要渡船，現在就決定要碾坊吧！渡船是活動的，不如碾坊固定。』這小子會打算盤呢！」中寨人是個米場經紀人，話說得極有斤兩，他明知道「渡船」指的是什麼，但他可並不說穿。

他看到老船夫口唇蠕動，想要說話，中寨人便又搶著說道：「一切皆是命，半點不由人。可憐順順家那個大老，相貌一表堂堂，會淹死在水裡！」

老船夫被這句話在心上戳了一下，把想問的話咽住了。

中寨人上岸走去後，老船夫悶悶地立在船頭，癡了許久，又把二老日前過渡時落漠神氣溫習一番，心中大不快樂。

翠翠在塔下玩得極高興，走到溪邊高岩上想要祖父唱唱歌，見祖父不理會她，一路埋怨趕下溪邊去。

到了溪邊方見到祖父神氣十分沮喪，不明白為什麼原因。翠翠來了，祖父看看翠翠的快活黑臉兒，粗鹵地笑笑。對溪有扛貨物過渡的，便不說什麼，沉默地把船拉過溪，到了中心卻大聲唱起歌來了。

把人渡了過溪，祖父跳上碼頭走近翠翠身邊來，還是那麼粗鹵地笑著，把手撫著頭額。翠翠說：「爺爺怎麼的？你發痧了？你躺到蔭下去歇歇，我來管船！」

「妳來管船，好！這隻船歸妳管！」老船夫似乎當真發了痧，心頭發悶。雖當著翠翠還顯出硬紮樣子，獨自走回屋裡後，找尋得到一些碎瓷片，在自己臂上、腿上紮了幾下，放出了些烏血，就躺到床上睡了。

翠翠自己守船，心中卻古怪地快樂，心想：「爺爺不為我唱歌，我自己會唱！」她唱了許多歌。

老船夫躺在床上閉著眼睛，一句一句聽下去，心中極亂。

但他知道這不是能夠把他打倒的大病，他明天就仍然會爬起來的。

他想明天進城，到河街去看看，又想起許多旁的事情。

但到了第二天，人雖起了床，頭還沉沉的。

祖父當真已病了。

翠翠顯得懂事了些，為祖父煎了一罐大發藥，逼著祖父喝，又在屋後菜園地裡摘取蒜苗，泡在米湯裡做酸蒜苗。

一面照料船隻，一面還時時刻刻抽空趕回家裡來看祖父，問這樣那樣。

祖父可不說什麼，只是為一個秘密痛苦著。

躺了三天，人居然好了。

屋前屋後走動了一下，骨頭還硬硬的，心中惦念到一件事情，便預備進城過河街去。

翠翠看不出祖父有什麼要緊事情必須當天進城，請求他莫去。

老船夫把手搓著，估量到是不是應說出那個理由。

翠翠一張黑黑的瓜子臉、一雙水汪汪的眼睛，使他吁了一口氣。

他說：「我有要緊事情，得今天去！」

翠翠苦笑著說：「有多大要緊事情，還不是……」

老船夫知道翠翠脾氣，聽翠翠口氣已有點不高興，不再說要走了。把預備帶走的竹筒，同扣花褡褳擱到條几上後，帶點兒諂媚笑著說：「不去吧！妳擔心我會摔死，我就不去吧！我以為早上天氣不很熱，到城裡把事辦完了就回來——不去也得，我明天去！」

翠翠輕聲地、溫柔地說：「你明天去也好，你腿還軟，好好地躺一天再起來。」

老船夫似乎心中還不甘服，撒著兩手走出去，門限邊一個打草鞋的棒槌，差點兒把他絆了一大跤。穩住了時，翠翠苦笑著說：「爺爺，你瞧，還不服氣！」

老船夫拾起那棒槌，向屋角隅摔去，說道：「爺爺老了！過幾天打豹子給妳看！」

到了午後，落了一陣行雨，老船夫卻同翠翠好好商量，仍然進了城。翠翠不能陪祖父進城，就要黃狗跟去。

老船夫在城裡被一個熟人拉著，談了許久的鹽價、米價，又過守備衙門看了一會新買的騾馬，才到河街順順家裡去。

到了那裡，見到順順正同三個人打紙牌，不便談話，就站在身後看了一陣牌。後來順順請他喝酒，藉口病剛好點不敢喝酒，推辭了。牌既不散場，老船夫又不想即走，順順似乎並不明白他等著有何話說，卻只注意手中的牌。

後來老船夫的神氣倒為另外一個人看出了，就問他是不是有什麼事情。

老船夫方忸忸怩怩照老方子搓著他那兩隻大手❶，說別的事沒有，只想同船總說兩句話。

那船總方明白在看牌半天的理由，回頭對老船夫笑將起來：「怎不早說？你不說，我還以為你在看我牌學張子！」

「沒有什麼，只是三、五句話，我不便掃興，不敢說出。」

船總把牌向桌上一撒，笑著向後房走去了，老船夫跟在身後。

「什麼事？」船總問著，神氣似乎先就明白了他來此要說的話，顯得略微有點兒憐憫的樣子。

「我聽一個中寨人說，你預備同中寨團總打親家，是不是真事？」

船總見老船夫的眼睛盯著他的臉，想得一個滿意的回答，就說：「有這事情。」那麼答應，意思卻是：「有了，你怎麼樣？」

老船夫說：「真的嗎？」

那一個又很自然地說：「真的。」意思卻依舊包含了「真的又怎麼樣？」

老船夫裝得很從容地問：「二老呢？」

船總說：「二老坐船下桃源好些日子了！」

二老下桃源的事，原來還同他爸爸吵了一陣才走的。

船總性情雖異常豪爽，可不願意間接把第一個兒子弄死的女孩子，又來作第二個兒子的媳婦，這是很明白的事情。

若照當地風氣，這些事認為只是小孩子的事，大人管不著。二老當真歡喜翠翠，翠翠又愛二老，他也並不反對這種愛怨糾纏的婚姻。

但不知怎麼的，老船夫對於這件事的關心，使二老父子對於老船夫反而有了一點誤會。船總想起家庭間的近事，以為全與這老而好事的船夫有關，雖不見諸形色，心中卻有個疙瘩。

船總不讓老船夫再開口了，就語氣略粗地說道：「伯伯，算了吧！我們的口只應當喝酒了，莫再只想替兒女唱歌！你的意思我全明白，你是好意。可是我也求你明白我的意思，我以為我們只應當談點自己分上的事情，不適宜於想那些年輕人的門路了。」

老船夫被一個悶拳打倒後，還想說兩句話，但船總卻不讓他再有說話機會，把他拉出到牌桌邊去。

老船夫無話可說，看看船總時，船總雖還笑著談到許多笑話，心中卻似乎很沉鬱，把牌用力擲到桌上去。

老船夫不說什麼，戴起他那個斗笠，自己走了。

天氣還早，老船夫心中很不高興，又進城去找楊馬兵。那馬兵正在喝酒，老船夫雖推病，也免不了喝個三、五杯。回到碧溪岨，走得熱了一點，又用溪水去抹身子。覺得很疲倦，就要翠翠守船，自己回家睡去了。

黃昏時天氣十分鬱悶，溪面各處飛著紅蜻蜓。天上已起了雲，熱風把兩山竹篁吹得聲音極大，看樣子到晚上必落大雨。

翠翠守在渡船上，看著那些溪面飛來飛去的蜻蜓，心也極亂。看祖父臉上顏色慘慘的，放心不下，便又趕回家中去。先以為祖父一定早睡了，誰知還坐在門限上打草鞋！

「爺爺，你要多少雙草鞋，床頭上不是還有十四雙嗎？怎麼不好好地躺一躺？」

老船夫不作聲，卻站起身來昂頭向天空望著，輕輕地說：「翠翠，今晚上要落大雨、響大雷的！回頭把我們的船繫到岩下去，這雨大哩！」

翠翠說：「爺爺，我真嚇怕！」翠翠怕的似乎並不是晚上要來的雷雨。

老船夫似乎也懂得那個意思，就說：「怕什麼？一切要來的都得來，不必怕！」

《註釋》

❶ 忸忸怩怩：羞慚不大方的樣子。

二十

夜間果然落了大雨，夾以嚇人的雷聲。

電光從屋脊上掠過時，接著就是訇地一個炸雷。

翠翠在暗中抖著，祖父也醒了，知道她害怕，且擔心她著涼，還起身來把一條布單搭到她身上去，祖父說：「翠翠，不要怕！」

翠翠說：「我不怕！」說了還想說：「爺爺你在這裡我不怕！」

訇地一個大雷，接著是一種超越雨聲而上的洪大、悶重傾圮聲❶，兩人都以為一定是溪岸懸崖崩塌了，擔心到那隻渡船會壓在崖石下面去了。祖孫兩人便默默地躺在床上聽雨聲、雷聲。但無論如何大雨，過不久，翠翠卻依然睡著了。

醒來時天已亮了，雨不知在何時業已止息，只聽到溪兩岸山溝裡注水入溪的聲音。

翠翠爬起身來，看看祖父還似乎睡得很好，開了門走出去。門前已成為一個水溝，一股水便從塔後「嘩嘩」地流來，從前面懸崖直墮而下，並且各處都是那麼一種臨時的水道。屋旁菜園地已為山水沖亂了，菜秧皆掩在粗砂泥裡了。再走過前面去看看溪裡，才知道溪中也漲了大水，已漫過了碼頭，水腳快到茶缸邊了。下到碼頭去的那條路，正同一條小河一樣，「嘩嘩」地泄著黃泥水。

過渡的那一條橫溪牽定的纜繩，也被水淹沒了，泊在崖下的渡船，已不見了。

翠翠看看屋前懸崖並不崩坍，故當時還不注意渡船的失去。但再過一陣，她上下搜索不到這東西，無意中回頭一看，屋後白塔已不見了。一驚非同小可，趕忙向屋後跑去，才知道白塔業已坍倒，大堆磚石極凌亂地攤在那兒。翠翠嚇慌得不知所措，只銳聲叫她的祖父。祖父不起身，也不答應，就趕回家裡去。到得祖父床邊搖了祖父許久，祖父還不作聲。原來這個老年人在雷雨將息時已死去了，翠翠於是大哭起來。

過一陣，有從茶峒過川東跑差事的人，到了溪邊，隔溪喊過渡。翠翠正在灶邊一面哭著，一面燒水預備為死去的祖父抹澡。

那人以為老船夫一家還不醒，急於過河，喊叫不應，就抛擲小石頭過溪，打到屋頂上。翠翠鼻涕、眼淚成一片地走出來，跑到溪邊高崖前站定。

「喂！不早了，把船划過來！」

「船跑了！」

「妳爺爺做什麼事情去了呢？他管船，有責任！」

「他管船，管五十年的船——他死了啊！」翠翠一面向隔溪人說著，一面大哭起來。

那人知道老船夫死了，得進城去報信，就說：「真死了嗎？不要哭吧！我回去通知他們，要他們弄條船帶東西來！」那人回到茶峒城邊時，一見熟人就報告這件事，不多久，全茶峒城裡外都知道這個消息了。

河街上，船總順順派人找了一隻空船，帶了副白木匣子，即刻向碧溪岨撐去。城中楊馬兵卻同一個老軍人，趕到碧溪岨去，砍了幾十根大毛竹，用葛藤編作筏子，作為來往過渡的臨時渡船。筏子編好後，撐了那個東西，到翠翠家中那一邊岸下，留老兵守竹筏來往渡人，自己跑到翠翠家去看那個死者，眼淚濕盈盈的，摸了一會躺在床上硬僵僵的老友，又趕忙著做些應做的事情。

到後幫忙的人來了，從大河船上運來棺木也來了。住在城中的老道士，還帶了許多法器、一件舊麻布道袍，並提了一隻大公雞，來盡義務辦理唸經、起水、招魂、繞棺諸事，也從筏上渡過來了。家中人出出進進，翠翠只坐在灶邊矮凳上「嗚嗚」地哭著。

到了中午，船總順順也來了，還跟著一個人扛了一口袋米、一罈酒、一腿豬肉，見了翠翠就說：「翠翠，爺爺死了，我知道了。老年人是必須死的，不要發愁，一切有我！」各方面看看，就回去了。

到了下午入了殮，一些幫忙的回的回家去了。晚上便只剩下了那老道士、楊馬兵同順順家派來的兩個年輕長年。

黃昏以前老道士用紅綠紙剪了一些花朵，用黃泥做了一些燭臺。天斷黑後，棺木前小桌上點起黃色九品蠟，燃了香，棺木周圍也點了小蠟燭，老道士披上那件藍麻布道服，開始了喪事中繞棺儀式。

老道士在前拿著小小紙幡引路，孝子第二，馬兵殿後，繞著那寂寞棺木慢慢轉著圈子。兩個長年則站在灶邊空處，胡亂地打著鑼鈸。老道士一面閉了眼睛走去，一面且唱且哼，安慰亡靈。

提到關於亡魂所到西方極樂世界花香四季時，老馬兵就把木盤裡的紙花，向棺木上高高撒去，象徵西方極樂世界情形。

到了半夜，事情辦完了，放過爆竹，蠟燭也快熄滅了。翠翠淚眼婆娑的，趕忙又到灶邊去燒火，為幫忙的人辦宵夜。吃了宵夜，老道士歪到死人床上睡著了，剩下幾個人還得照規矩在棺木前守靈。老馬兵為大家唱喪堂歌，用個空的量米木升子，當作小鼓，把手「剝剝剝」地一面敲著，一面唱下去——唱「王祥臥冰」的事情❷，唱「黃香扇枕」的事情❸。

翠翠哭了一整天，同時也忙了一整天，到這時已倦極，把頭靠在棺前眯著了。

兩長年同馬兵吃了宵夜，喝過兩杯酒，精神還虎虎的，便輪流把喪堂歌唱下去。

但只一會兒，翠翠又醒了，彷彿夢到什麼，驚醒後明白祖父已死，於是又幽幽地哭起來。「翠翠，翠翠，不要哭啦！人死了，哭不回來的！」禿頭陳四四接著就說了一個作新嫁娘的人哭泣的笑話，話語中夾雜了三、五個粗野字眼兒，因此引起兩個長年「咕咕」地笑了許久。黃狗在屋外吠著，翠翠開了大門，到外面去站了一下。耳聽到各處是蟲聲，天上月色極好，大星子嵌進透藍天空裡，非常沉靜溫柔。

翠翠想：「這是真事嗎？爺爺當真死了嗎？」老馬兵原來跟在她的後邊，因為他知道女孩子心門兒窄，說不定一爐火悶在灰裡，痕跡不露。見祖父去了，自己一切無望，跳崖懸樑，想跟著祖父一塊兒去，也說不定！故隨時小心監視到翠翠。

老馬兵見翠翠癡癡地站著，時間過了許久還不回頭，就打著咳叫翠翠說：「翠翠，露水落了，不冷嗎？」「不冷。」「天氣好得很！」

「呀！」一顆大流星使翠翠輕輕地喊了一聲。

接著南方又是一顆流星劃空而下，對溪有貓頭鷹叫。

「翠翠……」老馬兵業已同翠翠並排一塊塊兒站定了，很溫和地說：「妳進屋裡睡去吧！不要胡思亂想。」翠翠默默地回到祖父棺木前面，坐在地上又嗚咽起來。

守在屋中兩個長年已睡著了。

楊馬兵便幽幽地說道：「不要哭了！不要哭了！妳爺爺也難過咧！眼睛哭脹，喉嚨哭嘶有什麼好處。聽我說，爺爺的心事我全都知道，一切有我，我會把一切安排得好好的，對得起妳爺爺。我會安排，什麼事都會，我要一個爺爺歡喜，妳也歡喜的人來接收這渡船！不能如我們的意，我老雖老，還能拿鐮刀同他們拼命。翠翠，妳放心，一切有我！……」遠處不知什麼地方雞叫了，老道士在那邊床上糊糊塗塗地自言自語：「天亮了嗎？早咧！」

註釋

❶ 傾圮：倒塌毀壞。

❷ 王祥臥冰：魏晉時期有一位「王祥」備受繼母刁難，但王祥仍然很孝順。在嚴冬時，為了滿足繼母想吃鮮魚的要求，不惜在結冰湖面上脫衣以體溫融化冰塊，這段故事後被列入「二十四孝」中。

❸ 黃香扇枕：漢魏間有一位「黃香」為人至孝，天氣暑熱時，便用扇搧涼父親的枕席；冬天寒冷時，黃香便以身體的溫度暖和被席，被列入「二十四孝」中。

二十一

大清早，幫忙的人從城裡拿了繩索、杠子趕來了。老船夫的白木小棺材，為六個人抬著到那個傾圮了的塔後山岨上去埋葬時，船總順順、馬兵、翠翠、老道士、黃狗皆跟在後面。到了預先掘就的方阱邊，老道士照規矩先跳下去，把一點朱砂顆粒同白米安置到阱中四隅及中央，又燒了一點紙錢，爬出阱時就要抬棺木的人動手下殭❶。

翠翠啞著喉嚨乾號，伏在棺木上不起身，經馬兵用力把她拉開，方能移動棺木。一會兒，那棺木便下了阱，拉去繩子，調整了方向，被新土掩蓋了，翠翠還坐在地上嗚咽。

老道士要回城去替人做齋，過渡走了；船總把一切事託給老馬兵，也趕回城去了；幫忙的皆到溪邊去洗手，家中各人還有各人的事，且知道這家人的情形，不便再叨擾，也不再驚動主人，過渡回家去了。

於是碧溪岨便只剩下三個人，一個是翠翠，一個是老馬兵，一個是由船總家派來暫時幫忙照料渡船的禿頭陳四四。黃狗因被那禿頭打了一石頭，對於那禿頭仿佛很不高興，盡是輕輕地吠著。

到了下午，翠翠同老馬兵商量，要老馬兵回城去把馬託給營裡人照料，再回碧溪岨來陪她。老馬兵回轉碧溪岨時，禿頭陳四四被打發回城去了，翠翠仍然自己同黃狗來弄渡船，讓老馬兵坐在溪岸高崖上玩，或斷著個老喉嚨唱歌給她聽。

過三天後，船總來商量接翠翠過家裡去住，翠翠卻想看守祖父的墳山，不願即刻進城。只請船總過城裡衙門去為說句話，許楊馬兵暫時同她住住，船總順順答應了這件事，就走了。

楊馬兵既是個上五十歲了的人，說故事的本領比翠翠祖父高一籌。加之凡事特別關心，做事又勤快又乾淨，因此同翠翠住下來，使翠翠仿佛去了一個祖父，卻新得了一個伯父。過渡時有人問及可憐的祖父，黃昏時想起祖父，皆使翠翠心酸，覺得十分凄涼。但這分凄涼日子過久一點，也就漸漸淡薄些了。

兩人每日在黃昏中同晚上，坐在門前溪邊高崖上，談點那個躺在濕土裡可憐祖父的舊事，有許多是翠翠先前所不知道的，說來便更使翠翠心中柔和。

又說到翠翠的父親，那個又要愛情又惜名譽的軍人，在當時按照綠營軍勇的裝束，如何使女孩子動心。又說到翠翠的母親，如何善於唱歌，而且所唱的那些歌在當時如何流行。

時候變了，一切也自然不同了，皇帝已不再坐江山，平常人還消說！

楊馬兵想起自己年輕作馬夫時，牽了馬匹到碧溪岨來對翠翠母親唱歌，翠翠母親不理會。到如今這自己卻成為這孤雛的唯一靠山、唯一信託人，不由得不苦笑。

因為兩人每個黃昏必談祖父以及這一家有關係的事情，後來便說到了老船夫死前的一切，翠翠因此明白了祖父活時所不提到的許多事——二老的唱歌、順順大兒子的死、順順父子對於祖父的冷淡、中寨人用碾坊作陪嫁妝奩誘惑儺送二老、二老既記憶著哥哥的死亡，且因得不到翠翠理會，又被家中逼著接受那座碾坊，意思還在渡船，因此賭氣下行、祖父的死因，又如何與翠翠有關……凡是翠翠不明白的事，如今可全明白了。

翠翠把事弄明白後，哭了一個夜晚。

過了四七❷，船總順順派人來請馬兵進城去，商量把翠翠接到他家中去，作為二老的媳婦。但二老人既在辰州，先就莫提這件事，且搬過河街去住，等二老回來時，再看二老意思。

馬兵以為這件事得問翠翠。

回來時，把順順的意思向翠翠說過後，又為翠翠出主張。以為名分既不定妥，到一個生人家裡去不好，還是不如在碧溪岨等，等到二老駕船回來時，再看二老意思。

這辦法決定後，老馬兵以為二老不久必可回來的，就依然把馬匹託營上人照料，在碧溪岨為翠翠作伴，把一個一個日子過下去。

碧溪岨的白塔，與茶峒風水有關係，塔圮坍了，不重新做一個自然不成。

除了城中營管、稅局，以及各商號、各平民捐了些錢以外，各大寨子也有人拿冊子去捐錢。為了這塔的重建並不是給誰一個人的好處，應讓每個人來積德造福，讓每個人皆有捐錢的機會。因此在渡船上也放了個兩頭有節的大竹筒，中部鋸了一口，盡過渡人自由把錢投進去。竹筒滿了，馬兵就捎進城中首事人處去，另外又帶了個竹筒回來。

過渡人一看老船夫不見了，翠翠辮子上紮了白線，就明白那老的已做完了自己分上的工作，安安靜靜躺到土坑裡去了。必一面用同情的眼色瞧著翠翠，一面就摸出錢來塞到竹筒中去：「天保佑妳，死了的到西方去；活下的永保平安。」

翠翠明白那些捐錢人的意思，心裡酸酸的，忙把身子背過去拉船。

到了冬天，那個圮坍了的白塔，又重新修好了。

可是那個在月下唱歌，使翠翠在睡夢裡為歌聲把靈魂輕輕浮起的年輕人，還不曾回到茶峒來……

這個人也許永遠不回來了，也許「明天」回來！

一九三四年四月十九日

《註釋》

❶ 㙡：埋棺材的坑洞。

❷ 四七：人死後每隔七天祭奠一次，第四個忌日稱為「四七」。

《湘行散記》

一個戴水獺皮帽子的朋友

我由武陵（常德）過桃源時，坐在一輛新式黃色公共汽車上。車從很平坦的沿河大堤公路上奔駛而去，我身邊還坐定了一個懂人情、有趣味的老朋友，這老友正特意從武陵縣伴我過桃源縣。

他也可以說是一個「漁人」，因為他的頭上，戴得是一頂價值四十八元的水獺皮帽子，這頂帽子經過沿路地方時，卻很能引起一些年輕娘兒們注意的。

這老友是武陵地域中心春申君墓旁傑雲旅館的主人❶。常德、河洑、周溪、桃源，沿河近百里路以內「吃四方飯」的標致娘兒們❷，他都特別熟習；許多娘兒們也就特別熟習他那頂水獺皮帽子。但照他自己說，使他迷路的那點年齡業已過去了，如今一切已滿不在乎，白臉長眉毛的女孩子再不使他心跳，水獺皮帽子也並不需要娘兒們眼睛放光了。

他今年還只三十五歲。

十年前，在這一帶地方凡有他撒野機會時，他從不放過那點機會；現在既已規規矩矩作了一個大旅館的大老闆，童心業已失去，就再也不胡鬧了。

當他二十五歲左右時，大約就有過四十左右女人淨白的胸膛被他親近過。我坐在這樣一個朋友的身邊，想起國內無數中學生，在國文班上很認真地讀陶靖節《桃花源記》情形❸，真覺得十分好笑。

同這樣一個朋友坐了汽車到桃源去，似乎太幽默了。

朋友還是個愛玩字畫，也愛說野話的人。

從汽車眺望平堤遠處，薄霧裡錯落有致的平田、房子、樹木，全如敷了一層藍灰，一切極爽心悅目。

汽車在大堤上跑去，又極平穩舒服。

朋友口中糅合了雅興與俗趣，帶點兒驚訝嚷道：「這野雜種的景致，簡直是畫！」

「自然是畫！可是是誰的畫？」我說。

「牯子大哥❹，你以為是誰的畫？」

我意思正想考問一下，看看我那朋友對於中國畫一方面的知識。

他笑了：「沈石田這狗養的❺，強盜一樣好大膽的手筆！」說時還用手比劃著：「這裡一筆，那邊一掃，再來磨磨蹭蹭，十來下，成了。」

我自然不能同意這種讚美，因為朋友家中正收藏了一個沈周手卷，姓名真，畫筆並不佳，出處是極可懷疑的。

說句老實話，當前從窗口入目的一切，瀟灑秀麗中帶點雄渾蒼莽氣概，還得另外找尋一句恰當的比擬，方能相稱啊！

我在沉默中的意見，似乎被他看明白了，他就說：「看！牯子老弟你看！這點山頭，這點樹，那一片林梢，那一抹輕霧，真只有王麓台那野狗幹的畫得出❻。因為他自己活到八、九十歲，就真像隻老狗。」

這一下可被他「猜」中了。

我說：「這一下可被你說中了，我正以為目前遠遠近近風物極和王麓台卷子相近。你有他的扇面，一定看得出。因為他很巧妙地混合了秀氣與沉鬱，又典雅，又恬靜，又不做作，不過有時筆不免髒髒的。」

「好！有的是你這文章魁首的形容。人老了，不大肯洗臉、洗手，怎麼不髒？」

接著他就使用了一大串野蠻字眼兒，把我喊作小公牛，且把他自己水獺皮帽子向上翻起的封耳，拉下來遮蓋了那兩隻凍得通紅的耳朵，於是大笑起來了。

彷彿第一次所說的話，本不過是為了引起我對於窗外景致注意而說，如今見我業已注意，充滿興趣地看車窗外離奇景色，他便很快樂地笑了。

他掣著我的肩膊很猛烈地搖了兩下❼，我明白那是他極高興的表示。

我說：「牯子大哥，你怎麼不學畫呢？你一動手，就會弄得很高明的！」

「我講，牯子老弟，別丟我吧！我也像是一個仇十洲❽，但是只會畫婦人的肚皮，真像你說『弄得很高明』的！你難道不知道我是個什麼人嗎？鼻子一抹灰，能冒充繡衣哥嗎？」

「你是個妙人，絕頂的妙人。」

「繡衣哥，得了，什麼廟人、寺人，誰來割我的××？我還預備割掉許多男人的××，省得他們裝模作樣，在婦人面前露臉，我討厭他們那種樣子！」

「你不討厭的。」

「牯子老弟，有的是你這繡衣哥說的。不看你面上，我一定要……」這個朋友言語行為皆粗中有細，且帶點兒嫵媚，可算得是個妙人！

這個人臉上不疤不麻，身個兒比平常人略長一點，肩膊寬寬的，且有兩隻體面乾淨的大手。初初一看，可以知道他是個軍隊中吃糧子上飯、跑四方人物，但也可以說他是一個準紳士。從五歲起就歡喜同人打架，為一點兒小事，不管對面的一個大過他多少，也一面辱罵，一面揮拳打去。

不是打得人鼻青臉腫，就是被人打得滿臉血污。

但人長大到二十歲後，雖在男子面前還常常揮拳比武，在女人面前，卻變得異常溫柔起來，樣子顯得很懂事、怕事。

到了三十歲，處世便更謙和了，生平書讀得雖不多，卻善於用書。在一種近於奇跡的情形中，這人無師自通，寫信辦公事時，筆下都很可觀。

為人性情又隨和，又不馬虎，一切看人來，在他認為是好朋友的，掏出心子不算回事。可是遇著另外一種老想占他一點兒便宜的人呢，就完全不同了。

也就因此在一般人中他的毀譽是平分的——有人稱他為豪傑，也有人叫他作壞蛋，但不妨事，把兩種性格兩個人格拼合攏來，這人才真是一個活鮮鮮的人！

十三年前我同他在一隻裝軍服的船上，向沅水上游開去。船當天從常德開頭，泊到周溪時，天已快要夜了。

那時空中正落著雪子，天氣很冷，船頂、船舷都結了冰。

他為的是惦念到岸上一個長眉毛、白臉龐小女人，便穿了嶄新絳色緞子的猞猁皮馬褂[9]，從那為冰雪凍結了的大小木筏上慢慢地爬過去，一不小心便落了水。

一面大聲嚷：「牯子老弟，這下我可完了！」一面還是笑著掙扎。待到努力從水中掙扎上船時，全身早已為冰冷的水弄濕了。

但他換了一件新棉軍服外套後，卻依然很高興地從木筏上爬攏岸邊，到他心中惦念那個女人身邊去了。

三年前，我因送一個朋友的孤雛轉回湘西時，就在他的旅館中，看了他的藏畫一整天。他告我，有幅文徵明的山水⑩，好得很，終於被一個小婊子婆娘攫走⑪，十分可惜。到後一問，才知道原來他把那畫賣了三百塊錢，為一個小娼婦點蠟燭掛了一次衣，現在我又讓那個接客的把行李搬到這旅館中來了。

見面時我喊他：「牯子大哥，我又來了，不認識我了吧！」

他正站在旅館天井中分派用人抹玻璃，自己卻用手抹著那頂絨頭極厚的水獺皮帽子，一見到我就趕過來用兩隻手同我握手，握得我手指酸痛，大聲說道：「咳！咳！你這個小騷牯子又來了，什麼風吹來的？妙極了，使人正想死你！」

「什麼話，近來心裡閒得想到北京城老朋友頭上來了嗎？」

「什麼畫，壁上掛——當天賭咒，天知道，我正如何念你！」這自然是一句真話，糧子上出身的人物，對好朋友說謊，原看成為一種罪惡。他想念我，只因為他新近花了四十塊錢，買得一本倪元璐所摹寫的武侯前、後《出師表》⓬。他既不知道這東西是從岳飛石刻出師表臨來的，末尾那兩顆巴掌大的朱紅印記，把他更弄糊塗了。照外行人說來，字既然寫得極其「飛舞」，四百也不覺得太貴，他可不明白那個東西應有的價值，又不明出處。花了那一筆錢，從一個川軍退伍軍官處把它弄到手，因此想著我來了。於是我們一面說點十年前的有趣野話，一面就到他的房中欣賞寶物去了。

這朋友年輕時，是個綠營中正標守兵名分的巡防軍，派過中營衙門辦事，在花園中栽花、養金魚。

後來改作了軍營裡的庶務；又作過兩次軍需；又作過一次參謀。

時間使一些英雄、美人成塵成土，把一些傻瓜、壞蛋變得又富又闊。同樣的，到這樣一個地方，我這個朋友，在一堆倏然而來、悠然而逝的日子中，也就做了武陵縣一家最清潔安靜的旅館主人，且同時成為愛好古玩字畫的「風雅」人了。

他既收買了數量可觀的字畫，還有好些銅器與瓷器，收藏的物件泥沙雜下，並不如何稀罕。但在那麼一個小小地方，在他那種經濟情形下，能力卻可以說盡夠人敬服了。

若有什麼風雅人，由北方或由福建、廣東，想過桃源去看看，從武陵過身時，能泰然、坦然把行李搬進他那個旅館去。到了那個地方，看看過廳上的蘆雁屏條⓭，同長案上一切陳設，便會明白賓主之間實有同好，這一來，凡事皆好說了。還有那向湘西上，行過川黔考察方言歌謠的先生們，到武陵時最好就是到這個旅館來下榻。

我還不曾遇見過什麼學者，比這個朋友更能明白中國格言、諺語的用處。他說話全是活的，即便是諢話、野話⓮，也莫不各有出處，言之成章。而且妙趣百出，莊諧雜陳，他那言語比喻豐富處，真像是大河流水，永無窮盡。

在那旅館中住下，一面聽他詈罵佣人⓯，一面使我就想起在北京城圈裡編國語大辭典的諸先生，為一句話、一個字的用處，把《水滸》、《金瓶梅》、《紅樓夢》……以及其他所有元明清雜劇小說翻來翻去，剪破了多少書籍！

若果他們能夠來到這旅館裡，故意在天井中撒一泡尿，或裝作無心的樣子，把些瓜果皮殼髒東西從窗口隨意拋出去；或索性當著這旅館老闆面前，做點不守規矩、缺少理性的行為。等著你就聽聽那作老闆的罵出稀奇古怪字眼兒，你會覺得原來這裡還擱下了一本活生生大辭典！

倘若有個社會經濟調查團，想從湘西弄到點材料，這旅館也是最好下榻的處所。因為辰河沿岸碼頭的稅收、煙價、妓女，以及桐油、朱砂的出處行價，各個碼頭上管事的頭目姓名脾氣，他知道的也似乎比縣衙門裡「包打聽」還更清楚⓰——他事情懂得多哩！

只因我已十多年不再到這條河上，一切皆極生疏了。他便特別熱心，答應伴送我過桃源，為我租雇小船，照料一切。

十二點鐘我們從武陵動身，一點半鐘左右，汽車就到了桃源縣停車站。

我們下了車，預備去看船時，幾件行李成為極麻煩的問題了。

老朋友說，若把行李帶去，到碼頭邊叫小划子時，那些吃水上飯的人，會「以逸待勞」，把價錢放在一個高點上，使我們無法對付；若把行李寄放到另外一個地方，空手去看船，我們便又「以逸待勞」了。

我信任了老朋友的主張，照他的意思，一到桃源站，我們就把行李送到一個賣酒麴的人家去。到了那酒麴鋪子，拿煙的是個四十歲左右的中年胖婦人，他的乾親家。倒茶的是個十五、六歲的白臉、長身、頭髮黑亮亮的女孩子，腰身小、嘴唇小，眼目清明如兩粒水晶球兒，見人只是轉個不停，論輩數，說是乾女兒呢！

坐了一陣，兩人方離開那人家灑著手下河邊去。

在河街上一個舊書鋪裡，一幀無名氏的山水小景牽引了他的眼睛，二十塊錢把畫買定了，再到河邊去看船。

船上人知道我是那個大老闆的熟人，價錢倒很容易說妥了。

來回去讓船總寫保單、取行李，一切安排就緒，時間已快到半夜了。

我那小船明天一早方能開頭，我就邀他在船上住一夜。

他卻說酒麴鋪子那個十五年前老伴的女兒，正燉了一隻母雞等著他去消夜[17]，點了一段廢纜子，很快樂地跳上岸搖著、晃著匆匆走去了。

他上岸從一些吊腳樓柱下轉入河街時，我還聽到河街一哨兵喊口號，他大聲答著：「百姓！」表明他的身分。

第二天天剛發白，我還沒醒，小船就已向上游開動了。

大約已經走了三里路，卻聽得岸上有個人喊我的名字，沿岸追來，原來是他從熱被裡脫出，趕來送我的行的。

船傍了岸。

天落著雪。

他站在船頭一面抖去肩上雪片，一面質問弄船人，為什麼船開得那麼早。

我說：「牯子大哥，你怎麼的！天氣冷得很，大清早還趕來送我！」

他鑽進艙裡笑著輕輕地向我說：「牯子老弟，我們看好了的那幅畫，我不想買了。我昨晚上還看過更好的一本冊頁！」

「什麼人畫的？」

「當然仇十洲，我怕仇十洲那雜種也畫不出。牯子老弟，好得很……」話不說完他就大笑起來。

我明白他話中所指了。

「你又迷路了嗎？你不是說自己年已老了嗎？」

「到了桃源還不迷路嗎？自己雖老，別人可年輕？牯子老弟，你好好地上船吧！不要胡思亂想我的事情，回來時仍住到我的旅館裡，讓我再照料你上車吧！」

「一路復興，一路復興……」那麼嚷著，於是他同豹子一樣，一縱又上了岸，船就開了。

《註釋》

❶春申君：戰國時期楚國政治家，著名的「戰國四公子」之一。

❷吃四方飯：指走到任何地方都能生活。

❸陶靖節：即東晉文學家陶淵明，私謚靖節先生，〈桃花源記〉為其代表作。

❹牯子：指公牛。

❺沈石田：沈周，號石田，明代繪畫大師。

❻王麓台：王原祁，號麓台，清代著名畫家。

❼掣：牽引、牽動。
❽仇十洲：仇英，號十洲，明代著名畫家，擅人物畫，尤工仕女畫。
❾絳色：即大紅色。
❿文徵明：文璧，字徵明，明代著名畫家。
⓫攫：奪取。
⓬倪元璐：明代政治家、書法家。武侯：諸葛亮，三國蜀漢丞相，被尊稱為「武侯」、「諸葛武侯」，作前、後〈出師表〉二文。
⓭屏條：成組的書畫條幅。
⓮諢話：戲謔嘲弄的玩笑話。
⓯詈罵：惡言辱罵。
⓰包打聽：舊時查訪案情的人。
⓱消夜：消磨夜晚的時間。

桃源與沅州

全中國的讀書人，大概從唐朝以來，命運中註定了應讀一篇《桃花源記》，因此把桃源當成一個洞天福地。

人人皆知道那地方是武陵漁人發現的，有桃花夾岸，芳草鮮美。遠客來到，鄉下人就殺雞溫酒，表示歡迎。鄉下人都是避秦隱居的遺民，不知有漢朝，更無論魏晉了。

千餘年來，讀書人對於桃源的印象，既不怎麼改變，所以每當國體衰弱發生變亂時，想作遺民的必多。這文章也就增加了許多人的幻想，增加了許多人的酒量。

至於住在那兒的人呢？卻無人自以為是遺民或神仙，也從不曾有人遇著遺民或神仙。

桃源洞離桃源縣二十五里，從桃源縣坐小船，沿沅水上行，船到白馬渡時，上南岸走去，忘路之遠近，亂走一陣，桃花源就在眼前了。

那地方桃花雖不如何動人，竹林卻很有意思。

如椽、如柱的大竹子，隨處皆可發現前人用小刀刻劃留下的詩歌。新派學生不甘自棄，也多刻下英文字母的題名。

竹林裡間或潛伏一、二翦徑壯士❶，待機會霍地從路旁躍出，仿照《水滸傳》上英雄好漢行為，向遊客發個利市❷，使人措手不及，不免吃點小驚。

桃源縣城則與長江中部各小縣城差不多，一入城門最觸目的是推行印花稅與某種公債的佈告。

城中有棺材鋪、官藥鋪；有茶館、酒館；有米行、腳行❸；有和尚、道士；有經紀、媒婆。廟宇、祠堂多數為軍隊駐防，門外必有個武裝同志站崗，土棧、煙館既照章納稅❹，就受當地軍警保護。

代表本地的出產，邊街上有幾十家玉器作，用珉石染紅著綠❺，琢成酒杯、筆架等物，貨物品質平平常常，價錢卻不輕賤。

另外還有個名為「後江」的地方，住下無數公私不分的妓女，很認真經營她們的職業。有些人家在一個菜園平房裡，有些卻又住在空船上，地方雖髒一點倒富有詩意。

這些婦女使用她們的下體，安慰軍政各界，且征服了往還沅水流域的煙販、木商、船主，以及種種因公出差過路人；挖空了每個顧客的錢包，維持許多人生活，促進地方的繁榮。

一縣之長照例是個讀書人，從史籍上早知道這是人類一種最古的職業，一沒有郡縣以前就有了它，取締既與「風俗」不合❻，且影響到若干人生活。因此就很正當地訂下一些規章制度，向這些人來抽收一種捐稅（並採取了個美麗名詞叫作「花捐」），把這筆款項用來補充地方行政、保安，或城鄉教育經費。

桃源既是個有名地方，每年自然有許多「風雅」人，心慕古桃源之名，二、三月裡攜了《陶靖節集》與《詩韻集成》等參考資料和文房四寶，來到桃源縣訪幽探勝。這些人往桃源洞賦詩前後，必尚有機會過後江走走，由朋友或專家引導，這家那家坐坐，燒盒煙，喝杯茶。看中意某一個女人時，問問行市❼，花個三元、五元，便在那齷齪不堪、萬人用過的花板床上，壓著那可憐婦人胸膛放蕩一夜。於是記遊詩上多了幾首無題豔遇詩，把「巫峽神女」、「漢皋解佩」、「劉阮天臺」等等曲故，一律被引用到詩上去。看過了桃源洞，這人平常若是很謹慎的，自會覺得應當即早過醫生處走走，於是匆匆地回家了。

至於接待過這種外路「風雅」人的神女呢？前一夜也許陸續接待過了三個麻陽船水手，後一夜又得陪伴兩個貴州省牛皮商人。

這些婦人照例說不定還被一個散兵游勇❽，一個縣公署執達吏❾，一個公安局書記，或一個當地小流氓長時期包定占有。客來時那人往煙館過夜，客去後再回到婦人身邊來燒煙。

妓女的數目占城中人口比例數不小，因此仿佛有各種原因，她們年齡都比其他大都市更無限制——有些人年在五十以上，還不甘自棄，同十六、七歲孫女輩前來參加這種生活鬥爭，每日輪流接待水手同軍營中火夫；也有年紀不過十四、五歲，乳臭尚未脫盡，便在那兒服侍客人過夜的。

她們的技藝是燒燒鴉片煙，唱點流行小曲。若來客是糧子上跑四方人物，還得唱唱軍歌、黨歌，和時下電影明星的新歌，應酬應酬，增加興趣。她們的收入有些一次可得洋錢二十、三十，有些一整夜又只得一塊、八毛。

這些人有病不算一回事，實在病重了，不能做生意掙飯吃，間或就上街到西藥房去打針，六零六、三零三❿，紮那麼幾下；或請走方郎中配副藥，朱砂、茯苓，亂吃一陣，只要支持得下去，總不會坐下來吃白飯。

直到病倒了，毫無希望可言了，就叫毛夥用門板抬到那類住在空船中孤身過日子的老婦人邊去，盡她咽最後那一口氣。死去時親人呼天搶地哭一陣，罄所有請和尚安魂念經⓫，再託人賒購副四合頭棺木⓬，或買副薄薄板片，土裡一埋也就完事了。

桃源地方已有公路，直達號稱湘西咽喉的武陵（常德），每日都有八輛、十輛新式載客汽車，按照一定時刻在公路上奔馳。

距常德約九十里，車票價錢一元零，這公路從常德且直達湖南省會長沙，汽車路程約四小時，車票價約為六元。

公路通車時，有人說這條公路在湘省經濟上具有極大意義，意思是對於黔省出口「特貨」運輸可方便不少。這人似乎不知道特貨過境每次必三百擔、五百大擔，公路上一天不過十幾輛汽車來回。

若非特貨再加以精製，每天能運輸多少？

關於特貨的精製，在各省嚴禁煙宣傳中，平民誰還有膽量來做這種非法勾當？假若在桃源縣某種鋪子裡，居然有人能夠設法購買一點黃色粉末藥物，作為談天口氣，隨便問問，就會明白那貨物的來源是有來頭的。

信不信由你，大股東中大頭腦有什麼「齡」字輩、「子」字輩，還有沿江之督辦，上海之聞人⑬，且明白出產並不是桃源縣城。

沿江上行六十里，有二十部機器日夜加工，運輸出口時或用輪船直往漢口，卻不需藉公路汽車轉運長沙。

真可稱為桃源名產值得引人注意的，是家雞同雞卵，街頭巷尾無處不可以發現這種冠赤如火、龐大莊嚴的生物，經常有重達一、二十斤的。凡過路人初見這地方雞卵，必以為鴨卵或鵝卵。

其次，桃源有一種小划子，輕捷、穩當、乾淨，在沅水中可稱首屈一指。

一個外省旅行者，若想從湘西的永綏、乾城、鳳凰研究湘邊苗族的分佈狀況；或想從湘西往四川的酉陽、秀山調查桐油的生產；往貴州的銅仁調查朱砂、水銀的生產；往玉屏調查竹料種類，注意造簫制紙的手工業生產情況，皆可在桃源縣魁星閣下邊，雇妥那麼一隻小船，沿沅水溯流而上，直至目的地。到地時取行李上岸落店，毫無何等困難。

一隻桃源小划子上只能裝載一、二客人，照例要個舵手，管理後梢，調動船隻左右；張掛風帆，鬆緊帆索，捕捉河面、山谷中的微風；放纜拉船，量渡河面寬窄與河流水勢，伸縮竹纜。

另外還要攔頭工人⓮，上灘、下灘時看水認容口，出事前提醒舵手躲避石頭、惡浪與伏流，出事後點篙子需要準確、穩重。這種人還要有膽量、有氣力、有經險，張帆落帆都得很敏捷地即時拉桅下繩索。

走風，船行如箭時，便蹲坐在船頭上叫喝呼嘯，嘲笑同行落後的船隻；自己船隻落後，被人嘲罵時，還要回罵，人家唱歌也得用歌聲作答；兩船相碰說理時，不讓別人占便宜；動手打架時，先把篙子抽出拿在手上。

船隻逼入急流亂石中，不問冬夏，都得敏捷而勇敢地脫光衣褲，向急流中跳去，在水裡盡肩背之力，使船隻離開險境。

掌舵的因事故不能盡職，就從船頂爬過船尾去，作個臨時舵手。

船上若有小水手，還應事事照料小水手、指點小水手。更有一份不可推卻的職務，便是在一切過失上，應與掌舵的各據小船一頭，相互辱宗罵祖，繼續使船前進。

小船除此兩人以外，尚需要個小水手居於雜務地位，淘米、燒飯、切菜、洗碗，無事不做。行船時，應蕩槳就幫同蕩槳，應點篙就幫同持篙。這種小水手大都在學習期間，應處處留心，取得經驗同本領。

除了學習看水、看風、記石頭、使用篙槳以外，也學習挨打挨罵。盡各種古怪稀奇字眼兒成天在耳邊反復響著，好好地保留在記憶裡，將來長大時再用它來辱罵旁人。

上行無風吹，一個人還負了纖板，曳著一段竹纜，在荒涼河岸小路上拉船前進。

小船停泊碼頭邊時，又得規規矩矩守船。

關於他們的經濟情勢，舵手多為船家長年雇工，平均算來合八分到一角錢一天。攔頭工有長年雇定的，人若年富力強多經驗，待遇同掌舵的差不多；若只是短期包來回，上行平均每天可得一毛或一毛五分錢，下行則盡義務吃白飯而已。

至於小水手，學習期限看年齡同本事來，有些人每天可得兩分錢作零用，有些人在船上三年五載吃白飯。上灘時一個不小心，閃不知被自己手中竹篙彈入亂石激流中，泅水技術又不在行，在水中淹死了，船主方面寫得有字據，生死家長不能過問。掌舵的把死者剩餘的一點衣服交給親長，說明白落水情形後，燒幾百錢紙，手續便清楚了。

一隻桃源划子，有了這樣三個水手，再加上一個需要趕路、有耐心、不嫌孤獨、能花個二十、三十的乘客，這船便在一條清明透澈的沅水上下游移動起來了。

在這條河裡，在這種小船上作乘客，最先見於記載的一個，應當是那瘋瘋癲癲的楚逐臣屈原。在他自己的文章裡，他就說道：「朝發枉渚兮，夕宿辰陽。」若果他那文章還值得稱引，我們尚可以就「沅有芷兮澧有蘭」與「乘舲上沅」這些話[15]，估想他當年或許就坐了這種小船，溯流而上，到過出產香草、香花的沅州。

沅州上游不遠有個白燕溪，小溪谷裡生長芷草，到如今還隨處可見。這種蘭科植物生根在懸崖罅隙間，或蔓延到松樹枝椏上[16]，長葉飄拂，花朵下垂成一長串，風致楚楚；花葉形體較建蘭柔和，香味較建蘭淡遠。

遊白燕溪的可坐小船去，船上人若伸手可及，多隨意伸手摘花，頃刻就成一束。若崖石過高，還可以用竹篙將花打下，盡它墮入清溪洄流裡，再用手去溪裡把花撈起。

除了蘭芷以外，還有不少香草、香花，在溪邊崖下繁殖。那種黛色無際的崖石，那種一叢叢幽香炫目的奇葩，那種小小洄旋的溪流，合成一個如何不可言說、迷人心目的聖境！若沒有這種地方，屈原便再瘋一點，據我想來他文章未必就能寫得那麼美麗。

什麼人看了我這個記載，若神往於香草、香花的沅州，居然從桃源包了小船，過沅州去，希望實地研究解決《楚辭》上幾個草木問題。

到了沅州南門城邊，也許無意中會一眼瞥見城門上有一片觸目黑色，因好奇想明白它，一時可無從向誰去詢問。

他所見到的只是一片新的血跡，並非什麼古跡。

大約在清黨前後[17]，有個晃州姓唐的青年，北京農科大學畢業生。在沅州、晃州兩縣，用黨務特派員資格，率領了兩萬以上四鄉農民和青年學生，肩持各種農具，上城請願。守城兵先已得到長官命令，不許請願群眾進城。於是雙方自然而然發生了衝突，一面是旗幟、木棒、呼喊與憤怒，一面是居高臨下、一尊機關槍同十枝步槍。街道既那麼窄，結果站在最前線上的特派員同四十多個青年學生與農民，便全在城門邊犧牲了。

其餘農民一看情形不對，拋下農具四散跑了。

那個特派員的身體，於是被兵士用刺刀釘在城門木板上示眾三天。

三天過後，便連同其他犧牲者，一齊拋入屈原所稱讚的清流裡喂魚吃了。幾年來本地人在內戰反復中被派捐拉夫[18]，應付差役中把日子混過去，大致把這件事也慢慢地忘掉了。

桃源小船載到沅州府，舵手把客人行李扛上岸，討得酒錢回船時，這些水手必乘興過南門外皮匠街走走。

那地方同桃源的後江差不多，住下不少經營最古職業的人物。地方既非商埠[19]，價錢可公道一些。花五角錢關一次門，上船時還可以得一包黃油油的上淨煙絲，那是十年前的規矩。

照目前百物昂貴情形想來，一切當然已不同了，出錢的花費也許得多一點，收錢的待客也許早已改用「美麗牌」代替「上淨絲」了。

或有人在皮匠街驀然間遇見水手，對水手發問：「弄船的！『肥水不落外人田』，家裡有的，你讓別人用；用別人的，你還得花錢，這上算嗎[20]？」

那水手一定會拍著腰間鹿皮抱兜，笑眯眯地回答說：「大爺！『羊毛出在羊身上』，這錢不是我桃源人的錢，上算的。」

他回答的只是後半截，前半截卻不必提。

本人正在沅州，離桃源遠過六、七百里，桃源那一個他管不著。

便因為這點哲學，水手們的生活，比起「風雅人」來似乎也灑脫多了。

若說話不犯忌諱，無人疑心我「袒護無產階級」。我還想說，他們的行為比起那些讀了些「子曰」，帶了五百家香豔詩去桃源尋幽訪勝，過後江討經驗的「風雅人」來，也實在還道德得多。

《註釋》

❶ 翦徑：攔路搶劫。
❷ 利市：利益。
❸ 腳行：以搬運物件為職業的人。
❹ 土棧：舊時專門販運、囤積鴉片的商店。煙館：舊時供人吸食鴉片的處所。
❺ 珉石：似玉的美石。
❻ 取締：對特定行為予以禁止、取消。
❼ 行市：價格。
❽ 遊勇：無編制的散兵。
❾ 執達吏：執行事務的人員。
❿ 六零六、三零三：西藥名。

⓫罄：用盡。

⓬四合頭：四面相連或相對。

⓭聞人：有名望的人。

⓮攔頭：看守船頭的人。

⓯乘舲上沅：原句為「乘舲船餘上沅兮」，出自屈原《楚辭》。舲：有窗的小船。

⓰枝椏：樹木旁生的小枝條。

⓱清黨：西元一九二七年到西元一九二八年間，中國國民黨採取清除黨內部分人士的組織措施，重點在清除黨內的中國共產黨黨員。

⓲拉夫：戰時受強迫充當夫役。

⓳商埠：指與國外通商的地方，或指商業發達的城市。

⓴上算：有利、占便宜。

鴨窠圍的夜

天快黃昏時落了一陣雪子，不久就停了。

天氣真冷，在寒氣中一切都彷彿結了冰，便是空氣，也像快要凍結的樣子。我包定的那一隻小船，在天空大把撒著雪子時已泊了岸，從桃源縣沿河而上，這已是第五個夜晚。看情形晚上還會有風、有雪，故船泊岸邊時便從各處挑選好地方。沿岸除了某一處有片沙灘宜於泊船以外，其餘地方全是黛色如屋的大岩石。石頭既然那麼大，船又那麼小，我們都希望尋覓得到一個能作小船風雪屏障，同時要上岸又還方便的處所。

凡是可以泊船的地方早已被當地漁船占去了。

小船上的水手，把船上下各處撐去，鋼鑽頭敲打著沿岸大石頭，發出好聽的聲音。結果這隻小船，還是不能不同許多大小船隻一樣，在正當泊船處插了篙子，把當作錨頭用的石碇拋到沙上去，盡那行將來到的風雪，攤派到這隻船上。

這地方是個長潭的轉折處，兩岸是高大壁立千丈的山，山頭上長著小小竹子，長年翠色逼人。這時節兩山只剩餘一抹深黑，賴天空微明為畫出一個輪廓。

但在黃昏里看來如一種奇迹的，卻是兩岸高處去水已三十丈上下的吊腳樓。這些房子莫不儼然懸掛在半空中，藉著黃昏的金光，還可以把這些稀奇的樓房形體，看得出個大略。

這些房子同沿河一切房子有個共通相似處，便是從結構上說來，處處顯出對於木材的浪費。房屋既在半山上，不用那麼多木料，便不能成為房子嗎？半山上也用吊腳樓形式，這形式是必須的嗎？

然而這條河水的大宗出口是木料，木材比石塊還不值價。因此即或是河水永遠長不到處，吊腳樓房子依然存在，似乎也不應當有何惹眼、驚奇了。

但沿河因為有了這些樓房，長年與流水鬥爭的水手，寄身船中枯悶成疾的旅行者，以及其他過路人，卻有了落腳處了。這些人的疲勞與寂寞是從這些房子中可以一律解除的，地方既好看，也好玩。

河面大小船隻泊定後，莫不點了小小的油燈，拉了篷。各個船上皆在後艙燒了火，用鐵鼎罐煮紅米飯。飯燜熟後，又換鍋子熬油，「嘩」地把菜蔬倒進熱鍋里去。一切齊全了，各人蹲在艙板上三碗、五碗把腹中填滿後，天已夜了。

水手們怕冷、怕凍的，收拾碗盞後，就莫不在艙板上攤開了被蓋，把身體鑽進那個預先捲成一筒又冷又濕的硬棉被裡去休息。

至於那些想喝一杯的，發了煙癮得靠靠燈，船上煙灰又翻盡了的，或一無所為，只是不甘寂寞；好事、好玩、想到岸上去烤烤火、談談天的，便莫不提了桅燈，或燃一段廢纜子，搖晃著，從船頭跳上了岸，從一堆石頭間的小路徑，爬到半山上吊腳樓房子那邊去，找尋自己的熟人，找尋自己的熟地。

陌生人自然也有來到這條河中，來到這種吊腳樓房子裡的時節，但一到地，在火堆旁小板凳上一坐，便是陌生人，即刻也就可以稱為熟人鄉親了。

這河邊兩岸除了停泊有上下行的大小船隻三十左右以外，還有無數在日前趁融雪漲水放下形體大小不一的木筏。較小的木筏，上面供給人住宿過夜的棚子也不見，一到了碼頭，便各自上岸找住處去了；大一些的木筏呢，則有房屋，有船隻，有小小菜園與養豬、養雞柵欄，還有女眷和小孩子。

黑夜占領了全個河面時，還可以看到木筏上的火光、吊腳樓窗口的燈光，以及上岸、下船在河岸大石間飄忽動人的火炬紅光。

這時節岸上、船上都有人說話，吊腳樓上且有婦人在黯淡燈光下唱小曲的聲音，每次唱完一支小曲時，就有人笑嚷。

什麼人家吊腳樓下有匹小羊叫，固執而且柔和的聲音，使人聽來覺得憂鬱。

我心中想著：「這一定是從別一處牽來的，另外一個地方，那小畜生的母親一定也那麼固執地鳴著吧！」

算算日子，再過十一天便過年了。

「小畜生明不明白只能在這個世界上活過十天、八天？」明白也罷，不明白也罷，這小畜生是為了過年而趕來，應在這個地方死去的。此後固執而又柔和的聲音，將在我耳邊永遠不會消失。

我覺得憂鬱起來了。

我仿佛觸著了這世界上一點東西，看明白了這世界上一點東西，心裡軟和得很。

但我不能這樣子打發這個長夜——我把我的想像，追隨了一個唱曲時清中夾沙的婦女聲音，到她的身邊去了。

於是仿佛看到了一個床鋪，下面是草薦，上面攤了一床用舊帆布或別的舊貨做成髒而又硬的棉被；擱在床正中、被單上面的是一個長方木托盤，盤中有一把小茶盞、一個小煙盒、一支煙槍、一塊小石頭、一盞燈，盤邊躺著一個人在燒煙。

唱曲子的婦人，或是袖了手捏著自己的膀子站在吃煙者的面前；或是靠在男子對面的床頭，為客人燒煙。

房子分兩進，前面臨街，地是土地；後面臨河，便是所謂吊腳樓了。

這些人房子窗口既一面臨河，可以憑了窗口呼喊河下船中人。當船上人過了癮，胡鬧已夠。下船時，或者尚有些事情囑託，或有其他原因，一個晃著火炬停頓在大石間；一個便憑立在窗口：「大老你記著，船下行時又來。」

「好，我來的，我記著的。」

「你見了順順，就說：『會呢，完了；孩子大牛呢，腳膝骨好了。細粉帶三斤，冰糖或片糖帶三斤。』」

「記得到，記得到。大娘你放心，我見了順順大爺就說：『會呢，完了；大牛呢，好了。細粉來三斤，冰糖來三斤。』」

「楊氏！楊氏！一共四吊七，莫錯帳！」

「是的，放心呵！你說四吊七就四吊七，年三十夜莫會要你多的！你自己記著就是了！」這樣那樣地說著，我一一都可聽到，而且一面還可以聽著在黑暗中某一處「咩咩」的羊鳴。

我明白這些回船的人是上岸吃過「葷煙」了的。

我還估計得出，這些人不吃「葷煙」，上岸時只去烤烤火的，到了那些屋子裡時，便多數只在臨街那一面鋪子裡。

這時節天氣太冷，大門必已上好了，屋裡一隅或點了小小油燈，屋中土地上必就地掘了淺凹火爐膛❶，燒了些樹根、柴塊。

火光煜煜❷，且時時刻刻爆炸著一種難於形容的聲音。

火旁矮板凳上坐有船上人、木筏上人，有對河住家的熟人。

且有雖為天所厭棄，還不自棄、年過七十的老婦人，閉著眼睛蜷成一團蹲在火邊，悄悄地從大袖筒裡取出一片薯乾或一枚紅棗，塞到嘴裡去咀嚼。

有穿著骯髒、身體瘦弱的孩子，手擦著眼睛，傍著火旁的母親打盹。

屋主人有為退伍的老軍人，有翻船背運的老水手，有單身寡婦。

藉著火光、燈光，可以看得出這屋中的大略情形，三堵木板壁上，一面必有個供奉祖宗的神龕❸，神龕下空處或另一面，必貼了一些大小不一的紅白名片。

這些名片倘若有那些好事者加以注意，用小油燈照著，去仔細檢查檢查，便可以發現許多動人的名銜——軍隊上的連附、上士、一等兵、商號中的管事、當地的團總、保正、催租吏，以及照例姓滕的船主，洪江的木筏商人❹，與其他各行各業人物，無所不有。

這是近一、二十年來，經過此地若干人中一小部分的題名錄。

這些人各用一種不同的生活，來到這個地方，且同樣地來到這些屋子裡，坐在火邊或靠近床邊，逗留過若干時間。

這些人離開了此地後，在另一世界裡還是繼續活下去，但除了同自己的生活圈子中人發生關係以外，與一同在這個世界上其他的人，卻仿佛便毫無關係可言了。

他們如今也許早已死掉了——水淹死的、槍打死的、被外妻用砒霜謀殺的，然而這些名片卻依然將好好地保留下去；也許有些人已成了富人、名人，成了當地的小軍閥，這些名片卻仍然寫著催租人、上士等等的銜頭……

除了這些名片，那屋子裡是不是還有比它更引人注意的東西呢？鋸子、小撈兜、香煙大畫片、裝乾栗子的口袋……

提起這些問題時使人心中得激動。

我到船頭上去眺望了一陣，河面靜靜的，木筏上火光小了，船上的燈光已很少了，遠近一切只能藉著水面微光看出個大略情形。

另外一處的吊腳樓上，又有了婦人唱小曲的聲音，燈光搖搖不定，且有猜拳聲音。

我估計那些燈光同聲音所在處，不是木筏上的簰頭在取樂❺，就是水手們、小商人在喝酒。婦人手指上說不定還戴了水手特別為從常德府捎帶來的鍍金戒指，一面唱曲，一面把那雙手理著鬢角，多動人的一幅畫圖！

我認識他們的哀樂，這一切我也有分。看他們在那裡把每個日子打發下去，也是眼淚，也是笑，離我雖那麼遠，同時又與我那麼相近。這正是同讀一篇描寫西伯利亞的農人生活動人作品一樣，使人掩卷引起無言的哀戚❻。我如今只用想像去領味這些人生活的表面姿態，卻用過去一分經驗，接觸著了這種人的靈魂。

羊還固執地「嗚」著。

遠處不知什麼地方有鑼鼓聲音，那一定是某個人家禳土酬神、還願巫師的鑼鼓。聲音所在處必有火燎與九品蠟照耀爭輝；眩目火光下必有頭包紅布的老巫師獨立做旋風舞，門上架上有黃錢，平地有裝滿了穀米的平斗。

有新宰的豬、羊伏在木架上，頭上插著小小五色紙旗；有行將為巫師用口把頭咬下的活生公雞，縛了雙腳與翼翅，在土壇邊無可奈何地躺臥。

主人鍋灶邊則熱了滿鍋豬血稀粥，灶中正火光熊熊。

鄰近一隻大船上，水手們已靜靜地睡下了，只剩餘一個人吸著煙，且時時刻刻把煙管敲著船舷。也像聽著吊腳樓的聲音，為那點聲音所激動，引起種種聯想，忽然按捺自己不住了，只聽到他輕輕地罵著野話，擦了枝自來火❼，點上一段廢纜，跳上岸往吊腳樓那裡去了。

他在岸上大石間走動時，火光便從船篷空處漏進我的船中。

也是同樣的情形吧！在一隻裝載棉軍服向上行駛的船上，泊到同樣的岸邊，躺在成束成捆的軍服上面，夜既太長，水手們愛玩牌的各蹲坐在艙板上小油燈光下玩天九❽，睡既不成，便胡亂穿了兩套棉軍服，空手上岸，藉著石塊間還未融盡殘雪返照的微光，一直向高岸上有燈光處走去。

到了街上，除了從人家門罅裡露出的燈光成一條長線橫臥著❾，此外一無所有。在計算中以為應可見到的小攤上成堆的花生，用哈德門長煙盒裝著乾癟癟的小橘子，切成小方塊的片糖，以及在燈光下看守攤子把眉毛扯得極細的婦人（這些婦人無事可做時還會在燈光下做點針線的），如今什麼也沒有。

既不敢冒昧闖進一個人家裡面去，便只好又回轉河邊船上了。

但上山時向燈光凝聚處走去，方向不會錯誤；下河時可糟了，糊糊塗塗在大石、小石間走了許久，且大聲喊著，才走近自己所坐的一隻船。

上船時，兩腳全是泥，剛攀上船舷還不及脫鞋落艙，就有人在棉被中大喊：「夥計哥子們，脫鞋呀！」把鞋脫了還不即睡，便鑲到水手身旁去看牌，一直看到半夜——十五年前自己的事，在這樣地方溫習起來，使人對於命運感到十分驚異。

我懂得那個忽然獨自跑上岸去的人，為什麼上去的理由。

等了一會，鄰船上那人還不回到他自己的船上來，我明白他所得的必比我多了一些。我想聽聽他回來時，是不是也像別的船上人，有一個婦人在吊腳樓窗口喊叫他。許多人都陸續回到船上了，這人卻沒有下船。

我記起「柏子」❿，但是，同樣是水上人，一個那麼快樂地趕到岸上去，一個卻是那麼寂寞地跟著別人後面走上岸去。到了那些地方，情形不會同柏子一樣，也是很顯然的事了。

為了我想聽聽那個人上船時那點推篷聲音，我打算著，在一切聲音全已安靜時，我仍然不能睡覺。

我等待那點聲音。

大約到午夜十二點，水面上卻起了另外一種聲音，仿佛鼓聲，也仿佛汽油船馬達轉動聲。聲音慢慢地近了，可是慢慢地又遠了。像是一個有魔力的歌唱，單純到不可比方，也便是那種固執地單調，以及單調地延長，使一個身臨其境的人，想用一組文字去捕捉那點聲音，以及捕捉在那長潭深夜，一個人為那聲音所迷惑時節的心情，實近於一種徒勞無功的努力。

那點聲音使我不得不再從那個業已用被單塞好空罅的艙門，到船頭去搜索它的來源。

河面一片紅光，古怪聲音也就從紅光一面掠水而來。原來日裡隱藏在大岩下的一些小漁船，在半夜前早已靜悄悄地下了攔江網；到了半夜，把一個從船頭伸在水面的鐵兜，盛上燃著熊熊烈火的油柴，一面用木棒槌有節奏地敲著船舷各處漂去。

身在水中見了火光而來與受了柝聲吃驚四竄的魚類[11]，便在這種情形中觸了網，成為漁人的俘虜，當地人把這種捕魚方法叫「趕白」。

一切光、一切聲音，到這時節已為黑夜所撫慰而安靜了，只有水面上那一分紅光與那一派聲音。那種聲音與光明，正為著水中的魚和水面的漁人生存的搏戰，已在這河面上存在了若干年，且將在接連而來的每個夜晚依然繼續存在。

我弄明白了，回到艙中以後，依然默聽著那個單調的聲音，我所看到的仿佛是一種原始人與自然戰爭的情景。那聲音、那火光，都近於原始人類的戰爭，把我帶回到四、五千年那個「過去」時間裡去。

不知在什麼時候開始落了很大的雪，聽船上人細語著，我心想，第二天我一定可以看到鄰船上那個人上船時節，在岸邊雪地上留下那一行足跡。

那寂寞的足跡，事實上我卻不曾見到，因為第二天到我醒來時，小船已離開那個泊船處很遠了。

註釋

❶爐膛：爐子內部供燃料燃燒的空間。
❷熤熤：明亮的樣子。
❸神龕：安置神、佛像或祖先牌位的小閣子。
❹洪江：即「洪江市」，位於中國湖南省西部。
❺簰：即「筏」，用竹子或木材編成的水上交通工具。
❻掩卷：闔起書本，此處指收起。
❼自來火：舊時「火柴」的稱呼。
❽天九：一種中國骨牌遊戲。
❾門罅：即門縫。
❿柏子：為沈從文早期短篇小說《柏子》中的男主角，該小說描述水手「柏子」與辰河岸邊一位婦人之間的故事。
⓫柝聲：敲擊的聲音。

一九三四年一月十八

我彷彿被一個極熟的人喊了又喊，人清醒後那個聲音還在耳朵邊。原來我的小船已開行了許久，這時節正在一個長潭中順風滑行，河水從船舷輕輕擦過，把我弄醒了。

我的小船今天應當停泊到一個大碼頭，想起這件事，我就有點兒慌張起來了。小船應停泊的地方，照史籍上所說，出丹砂，出辰川符；事實上卻只出胖人，出肥豬，出邊炮，出雨桑一條長長的河街，在那裡可以見到無數水手柏子與無數柏子的情婦。

長街盡頭飄揚著用紅黑二色寫上扁方體字稅關的幡信，稅關前停泊了無數上下行驗關的船隻。長街盡頭油坊圍牆如城垣，長年有油可打，打油匠搖蕩懸空油槌，訇地向前拋去時，莫不伴以搖曳長歌，由日到夜，不知休止。

河中長年有大木筏停泊，每一木筏浮江而下時，同時四方角隅至少有三十個人舉橈激水。沿河吊腳樓下泊定了大而明黃的船隻，船尾高張，常到兩丈左右，小船從下面過身時，仰頭看去恰如一間大屋。（那上面必用金漆寫得有福字同順字！）

這個地方就是我一提及它時，充滿了感情的辰州。

小船去辰州還約三十里，兩岸山頭已較小，不再壁立拔峰漸漸成為一堆堆黛色與淺綠相間的邱阜❶，山勢既較和平，河水也溫和多了。

兩岸人家漸漸越來越多，隨處可以見到毛竹林。

山頭已無雪，雖尚不出太陽，氣候乾冷，天空倒明明朗朗。

小船順風張帆向上流走去時，似乎異常穩定，但小船今天至少還得上三個灘與一個長長的急流。

大約九點鐘時，小船到了第一個長灘腳下了，白浪從船旁跑過快如奔馬，在驚心眩目情形中小船居然上了灘，小船上灘照例並不如何困難，大船可不同一點。灘頭上就有四隻大船斜臥在白浪中大石上，毫無出險的希望。

其中一隻貨船，大致還是昨天才壞事的，只見許多水手在石灘上搭了棚子住下，且攤曬了許多被水浸濕的貨物。正當我那隻小船上完第一灘時，卻見一隻大船，正擱淺在灘頭激流裡。只見一個水手赤裸著全身向水中跳去，想在水中用肩背之力使船隻活動，可是人一下水後，就即刻為激流帶走了。在浪聲哮吼裡尚聽到岸上人沿岸追喊著，水中那一個大約也回答著一些遺囑之類，過一會兒，人便不見了。

這個灘共有九段。

這件事從船上人看來，可太平常了。

小船上第二段時，河流已隨山勢曲折，再不能張帆取風，我擔心到這小小船隻的安全問題，就向掌舵水手提議，增加一個臨時縴手，錢由我出。得到了他的同意，一個老頭子，牙齒已脫，白鬚滿腮，卻如古羅馬戰士那麼健壯，光著手腳蹲在河邊那個大青石上講生意來了。兩方面都大聲嚷著，而且辱罵著，一個要一千，一個卻只出九百，相差那一百錢折合銀洋約一分一厘。那方面既堅持非一千文不出賣這點氣力，這一方面卻以為小船根本不必多出這筆錢給一個老頭子。

我即或答應了不拘多少錢統由我出，船上三個水手，一面與那老頭子對罵，一面把船開到急流裡去了。見小船已開出後，老頭子方不再堅持那一分錢，卻趕忙從大石上一躍而下，自動把背後纖板上短繩，縛定了小船的竹纜，躬著腰向前走去了。

待到小船業已完全上灘後，那老頭就趕到船邊來取錢，互相又是一陣辱罵，得了錢，坐在水邊大石上一五一十數著。我問他有多少年紀，他說七十七。那樣子，簡直是一個托爾斯泰！眉毛那麼長，鼻子那麼大，鬍子那麼多，一切都同畫相上的托爾斯泰相去不遠。

看他那數錢神氣，人快到八十了，對於生存還那麼努力執著。這人給我的印象真太深了，但這個人在他們弄船人看來，一個又老又狡猾的東西罷了。

小船上盡長灘後，到了一個小小水村邊，有母雞生蛋的聲音，有人隔河喊人的聲音，兩山不高而翠色迎人。

許多等待修理的小船，一字排開斜臥在岸上，有人在一隻船邊敲敲打打，我知道他們正用麻頭與桐油石灰嵌進船縫裡去。一個木筏上面還擱了一隻小船，在平潭中溜著。

忽然村中有炮仗聲音，有嗩吶聲音，且有鑼聲——原來村中人正接媳婦。鑼聲一起，修船的、放木筏的、划船的，無不停止了工作，向鑼聲起處望去。

多美麗的一幅畫圖！一首詩！

但除了一個從城市中因事擠出的人覺得驚訝，難道還有誰看到這些光景矍然神往❷。下午二時左右，我坐的那隻小船，已經把辰河由桃源到沅陵一段路程主要灘水上完，到了一個平靜長潭裡。

天氣轉晴，日頭初出，兩岸小山作淺綠色，山水秀雅明麗如西湖。

船離辰州只差十里，我估計過不久，船到了白塔下再上個小灘，轉過山嘴，就可以見到稅關上飄揚的長幡信了。

想起再過兩點鐘，小船泊到泥灘上後，我就會如同我小說寫到的那個柏子一樣，從跳板一端搖搖蕩蕩地上了岸，直向有吊腳樓人家的河街走去，再也不能蜷伏在船裡了。

我坐到後艙口日光下，向著河流，清算我對於這條河水這個地方的一切舊帳。

原來我離開這地方已十六年。

十六年的日子實在過得太快了一點。

想起從這堆日子中所有人事的變遷，我輕輕地嘆息了好些次。

這地方是我第二個故鄉。

我第一次離鄉背井，隨了那一群肩扛刀槍向外發展的武士為生存而戰鬥，就停頓到這個碼頭上。這地方每一條街、每一處衙署、每一間商店、每一個城洞裡做小生意的小擔子，還如何在我睡夢裡占據一個位置！

這個河碼頭在十六年前教育我，給我明白了多少人事，幫助我做過多少幻想，如今卻又輪到它來為我溫習那個業已消逝的童年夢境來了。

望著湯湯的流水，我心中好像忽然徹悟了一點人生，同時又好像從這條河上，新得到了一點智慧。

的的確確，這河水過去給我的是「知識」，如今給我的卻是「智慧」。

山頭一抹淡淡的午後陽光感動我，水底各色圓如棋子的石頭也感動我。我心中似乎毫無渣滓❸，透明燭照，對萬匯百物，對拉船人與小小船隻，一切都那麼愛著，十分溫暖地愛著！

我的感情早已融入這第二故鄉、一切光景聲色裡了，我彷彿很渺小、很謙卑，對一切有生無生似乎都在伸手，且微笑地、輕輕地說：「我來了，是的，我仍然同從前一樣地來了。

我們全是原來的樣子，真令人高興。你，充滿了牛糞桐油氣味的小小河街，雖稍稍不同了一點，我這張臉，大約也不同了一點。可是，很可喜的是我們還互相認識，只因為我們過去實在太熟習了！」

看到日夜不斷千古長流的河水裡石頭和沙子，以及水面腐爛的草木、破碎的船板，使我觸著了一個使人感覺惆悵的名詞。

我想起「歷史」。

一套用文字寫成的歷史，除了告給我們一些另一時代、另一群人在這地面上相斫相殺的故事以外，我們決不會再多知道一些要知道的事情。但這條河流，卻告給了我若干年來若干人類的哀樂！

小小灰色的漁船，船舷、船頂站滿了黑色沉默的魚鷹，向下游緩緩划去了。

石灘上走著脊樑略彎的拉船人。

這些東西於歷史似乎毫無關係，百年前或百年後皆彷彿同目前一樣。

他們那麼忠實莊嚴的生活，擔負了自己那分命運，為自己，為兒女，繼續在這世界中活下去；不問所過的是如何貧賤艱難的日子，卻從不逃避為了求生而應有的一切努力；在他們生活愛憎得失裡，也依然攤派了哭、笑、吃、喝；對於寒暑的來臨，他們便更比其他世界上人感到四時交替的嚴肅。

歷史對於他們儼然毫無意義，然而提到他們這點千年不變無可記載的歷史，卻使人引起無言的哀戚。

我有點擔心，地方一切雖沒有什麼變動，我或者變得太多了一點。

船到了稅關前躉船旁泊定時，我想像那些稅關辦事人，因為見我是個陌生旅客，一定上船來盤問我、麻煩我。我於是便假定恰如數年前作的一篇文章上我那個樣子，故意不大理會，希望引起那個公務人員的憤怒，直到把我帶局為止。

我正想要那麼一個人引路到局上去，好去見他們的局長。還很希望他們帶到當地駐軍旅部去，因為若果能夠這樣，就使我進衙門去找熟人時，省得許多瑣碎的手續了。

可是驗關的來了，一個寬臉大身材的青年苗人，見到他頭上那個盤成一餅的青布包頭，引動了我一點鄉情。

我上岸的計畫不得不變更了。

他還來不及開口我就說：「同年，你來查關！這是我坐的一隻空船，你儘管看。我想問你，你局長姓什麼！」

那苗人已上了小船在我面前站定，看看艙裡一無所有，且聽我喊他為「同年」，從鄉音中得到了點快樂，便用著小孩子似的口音問我：「你到哪裡去？你從哪裡來呀？」

「我從常德來——就到這地方。你不是梨林人嗎？我是……我要會你局長！」

那關吏說：「我是鳳凰縣人！你問局長，我們局長姓陳！」

第一個碰到的原來就是自己的鄉親，我覺得十分激動，趕忙請他進艙來坐坐。可是這個人看看我的衣服、行李，大約以為我是個什麼代表，一種身分的自覺，不敢進艙裡來了。就告我若要找陳局長，可以把船泊到中南門去，一面說著，一面且把手中的粉筆，在船篷上畫了個放行的記號，卻回到大船上去：「你們走！」他揮手要水手開船，且告水手應當把船停到中南門，上岸方便。

船開上去一點，又到了一個復查處，仍然來了一個頭裹青布帕的鄉親，從艙口看看船中的我。我想這一次應當故意不理會這個公務人，使他生氣方可到局裡去。可是這個復查員看看我不作聲的神氣，一問水手，水手說了兩句話，又揮揮手把我們放走了。

我心想，這不成，他們那麼和氣，把我想像中安排的計畫全給毀了，若到中南門起岸，水手在身後扛了行李，到城門邊檢查時，只需水手一句話又無條件通過，很無意思。我多久不見到故鄉的軍隊了，我得看看他們對於職務上的興味與責任，過去和現在有什麼不同處。

我便變更了計畫，要小船在東門下傍碼頭停停，我一個人先上岸去，上了岸後小船仍然開到中南門，等等我再派人來取行李。

我於是上了岸，不一會就到河街上了。

當我打從那河街上過身時，做炮仗的、賣油鹽雜貨的、收買發賣船上一切零件的，所有小鋪子皆牽引了我的眼睛，因此我走得特別慢些。

但到進城時卻使我很失望，城門口並無一個兵。

原來地方既不戒嚴，兵移到鄉下去駐防，城市中已用不著守城兵了。長街路上雖有穿著整齊軍服的年輕人，我卻不便如何故意向他們生點事。

看看一切皆如十六年前的樣子，只是兵不同了一點。

我既從東門從從容容地進了城，不生問題，不能被帶過旅部去，心想時間還早，不如到我弟弟、哥哥共同在這地方新建築的「芸廬」新家裡看看，那新房子全在山上。

到了那個外觀十分體面的房子大門前，問問工人誰在監工，才知道我哥哥來此剛三天。這就太妙了，若不來此問問，我以為我家中人還依然全在鳳凰縣城裡！

我進了門一直向樓邊走去時，還有使我更驚異而快樂的，是我第一個見著的人，原來就正是五年來行蹤不明的「虎雛」。

這人五年前在上海從我住處逃亡後，一直就無他的消息，我還以為他早已腐了、爛了。

他把我引導到我哥哥住的房中，告給我哥哥已出門，過三點鐘方能回來。

在這三點鐘之內，他在我很驚訝盤問之下，卻告給了我他的全部歷史。

原來八歲時他就因為用石塊砸死了人逃出家鄉，做過玩龍頭寶的助手，做過土匪，做過採茶人，當過兵。

到上海發生了那件事情後，這六年中又是從一想像不到的生活裡，轉到我軍官兄弟手邊來作一名「副爺」。

見到哥哥時，我第一句話說的是「家中虎雛真是個了不起的人物」，我哥哥卻回答得妙：「了不起的人嗎？這裡比他了不起的人多著哪！」

到了晚上，我哥哥說的話，便被我所見到的幾個青年軍官證實了。

《註釋》

❶邱阜：土丘、土山。

❷矍然：驚視的樣子。

❸渣滓：比喻剩餘而無用的事物。

老伴

我平日想到瀘溪縣時，回憶中就浸透了搖船人催擼歌聲，且被印象中一點兒小雨，仿佛把心也弄濕了。

這地方在我生活史中占了一個位置，提起來真使我又痛苦又快樂。

瀘溪縣城界於辰州與浦市兩地中間，上距浦市六十里，下達辰州也恰好六十里。四面是山，對河的高山逼近河邊，壁立拔峰，河水在山峽中流去。縣城位置在洞河與沅水匯流處，小河泊船貼近城邊，大河泊船去城約三分之一里。（洞河通稱小河，遠水通稱大河。）

洞河來源遠在苗鄉，河口長年停泊了五十隻左右小小黑色洞河船，弄船者有短小精悍的花帕苗，頭包格子花帕，腰圍短短裙子；有白面秀氣的所里人，說話時溫文爾雅，一張口又善於唱歌，洞河既水急山高，河身轉折極多，上行船到此已不適宜於藉風使帆。凡入洞河的船隻，到了此地，便把風帆約成一束，做上個特別記號，寄存於城中店鋪裡去，等待載貨下行時，再來取用。

由辰州開行的沅水商船，六十里為一大站，停靠瀘溪為必然的事。浦市下行船若預定當天趕不到辰州，也多在此過夜。然而上下兩個大碼頭把生意全已搶去，每天雖有若干船隻到此停泊，小城中商業卻清淡異常。沿大河一方面，一個稍稍像樣的青石碼頭也沒有。船隻停靠都得在泥灘與泥堤下，落了小雨，上岸、下船不知要滑倒多少人！

十七年前的七月裡，我帶了「投筆從戎」的味兒，在一個「龍頭大哥」兼「保安司令」的帶領下，隨同八百鄉親，乘了從高村抓封得到的三十來隻大小船舶，浮江而下，來到了這個地方。

靠岸停泊時正當傍晚，紫絳山頭為落日鍍上一層金色，乳色薄霧在河面流動。

船隻攏岸時搖船人照例促櫓長歌，那歌聲揉合了莊嚴與瑰麗，在當前景象中，真是一曲不可形容的音樂。

第二天，大隊船隻全向下游開拔去了[1]，拋下了三隻小船不曾移動。兩隻小船裝的是舊棉軍服；另一隻小船，卻裝了十三名補充兵，全船中人年齡最大的一個十九歲，極小的一個十三歲。

十三個人在船上實在太擠了！船既不開動，天氣又正熱，擠在船上也會中暑發痧。

因此許多人白日裡盡光身泡在長河清流中，到了夜裡，便爬上泥堤去睡覺。一群小子身上全是空無所在，只從城邊船戶人家討來一大捆稻草，各自紮了一個草枕，在泥堤上仰面躺了五個夜晚。

這件事對於我個人不是一個壞經驗。

躺在尚有些微餘熱的泥土上，身貼大地，仰面向天，看尾部閃放寶藍色光輝的螢火蟲匆匆促促飛過頭頂。沿河是細碎人語聲，蒲扇拍打聲，與煙杆「剝剝」地敲著船舷聲。

半夜後，天空有流星曳了長長的光明下墜。

灘聲長流，如對歷史有所陳訴、埋怨。

這一種夜景，實是我終身不能忘掉的夜景！

到後落雨了，各人競上了小船。

白日太長，無濟排遣，各自赤了雙腳，冒著小雨，從爛泥裡走進縣城街上去觀光。大街頭江西人經營的布鋪，鋪櫃中坐了白髮皤然老婦人，莊嚴沉默如一尊古佛。大老闆無事可做，只腆著個肚皮，叉著兩手，把腳拉開成為八字，站在門限邊對街上簷溜出神。窄巷裡石板砌成的行人道上，小孩子扛了大而樸質的雨傘，響著寂寞的釘鞋聲。

待到回船時，各人身上業已濕透，就各自把衣服從身上脫下，站在船頭相互幫忙擰去雨水。天夜了，便滿船是嗆人的油氣與柴煙。

在十三個夥伴中，我有兩個極要好的朋友。

其中一個是我的同宗兄弟，名叫「沈萬林」，年紀頂大，與那個在常德府開旅館、頭戴水獺皮帽子的朋友，原本同在一個中營遊擊衙門裡服務當差，終日栽花、養金魚，事情倒也從容悠閒。只是和上面管事頭目合不來，忽然對職務厭煩起來，把管他的頭目痛打了一頓，自己也被打了一頓，因此就與我們作了同伴。

其次是那個年紀頂輕的，名字就叫「開明」，一個趙姓成衣人的獨生子，為人伶俐勇敢，稀有少見。家中雖盼望他能承繼先人之業，他卻夢想作個上尉副官，頭戴金邊帽子，斜斜佩上條紅色值星帶，站在副官處臺階上罵差弁，以為十分神氣。因此同家中吵鬧了一次，負氣出了門。

這小孩子年紀雖小，心可不小！同我們到縣城街上轉了三次，就看中了一個絨線鋪的和他年齡差不多的女孩子，問我借錢向那女孩子買了三次白棉線草鞋帶子。

他雖買了不少帶子，那時節其實連一雙多餘的草鞋都沒有，把帶子買得同我們回轉船上時，他且說，將來若作了副官，當天賭咒，一定要回來討那女孩子作媳婦。那女孩子名叫「翠翠」，我寫「邊城」故事時，弄渡船的外孫女，明慧溫柔的品性，就從那絨線鋪小女孩印象而來。

我們各人對於這女孩子印象似乎都極好，不過當時卻只有他一個人特別勇敢、天真，好意思把那一點糊塗希望說出口來。

日子過去了三年，我那十三個同伴，有三個人由駐防地的辰州請假回家去，走到瀘溪縣境驛路上，出了意外的事情，各被土匪砍了二十餘刀，流一灘血倒在大路旁死掉了。死去的三人中，有一個就是我那同宗兄弟。

我因此得到了暫時還家的機會。

那時節軍隊正預備從鄂西開過四川就食，部隊中好些年輕人一律被遣送回籍。那保安司令官意思就在讓各人的父母負點兒責——以為一切是命的，不妨打發小孩子再歸營報到，擔心小孩子生死的，自然就不必再來了。

我於是和那個夥伴並其他二十多個年輕人，一同擠在一隻小船中，還了家鄉。小船上行到瀘溪縣停泊時，雖已黑夜，兩人還進城去拍打那人家的店門，從那個女孩手中買了一次白帶子。

到家不久，這小子大約不忘卻作副官的好處，藉故說假期已滿，同成衣人爸爸又大吵了一架，偷了些錢，獨自走下辰州了。

我因家中無事可做，不辭危險也坐船下了辰州。

我到得辰州老參將衙門報到時，方知道本軍部隊四千人，業已於四天前全部開拔過四川，所有相熟夥伴完全走盡了。我們已不能過四川，改成為留守處人員，留守處只剩下一個上尉軍需官、一個老年上校副官長、一個跛腳中校副官，以及兩班新刷下來的老弱兵士。開明被派作勤務兵，我的職務為司書生，兩人皆在留守處繼續供職。兩人既受那個副官長管轄，老軍官見我們終日坐在衙門裡梧桐樹下唱山歌，以為我們應找點正經事做，就想出個巧辦法，派遣兩人到附近城外荷塘裡去為他釣蛤蟆。

兩人一面釣蛤蟆，一面談天，我方知道他下行時，居然又到那絨線鋪買了一次帶子。我們把蛤蟆從水蕩中釣來，剝了皮洗刷得乾乾淨淨後，用麻線捆著那東西小腳，成串提轉衙門時，老軍官就加上作料❷，把一半熏了下酒，剩下一半還託同鄉帶回家中去給老太太享受，我們這種工作一直延長到秋天，才換了另外一種。

過了約一年。有一天，川邊來了個特急電報——部隊集中駐紮在湖北邊上來鳳小縣城裡，正預備拉夫派捐回湘。忽然當地切齒發狂的平民，受當地神兵煽動，秘密約定由神兵帶頭打先鋒，發生了民變。各自拿了菜刀、鐮刀、撇麻砍柴刀，大清早分頭猛撲各個駐軍廟宇和祠堂，來同軍隊作戰。

四千軍隊在措手不及情形中，一早上就放翻了三千左右。總部中除那個保安司令官同一個副官僥倖脫逃外，其餘所有高級官佐職員全被民兵砍倒了。（事後聞平民死去約七千，半年內小城中隨處還可以發現白骨。）

這通電報在我命運上有了個轉機，過不久，我就領了三個月遣散費，離開辰州，走到出產香草、香花的芷江縣，每天拿了個紫色木戳，過各屠桌邊驗豬羊稅去了。所有八個夥伴已在川邊死去，至於那個同買帶子同釣蛤蟆的朋友呢，消息當然從此也就斷絕了。

整整過去十七年後，我的小船又在落日黃昏中，到了這個地方停靠下來。冬天水落了些，河水去堤岸已顯得很遠，裸露出一大片乾枯泥灘。長堤上有枯葦「刷刷」作響，陰背地方還可看到些白色殘雪。

石頭城恰當日落一方，雉堞與城樓皆為夕陽落處的黃天襯出明明朗朗的輪廓❸。每一個山頭仍然鍍上了金，滿河是櫓歌浮動（就是那使我靈魂輕舉、永遠讚美不盡的歌聲），我站在船頭，思索到一件舊事，追憶及幾個舊人。

黃昏來臨，開始占領了整個空間。

遠近船隻全只剩下一些模糊輪廓，長堤上有一堆一堆人影子移動。

鄰近船上炒菜落鍋聲音與小孩哭聲雜然並陳。

忽然間，城門邊響了一聲賣糖人的小鑼。

「鐺……」一雙發光烏黑的眼珠、一條直直的鼻子、一張小口，從那一槌小鑼聲中重現出來。我忘了這份長長歲月在人事上所發生的變化，恰同小說書本上角色一樣，懷了不可形容的童心，上了堤岸，進了城。

城中接瓦連椽的小小房子，以及住在這小房子裡的人民，我似乎與他們都十分相熟。時間雖已過了十七年，我還能認識城中的道路，辨別城中的氣味。

我居然沒有錯誤，不久就走到了那絨線鋪門前了。恰好有個船上人來買棉線，當他推門進去時，我緊跟著進了那個鋪子。

有這樣稀奇的事情嗎？我見到的不正是那個女孩嗎？我真驚訝得說不出話來。

十七年前那小女孩就成天站在鋪櫃裡一朶棉紗邊，兩手反復交換動作挽她的棉線，目前我所見到的，還是那麼一個樣子。

難道我如浮士德一樣，當真回到了那個「過去」了嗎？

我認識那眼睛、鼻子，和薄薄的小嘴。

我毫不含糊，敢肯定現在的這一個，就是當年的那一個。

「要什麼呀？」就是那聲音，也似乎與我極其熟習。

我指定懸在鉤上一束白色東西：「我要那個！」

如今真輪到我這老軍務來購買繫草鞋的白棉紗帶子了！當那女孩子站在一個小凳子上，

去為我取鉤上貨物時，鋪櫃裡火盆中有茶壺沸水聲音，某一處有人吸煙聲音。女孩子辮髮上纏得是一綹白絨線，我心想：「死了爸爸……還是死了媽媽？」

火盆邊茶水沸了起來，小隔扇門後面有個男子啞聲說話：「小翠，小翠，水開了，你怎麼的？」女孩子雖已即刻很輕捷伶便地跳下凳子，把水罐挪開，那男子卻仍然走出來了。

真沒有再使我驚訝的事了，在黃暈暈的煤油燈光下，我原來又見到了那成衣人的獨生子，這人簡直可說是一個老人。

很顯然的，時間同鴉片煙已毀了他。

但不管時間同鴉片煙在這男子臉是刻下了什麼記號，我還是一眼就認定這人便是那一再來到這鋪子裡購買帶子的趙開明。

從他那點神氣看來，卻決猜不出面前的主顧，正是同他釣蛤蟆的老伴。

這人雖作不成副官，另一糊塗希望可終究被他達到了。

我憬然覺悟他與這一家人的關係❹，且明白那個似乎永遠年輕的女孩子是誰的兒女了。我被「時間」意識猛烈地摑了一巴掌，摩摩我的面頰，一句話不說，靜靜地站在那兒看兩父女度量帶子，驗看點數我給他的錢。

完事時，我想多停頓一會，又藉故買點白糖。

他們雖不賣白糖，老伴卻十分熱心出門為我向別一鋪子把糖買來，他們那份安於現狀的神氣，使我覺得若用我身分驚動了他，就真是我的罪過。

我拿了那個小小包兒出城時，天已斷黑，在泥堤上亂走。

天上有一粒極大星子，閃耀著柔和悅目的光明。

我瞅定這一粒星子，目不旁瞬。

「這星光從空間到地球，據說就得三千年，閱歷多些，它那麼鎮靜，有它的道理。我現在還只三十歲剛過頭，能那麼鎮靜嗎……」

我心中似乎極其混亂，我想我的混亂是不合理的。我的腳正踏到十七年前所躺臥的泥堤上，一顆心跳躍著，勉強按捺，也不能約束自己。可是，過去的，有誰人能攔住不讓它過去，又有誰能制止不許它再來？

時間使我的心在各種變動人事上，感受了點分量不同的壓力，我得沉默、得忍受。再過十七年，安知道我不再到這小城中來？世界雖極廣大，人可總像近於一種宿命，限制在一定範圍內，經驗到他的過去相熟的事情。

為了這再來的春天，我有點憂鬱、有點寂寞。

黑暗河面起了縹緲快樂的櫓歌。

河中心一隻商船正想靠碼頭停泊，歌聲在黑暗中流動，從歌聲裡我儼然徹悟了什麼。我明白「我不應當翻閱歷史、溫習歷史」。在歷史前面，誰人能夠不感惆悵？

但我這次回來為的是什麼？自己詢問自己，我笑了。

我還願意再活十七年，重來看看我能看到難於想像的一切。

註釋

❶開拔：離開原地，還往他處。
❷作料：烹調食物所加的調味料。
❸雉堞：城上的短牆。
❹憬然：覺悟的樣子。

第三章

沈從文的緬懷追憶

巴金〈懷念從文〉

一

今年五月十日從文離開人世，我得到他夫人張兆和的電報後，想起許多事情，總覺得他還同我在一起，或者聊天，或者辯論，他那溫和的笑容一直在我眼前。隔一天我才發出回電：「病中驚悉從文逝世，十分悲痛。文藝界失去一位傑出的作家，我失去一位正直善良的朋友，他留下的精神財富不會消失。我們三十、四十年代相聚的情景還歷歷在目。小林因事赴京[1]，她將代我在亡友靈前敬獻花圈，表達我感激之情。我永遠忘不了你們一家，請保重。」都是些極普通的話。

沒有一滴眼淚，悲痛卻在我的心裡，我也在埋葬自己的一部分。

那些充滿信心的、歡聚的日子，那些奮筆和辯論的日子都不會回來了。這些年我們先後遭逢了不同的災禍，在泥濘中掙扎。他改了行，在長時間的沉默中，取得卓越的成就；我東西奔跑，唯唯諾諾，羨慕枝頭歡叫的喜鵲，只想早日走盡自我改造的道路，得到的卻是十年一夢，床頭多了一盒骨灰。現在大夢初醒，卻彷彿用盡全身力氣，不得不躺倒休息，白白地望著遠方燈火，我仍然想奔赴光明，奔赴希望。

我還想求助於一些朋友，從文也是其中的一位，我真想有機會同他暢談。

這個時候突然得到他逝世的噩耗，我才明白過去那一段生活，已經和亡友一起遠去了，我的唁電表達的就是一個老友的真實感情❷。

一連幾天我翻看上海和北京的報紙，我很想知道一點從文最後的情況，可是日報上我找不到這個敬愛的名字。後來才讀到新華社郭玲春同志簡短的報導，提到女兒小林代我獻的花籃。我認識郭玲春，卻不理解她為什麼這樣吝惜自己的筆墨，難道不知道這位熱愛人民的善良作家的最後，牽動著全世界多少讀者的心？

可是連這短短的報導多數報刊也沒有採用。

小道消息開始在知識界中間流傳，這個人究竟是好是病，是死是活，他不可能像輕煙散去，未必我得到噩耗是在夢中？

一個來探病的朋友批評我：「你錯怪了郭玲春，她的報導沒有受到重視，可能因為領導不曾表態，人們不知道用什麼規格發表訃告❸、刊載消息。不然大陸以外的華文報紙刊出不少悼念文章，惋惜中國文壇巨大的損失，而我們的編輯怎麼能安心酣睡，仿佛不曾發生任何事情？」

我並不信服這樣的論斷，可是對我談論規格學的熟人不止他一個，我必須尋找論據答覆他們。

這個時候小林回來了，她告訴我她從未參加過這樣感動人的告別儀式，她說沒有達官貴人，告別的只是些親朋好友，廳子裡播放死者生前喜愛的樂曲。老人躺在那裡，十分平靜，彷彿在沉睡，四周幾籃鮮花、幾盆綠樹，每個人手中拿一朵月季，走到老人眼前，行了禮，將花放在他身邊過去了。

沒有哭泣，沒有呼喚，也沒有噪音驚醒他，人們就這樣平靜地跟他告別，他就這樣坦然地遠去。小林說不出這是一種什麼規格的告別儀式，她只感覺到莊嚴和真誠。

我說，正是這樣，他走得沒有牽掛、沒有遺憾，從容地消失在鮮花和綠樹叢中。

《註釋》

❶ 小林：李小林，巴金的長女。

❷ 唁電：弔唁者因故不能親臨弔唁，向喪家發出表示哀悼、慰問的電話、短信、電報或傳真。

❸ 訃告：報喪的通知。

二

一百多天過去了。我一直在想從文的事情。

我和從文見面在一九三二年，那時我住在環龍路我舅父家中。南京《創作月刊》的主編汪曼鐸來上海組稿❶，一天中午訪我在一家俄國西菜社吃中飯，除了我還有一位客人，就是從青島來的沈從文。

我去法國之前讀過他的小說，一九二八年下半年在巴黎我幾次聽見胡愈之稱讚他的文章❷，他已經發表了不少的作品。我平日講話不多，又不善於應酬，這次我們見面談了些什麼，我現在毫無印象，只記得談得很融洽。

他住在西藏路上的一品香旅社，我同他去那裡坐了一會，他身邊有一部短篇小說集的手稿，想找個出版的地方，也需要用它換點稿費。

我陪他到閘北新中國書局，見到了我認識的那位出版家，稿子賣出去了，書局馬上付了稿費，小說過四、五個月印了出來，就是那本《虎雛》。

他當天晚上去南京，我同他在書局門口分手時，他要我到青島去玩，說是可以住在學校的宿舍裡。我本來要去北平，就推遲了行期，九月初先去青島，只是在動身前寫封短信通知他。我在他那裡過得很愉快，我隨便，他也隨便，好像我們有幾十年的交往一樣。

他的妹妹在山東大學念書，有時也和我們一起出去走走看看。他對妹妹很友愛、很體貼，我早就聽說，他是自學出身，因此很想在妹妹的教育上多下工夫，希望她熟悉他自己想知道，卻並不很瞭解的一些知識和事情。

在青島他把他那間屋子讓給我，我可以安靜地寫文章、寫信，也可以毫無拘束地在櫻花林中散步。他有空就來找我，我們有話就交談，無話便沉默。他比我講得多些，他聽說我不喜歡在公開場合講話，便告訴我他第一次在大學講課，課堂裡坐滿了學生，他走上講臺，那麼多年輕的眼睛望著他，他紅著臉，一句話也講不出來，只好在黑板上寫了五個字「請等五分鐘」，他就是這樣開始教課的。

他還告訴我在這之前他每個月要賣一部稿子養家，徐志摩常常給他幫忙。後來，他寫多了，賣稿有困難，徐志摩便介紹他到大學教書，起初到上海中國公學，以後才到青島大學。當時青大的校長是小說《玉君》的作者楊振聲，後來他到北平工作，還是和從文在一起。

在青島我住了一個星期，離開的時候他知道我要去北平，就給我寫了兩個人的地址。他說到北平可以去看這兩個朋友，不用介紹，只提他的名字，他們就會接待我。

在北平我認識的人不多，我也去看望了從文介紹的兩個人，一位姓程，一位姓夏——一位在城裡工作，業餘搞點翻譯；一位在燕京大學教書。

一年後我再到北平，還去燕大夏雲的宿舍裡住了十幾天，寫完中篇小說《電》。我只說是從文介紹，他們待我十分親切。

我們談文學，談得更多的是從文的事情，他們對他非常關心。以後我接觸到更多的從文的朋友，我注意到他們對他都有一種深的感情。

在青島我就知道他在戀愛。

第二年我去南方旅行，回到上海得到從文和張兆和在北平結婚的消息，我發去賀電，祝他們「幸福無量」，從文來信要找到他的新家做客。

在上海我沒有事情，決定到北方去看看，我先去天津南開中學，同我哥哥李堯林一起生活了幾天，便搭車去北平。

我坐火力車去府右街達于營，門牌號數記不起來了，總之，順利地到了沈家。我只提了一個藤包，裡面一件西裝上衣、兩、三本書和一些小東西。

從文帶笑地緊緊握著我的手，說：「你來了。」就把我接送客廳，又介紹我認識他的新婚夫人，他的妹妹也在這裡。

客廳連接一間屋子，房內有一張書桌和一張床，顯然是主人的書房。他把我安頓在這裡。院子小，客廳小，書房也小，然而非常安靜，我住得很舒適。

正房只有小小的三間，中間那間又是飯廳，我每天去三次就餐，同桌還有別的客人，卻讓我坐上位，因此感到一點拘束。但是除了這個，我在這裡完全自由活動，寫文章看書，沒有干擾，除非來了客人。

我初來時從文的客人不算少，一部分是教授、學者，另一部分是作家和學生。他不在大學教書了，楊振聲到北平主持一個編教科書的機構，從文就在這機構裡工作，每天照常上下班，我只知道朱自清同他在一起❸。

這個時期他還為天津《大公報》編輯《文藝副刊》，為了寫稿和副刊的一些事情，經常有來同他商談。這些已經夠他忙了，可是他還有一件重要的工作——天津《國聞週報》上的連載《記丁玲》。

根據我當時的印象，不少人焦急地等待著每一週的《國聞週報》，這連載是受到歡迎、得到重視的，一方面人們敬愛丁玲，另一方面從文的文章有獨特的風格，作者用真摯的感情講出讀者心裡的話。

丁玲幾個月前被捕，我從上海動身時，《良友文學叢書》的編者趙家璧委託我向從文組稿。他願意出高價得到這部「好書」，希望我幫忙，不讓別人把稿子拿走。

我辦到了。

可是出版界的形勢越來越惡化，趙家璧拿到全稿，已無法編入叢書排印，過一、兩年他花幾百元買下一位圖書審查委員的書稿，算是行賄，《記丁玲》才有機會作為《良友文學叢書》之一，見到天日。可是刪別太多，尤其是後半部，那麼多的「××」！以後也沒有能重版，更說不上恢復原貌了。

五十五年過去了，從文在達子營寫連載的事，我還不曾忘記，寫到結尾他有些緊張，他不願辜負讀者的期待，又關心朋友的安危，交稿期到，他常常寫作通宵。他愛他的老友，他不僅為她呼籲，同時也在為她的自由奔走。也許這呼籲、這奔走沒有多大用處，但是他盡了全力。

最近我意外地找到一九四四年十二月十四日寫給從文的信，裡面有這樣的話：「前兩個月我和家寶常見面❹，我們談起你，覺得在朋友中詩人最好、最熱心幫忙的人只有你，至少你是第一個——這是真話。」

我記不起我是在什麼情形裡寫下這一段話，但這的確是真話，在一九三四年也是這樣。

一九八五年我最後一次看見他，他在家養病，假牙未裝上，講話不清楚。幾年不見他，有一肚皮的話要說，首先就是一九四四年十二月信上那幾句。

但是望著病人的浮腫的臉，坐在堆滿書的小房間裡，我覺得有什麼東西堵塞了咽喉，我彷佛回到了一九三四年、一九三三年。

多少人在等待《國聞週報》上的連載，他那樣勤奮工作，那樣熱情寫作——《記丁玲》之後又是《邊城》，他心愛的家鄉的風景和他關心的小人物的命運，這部中篇經過幾十年並未失去它的魅力，還鼓舞美國的學者長途跋涉，到美麗的湘西尋找作家當年的腳跡。

我說過我在從文家做客的時候，他編輯的《大公報．文藝副刊》和讀者見面了。單是為這個副刊，他就要做三方面工作：寫稿、組稿、著稿，我也想得到他的忙碌，但從未聽見他訴苦。

我為《文藝》寫過一篇散文，發刊後我拿回原稿。這手稿後來捐贈北京圖書館了。我的鋼筆字很差，墨水淺談，只能說是勉強可讀，從文卻用毛筆填寫得清清楚楚。我真想謝謝他，可是我知道他從來就是這樣工作，他為多少年輕人看稿、改稿，並設法介紹出去；他還花錢刊印一個青年詩人的第一本詩集並為它作序，不是聽說，我親眼見到那本詩集。

從文就是這樣一個人。他不喜歡表現自己，可是我和他接觸較多，就看出他身上有不少發光的東西，不僅有很高的才華，他還有一顆金子般的心。

他工作多，事業發展，自己並不曾得到甚些報酬，反而引起不少的吱吱喳喳。那些吱吱喳喳加上多少年的小道消息，發展為今天所謂的爭議，這爭議曾經一度把他趕出文壇；不讓他給寫進文學史。

但他還是默默地做他的工作（分配給他的新的工作），在極端困難的條件下，一樣地做出出色的成績。

我接到香港寄來的那本關於中國服裝史的大書，一方面為老友新的成就感到興奮，一方面又痛惜自己浪費掉的幾十年的光陰。

我想起來了，就是在他那個新家的客廳裡，他對我不止講過一次這樣的話：「不要浪費時間。」後來他在上海對我、對靳以、對蕭乾也講過類似的話❺。我當時並不同意，不過我相信他是出於好心。

我在達子營沈家究竟住了兩個月或三個月，現在講不清楚了，這說明我的病（帕金森氏綜合症）在發展，不少的事逐漸走向遺忘，所以有必要記下不曾忘記的那些事情。

不久靳以為文學季刊社在三座門大街十四號租了房子，要我同他一起搬過去，我便離開了從文家，在靳以那裡一直住到第二年七月。

北京圖書館和北海公園都在附近，我們經常去這兩處。

從文非常忙，但在同一座城裡，我們常有機會見面，從文還定期為《文藝副刊》宴請作者。我經常出席，他仍然勸我不要浪費時間。我發表的文章他似乎全讀過，有時也坦率地提些意見，我知道他對我很關心，對他們夫婦只有好感，我常常開玩笑地說我是他們家的食客，今天回想起來我還感到溫暖。

一九三四年《文學季刊》創刊，兆和為創刊號寫稿，她的第一篇小說《湖畔》受到讀者歡迎，她唯一的短篇集後來就收在我主編的《文學叢刊》裡。

《註釋》

❶ 組稿：編輯人員向作者約定稿件。

❷ 胡愈之：現代出版家、社會活動家、政治家。

❸ 朱自清：著名詩人、散文家、學者。

❹ 家寶：現代劇作家、戲劇教育家曹禺，本名萬家寶，被稱為「中國的莎士比亞」。

❺ 靳以：現代作家。蕭乾：著名作家、翻譯家。

三

我提到坦率，提到真誠，因為我們不把話藏在心裡，我們之間自然會出現分歧，我們對不少的問題都有不同的看法。可是我要承認我們有過辯論，卻不曾有爭論；我們辨是非，並不爭勝負。

在從文和蕭乾的書信集《廢郵存底》中還保存著一封他給我的長信〈給某作家〉（一九三七），我一九三五年在日本橫濱編寫的《點滴》裡，也有一篇散文《沉落》是寫給他的，從這兩封信就可以看出我們間的分歧在什麼地方。

一九三四年我從北平回上海，小住一個時期，動身去日本前為《文學》雜誌寫了一個短篇《沉落》。小說發表時我已到了橫濱，從文讀了《沉落》非常生氣，寫信來質問我：「寫文章難道是為著洩氣？」

我也動了感情，馬上寫了回答，我承認：「我寫文章沒有一次不是為著洩氣。」他為什麼這樣生氣？因為我批評了周作人一類的知識分子❶，周作人當時是《文藝副刊》的一位主要撰稿人，從文常常尊敬的口氣談起他。

其實我也崇拜過這個人，我至今還喜歡讀他的一部分文章，從前他思想開明，對我國新文學的發展有過大的貢獻。可是當時我批判的、我擔心的並不是他的著作，而是他的生活、他的行為。

從文認為我不理解周，我看倒是從文不理解他。可能我們兩人對周都不理解，但事實是他終於作了為侵略者服務的漢奸。

回國以後，我還和從文通過幾封長信繼續我們這次的辯論，因為我又發表過文章，針對另外一些熟人，譬如對朱光潛的批評，後來我也承認自己有偏見、有錯誤。

從文著急起來，他勸我不要「那麼愛理會小處」、「莫把感情、火氣過分糟蹋到這上面」。他責備我：「什麼米米大的小事如×××之類的閒言小語也使你動火，把小東小西也當成敵人。」還說：「我覺得你感情的浪費真極可惜。」

我記不起我怎樣回答他，因為我那封留底的長信在「文革」中丟失了，造反派抄走了它，就沒有退回來，但我記得我想向他說明我還有理性，不會變成狂吠的瘋狗。我寫信，時而非常激動，時而停筆發笑，我想：「他有可能擔心我會發精神病。」

我不曾告訴他，他的話對我是連聲的警鐘，我知道我需要克制，我也懂得他所說的「在一堆沉默的日子裡討生活」的重要。我稱他為「敬愛的畏友」，我衷心地感謝他，當然我並不放棄我的主張，我也想通過辯論說服他。

我回國那年年底又去北平，斬以回天津照料母親的病，我到三座門大街結束《文學季刊》

的事情，給房子退租。我去了達子營從文家，見到從文伉儷，非常親熱。

他說：「這一年你過得不錯嘛！」他不再主編《文藝副刊》，把它交給了蕭乾，他自己只編輯《大公報》的《星期文藝》，每週出一個整版。

他向我組稿，我一口答應，就在十四號的北屋裡，每晚寫到深夜，外面是嚴寒和靜寂。北平顯得十分陌生，大片烏雲籠罩在城市的上空，許多熟人都去了南方，我的筆拉不回兩年前同朋友們歡聚的日子，屋子裡只有一爐火，我心裡也在燃燒，我寫，我要在暗夜裡叫號。我重複著小說中人物的話：「我不怕……因為我有信仰。」

文章發表的那天下午，我動身回上海，從文兆和到前門車站送行。

「你還再來嗎？」從文微微一笑，緊緊握著我的手。

我張開口吐出一個「我」字，聲音就啞了，我多麼不願意在這個時候離開他們！我心裡想：「有你們在，我一定會來。」我不曾失信，不過我再來時已是十四年之後，在一個炎熱的夏天。

《註釋》

❶ 周作人：著名散文家、詩人、文學理論家，新文化運動代表人物之一，現代文學開山巨匠魯迅（周樹人）二弟。

四

抗戰期間蕭珊在西南聯大念書❶，一九四〇年我從上海去昆明看望她，一九四一年我又從重慶去昆明，在昆明過了兩個暑假。

從文在聯大教書，為了躲避敵機轟炸，他把家遷往呈貢，兆和同孩子們都住在鄉下，我們也乘火車去過呈貢看望他們。那個時候沒有教師節，教書老師普遍受到輕視，連大學教授也難使一家人溫飽，我曾經說過兩句話：「錢可以賺到更多的錢，書常常給人帶來不幸。」這就是那個社會的特點。

他的文章寫得少了，因為出書困難，生活水平降低了，吃的、用的東西都在漲價，他不叫苦，臉上始終露出溫和的微笑。我還記得在昆明一家小飯食店裡幾次同他相遇，一、兩碗米線作為晚餐，有西紅柿，還有雞蛋，我們就滿足了。

在昆明我們見面的機會不多，但是我們不再辯論了。我們珍惜在一起的每時每刻，我們同游過西山龍門，也一路跑過警報，看見炸彈落下後的濃煙，也看到血淋淋的屍體。過去一段時期他常常責備我：「你總說你有信仰，你也得讓別人感覺到你的信仰在哪裡。」現在連我也感覺得到他的信仰在什麼地方，只要看到他臉上的笑容或者眼裡的閃光，我覺得心裡更踏實。

離開昆明後三年中，我每年都要寫信求他不要放下筆，希望他多寫小說。我說；「我相信我們這個民族的潛在力量，」又說：「我極贊成你那埋頭做事的主張。」沒有能再去昆明，我更想念他。

他並不曾擱筆，可是作品寫得少，他過去的作品早已絕版，讀到的人不多。開明書店願意重印他的全部小說，他陸續將修訂稿寄去，可是一部分底稿在中途遺失，他嘆惜地告訴我。丟失的稿子偏偏是描寫社會疾苦的那一部分，出版的幾冊卻都是關於男女事情的。「這樣別人更不瞭解我了！」最後一句不是原話，他也不僅說一句，但大意是如此。

抗戰前，他在上海《大公報》發表過批評海派的文章引起強烈的反感，在昆明他的某些文章又得罪了不少的人，因此常有對他不友好的文章和議論出現。他可能感到一點寂寞，偶爾也發發牢騷，但主要還是對那種越來越重視金錢、輕視知識的社會風氣。在這一點我倒理解他，我在寫作生涯中挨過的罵可能比他多，我不能說我就不感到寂寞，但是我並沒有讓人罵死。

我也看見他倒了又站起來，一直勤奮地工作，最後他被迫離開了文藝界。

《註釋》

❶ 蕭珊：巴金的妻子。

五

那是一九四九年的事。最初北平和平解放，然後上海解放。

六月我和靳以、辛笛、健吾、唐弢、趙家璧他們去首次全國文代會❶，見到從各地來的許多熟人和分別多年的老友，還有更多的、獻出自己的青春和心血的文藝戰士。

我很感動，也很興奮，但是從文沒有露面，他不是大會的代表。

我們幾個人到他的家去，見到了他和兆和，他們早已不住在達子營了。不過我現在也說不出他們是不是住在東堂子胡同，因為一晃就是四十年，我的記憶模糊了。

這幾十年中間我沒有看見他住過寬敞的房屋，最後他得到一個舒適的住處，卻已經疾病纏身，只能讓人攙扶著在屋裡走走。

我至今未見到他這個新居，一九八五年五月後我就未去過北京，不是我不想去，但我越來越舉步艱難了。首屆文代會期間我們幾個人去從文家不止一次，表面上看不出他有情緒，他臉上仍然露出微笑。

他向我們打聽文藝界朋友的近況，他關心每一個熟人。然而文藝界似乎忘記了他，不給他出席文代會，以後還把他分配到歷史博物館，讓他做講解員，據說鄭振鐸到那裡參觀一個什麼展覽❷，見過他，但這是以後的事了。

這年九月，我第二次來北平出席全國政協會議，接著中華人民共和國成立，北京又成為首都。這次我大約住了三個星期，我幾次看望從文，交談的機會較多，我才瞭解一些真實情況。

北京解放前後當地報紙上刊載了一些批判他的署名文章，有的還是在香港報上發表過的，十分尖銳。

他在圍城裡，已經感到很孤寂，對形勢和政策也不理解，只希望有一、兩個文藝界熟人見見他，同他談談。

他當時戰戰兢兢，如履薄冰，仿佛就要掉進水裡，多麼需要人來拉他一把，可是他的期望落了空。他只好到華北革大去了❸，反正知識分子應當進行思想改造。

不用說，他受到了不公平的待遇，不僅在今天，在當時我就有這樣的看法，可是我並沒有站出來替他講過話。

我不敢，我總覺得自己頭上有一把達摩克利斯的寶劍❹。

從文一定感到委屈，可是他不聲不響、認真地幹他的工作。

政協會議以後❺，第二年我去北京開會，休會的日子我去看望過從文，他似乎很平靜，仍舊關心地問到一些熟人的近況。我每次赴京，總要去看看他。

他已經安定下來了，對瓷器、對民間工藝、對古代服裝他都有興趣，談起來頭頭是道。

我暗中想，我外表忙忙碌碌，有說有笑，心裡卻十分緊張。為什麼不能坐下來，埋頭譯書，默默地工作幾年，也許可以做出一點成績。然而我辦不到，即使由我自己作主，我也不願放下筆，還想換一支新的來歌頌新社會。

我下決心深入生活，卻始終深不下去；我參加各種活動，也始終浮在面上。經過北京，我沒有忘記去看他，總是在晚上去，兩、三間小屋，書架上放滿了線裝書，他正在工作，帶著笑容歡迎我，問我一家人的近況，問一些熟人的近況。兆和也在，她在《人民文學》編輯部工作，偶爾談幾句雜誌的事。有時還有他一個小女兒（侄女），他們很喜歡她，兩個兒子不同他們住在一起。

我大約每年去一次，坐一個多小時，談話他談得多一些，我也講我的事，但總是他問我答。我覺得他心裡更加踏實了，我講話好像只是在替自己辯護，我明白我四處奔跑，卻什麼都抓不住，心裡空虛得很。我總疑心他在問我：「你這樣跑來跑去，有什麼用處？」不過我不會老實地對他講出來。

他的情況也逐漸好轉，他參加了人民政協，在報刊上發表詩文。

「文革」前我最後一次去他家，是在一九六五年七月，我就要動身去越南採訪。

是在晚上，天氣熱，房裡沒有燈光，磚地上鋪一床席子，兆和睡在地上，從文說：「三姐生病，我們外面坐。」我和他各人一把椅子在院子裡坐了一會，不知怎樣我們兩個講話都沒有勁頭，不多久我就告辭走了。

當時我絕沒想到不出一年就會發生「文化大革命」，但是我有一種感覺我頭上那把利劍，正在緩緩地往下墜。

「四人幫」後來批判的「四條漢子」已經揭露出三個❻，我在這年元旦聽過周揚一次談話，我明白人人自危，他已經在保護自己了。

旅館離這裡不遠，我慢慢地走回去，我想起過去我們的辯論，想起他勸我不要浪費時間，而我卻什麼也搞不出來。

十幾年過去了，我不過給添了一些罪名。

我的腳步很沉重，彷彿前面張開三個大網，我不知道會不會投進網裡，但無論如何一個可怕的、摧毀一切的、大的運動就要來了，我怎能夠躲開它？

回到旅館我感到精疲力盡，第二天早晨我就去機場，飛向南方。

《註釋》

❶文代會：即「中華全國文學藝術工作者代表大會」，後改稱「中國文學藝術界聯合會代表大會」，分為中央文代會和地方文代會。

❷鄭振鐸：現代作家、文學史專家、翻譯家。

❸華北革大：為「華北人民革命大學」的簡稱。

❹達摩克利斯的寶劍：希臘傳說的典故，代表身處的位置上，隨時面臨的危險。

❺政協會議：為「中國人民政治協商會議」的簡稱，亦稱「政協」、「人民政協」。

❻四人幫：文化大革命時期中國共產黨的重要政治勢力，指王洪文、張春橋、江青和姚文元四人。

四條漢子：源自魯迅〈答徐懋庸並關於抗日統一戰線問題〉一文，指陽翰笙、田漢、夏衍、周揚四人。

六

在越南我進行了三個多月的採訪，回到上海，等待我的是姚文元的〈評新編歷史劇海瑞罷官〉。

每週開會討論一次，人人表態，看得出來，有人慢慢地在收網，「文化大革命」就要開場了。我有種種的罪名，不但我緊張，朋友們也替我緊張，後來我找到機會在會上做了檢查，自以為卸掉了包袱。

六月初到北京開會（亞非作家緊急會議），在機場接我的同志小心囑咐我「不要出去找任何熟人」。我一方面認為自己已經過關，感到輕鬆；另一方面因為運動打擊面廣，又感到恐怖。我在這種奇怪的心境之下忙了一個多月，我的確「沒出去找任何熟人」，無論是從文、健吾，或者冰心❶。

但是會議結束，我回到機關參加學習，才知道自己仍在網裡，真是在劫難逃了。進了牛棚，彷彿落入深淵，別人都把我看作罪人，我自己也認為有罪，表現得十分恭順。絕沒有想到這個所謂「觸及靈魂」的「革命」會持續十年。

在靈魂受到熬煎的漫漫長夜裡，我偶爾也想到幾個老朋友，希望從友情那裡得到一點安慰，可是關於他們，一點消息也沒有。

我想到了從文，他的溫和的笑容明明在我眼前，我對他講過的那句話——「我不怕……我有信仰。」像鐵極在我的頭上敲打，我哪裡有信仰？我只有害怕。我還有臉去見他？這種想法在當時也是很古怪的，一會兒就過去了。

過些日，於它又在我腦子裡閃亮一下，然後又熄滅了。我一直沒有從文的消息，也不見人來外調他的事情。

六年過去了。我在奉賢縣文化系統「五七幹校」裡學習和勞動❷，在那裡勞動的有好幾個單位的幹部，許多人我都不認識。有一次我給揪回上海接受批判，批判後第二天一早到巨鹿路作協分會舊址學習❸，我同側在指定的屋子裡坐好，一位年輕姑娘走進來，問我是不是某人，她是從文家的親戚，從文很想知道我是否住在原處。她是音樂學院附中的學生，我在幹校見過。

從文一家平安，這是很好的消息，可是我只答了一句：「我仍住在原處。」她就走了。回到幹校，過了一些日子，我又遇見她，她說從文把我的地址遺失了，要我寫一個交給她轉去。我不敢背著工宣隊「進行串連」❹，我怕得很，考慮了好幾天，我才把寫好的地址交給她。

經過幾年的改造，我變成了另外一個人，我遵守的信條是：「一事不如少一事。」我並不希望從文來信。但是出乎我的意外，他很快就寄了信來，我回家休假，蕭珊已經病倒，得到北京寄來的長信，她拿著五張信紙反復地看，含著眼淚地說：「還有人記得我們啊！」這對她是多大的安慰！

他的信是這樣開始的：「多年來家中搬動太大，把你們家的地址遺失了，問別人忌諱又多，所以直到今天得到熟人一信相告，才知道你們住處。大致家中變化還不太多。」五頁信紙上寫了不少朋友的近狀，最後說：「熟人統在念中，便中也希望告知你們生活種種，我們都十分想知道。」他還是像三十年代那樣關心我。

可是我沒有寄去片紙隻字的回答。

蕭珊患了不治之症，不到兩個月便離開人世。我還是審查對象，沒有我寫通信自由，甚至不敢去信通知蕭珊病逝。我為什麼如此缺乏勇氣？回想起來今天還感到慚愧。

儘管我不敢表示自己並未忘記故友，從文卻一直惦記著我。他委託一位親戚來看望，瞭解我的情況。

一九七四年他來上海，一個下午到我家探望，我女兒進醫院待產，兒子在安徽農村插隊落戶❺，家中冷冷清清，我們把籐椅搬到走廊上，沒有拘束，談得很暢快。

我也忘了自己的「結論」已經下來——「一個不戴帽子的反革命」。

註釋

❶李健吾：現代作家、戲劇家、翻譯家、文學批評家。冰心：現代女作家。

❷五七幹校：文化大革命時訓練幹部的學校，將幹部和知識分子進行勞動改造的農場。

❸巨鹿路作協：即「上海市作家協會」，創於上海市靜安區巨鹿路。

❹工宣隊：文化大革命時，毛澤東思想宣傳隊的簡稱。

❺插隊落戶：文化大革命時，城市裡的年輕人被安插到農村進行生產工作，並遷移其戶口。

七

等到這個「結論」推翻，我失去的自由逐漸恢復，我又忙起來了。

多次去北京開會，卻只到過他的家兩次。頭一次他不在家，我見著兆和，急匆匆不曾坐下吃一杯茶。屋子裡連寫字桌也沒有，只放得下一張小茶桌，夫妻二人輪流使用。

第二次他已經搬家，可是房間還是很小，四壁圖書，兩、三幅大幅近照。我們坐在當中，兩把椅子靠得很近，使我想起一九六五年那個晚上，可是壓在我們背上的包袱已經給摔掉了，代替它的是老和病。

他行動不便，我比他好不了多少。

我們不容易交談，只好請兆和做翻譯，談了些彼此的近況。我大約坐了不到一個小時吧？告別時我高高興興，沒有想到這是我們最後的一面，我以後就不曾再去北京。當時我感到內疚，暗暗地責備自己為什麼不早來看望他。

後來在上海聽說他搬了家，換了寬敞的住處，不用下樓，可以讓人攙扶著在屋子裡散步，也曾替他高興一陣子。

最近因為懷念老友，想記下一點什麼，找出了從文的幾封舊信，一九八〇年二月信中有一段話，我一直不能忘記：「因住處只一張桌子，目前為我趕校那兩份選集，上午她三點即起床，六點出門上街取牛奶，把桌子讓我工作，下午我睡，桌子再讓她使用到下午六點，她做飯，再讓我使用書桌。這樣下去，那能支持多久！」這事實應當大書特書，讓國人知道中國一位大作家、一位高級知識分子就是在這種條件下工作。

儘管他說「那能支持多久？」可是他在信中談起他的工作，勁頭還是很大，他是能夠支持下去的。

近幾個月我常常想：「這個問題要是早解決，那有多好！」可惜來得太遲了，不過有人說遲來總比不來好。

那麼他的訃告是不是也來遲了呢？人們究竟在等待什麼？我始終想不明白，難道是首長沒有表態，記者不知道報導應當用什麼規格？

有人說：「可能是文學史上的地位沒有排定，找不到適當的頭銜和職稱吧！」又有人說：「現在需要搞活經濟，誰關心一個作家的生死存亡？你的筆就能把生產搞上去？」我無法回答。

又過了一個多月，我動筆更困難，思想更遲鈍，講話聲音更低，我感覺到自己身體的一部分逐漸在老死。

我和老友見面的時候不遠了……

倘使真的和從文見面，我將對他講些什麼呢？我還記得兆和說過：「火化前，他像熟睡一般，非常平靜。看樣子他明白自己一生在大風大浪中，已盡了自己應盡的責任，清清白白，無愧於心。」他的確是這樣。

我多麼羨慕他！

可是我卻不能走得像他那樣平靜、那樣從容，因為我並未盡了自己的責任，還欠下一身債，我不可能不驚動任何人靜悄悄離開人世。

那麼就讓我的心長久燃燒，一直到還清我的欠債。

有什麼辦法呢？中國知識分子的悲劇我是躲避不了的。

季羨林〈悼念沈從文先生〉

去年有一天，老友肖離打電話告訴我，從文先生病危，已經準備好了後事。我聽了大吃一驚，悲從中來，一時心血來潮，提筆寫了一篇悼念文章，自詡為倚馬可待❶，情文並茂。

然而，過了幾天，肖離又告訴我說，從文先生已經脫險回家。我心裡一塊石頭落了地，又竊笑自己太性急，人還沒去，就寫悼文，實在非常可笑。我把那一篇「傑作」往旁邊一丟，從心頭抹去了那一件事，稿子也沉入書山稿海之中，從此「雲深不知處」了。

到了今年，從文先生真正去世了。我本應該寫點什麼的，可是由於有了上述一段公案，懶於動筆，一直拖到今天。同時我注意到，像沈先生這樣一個人，悼念文章竟如此之少，有點不太正常，我也有點不解，考慮再三，還是自己披掛上陣吧！

我認識沈先生已經五十多年了，當我還是一個大學生的時候，我就喜歡讀他的作品。我覺得，在所有的並世的作家中，文章有獨立風格的人並不多見。除了魯迅先生之外，就是從文先生，他的作品，只要讀上幾行，立刻就能辨認出來，決不含糊。

他出身湘西的一個破落小官僚家庭，年輕時當過兵，沒有受過多少正規的教育，他完全是自學成家。湘西那一片有點神秘的土地，其怪異的風土人情，通過沈先生的筆而大白於天下。湘西如果沒有像沈先生這樣的大作家和像黃永玉先生這樣的大畫家❷，恐怕一直到今天還是一片充滿了神秘的 terra incognita（沒有人瞭解的土地）。

我同沈先生打交道，是通過一件不大不小的事情，丁玲的《母親》出版以後，我讀了覺得有一些意見要說，於是寫了一篇書評，刊登在鄭振鐸、靳以主編的《文學季刊》創刊號上。刊出以後，我聽說，沈先生有一些意見。我於是立即寫了一封信給他，同時請求鄭先生在《文學季刊》創刊號再版時，把我那一篇書評抽掉，也許是就由於這一個不能算是太愉快的因緣，我們就認識了。我當時是一個窮學生，沈先生是著名的作家，社會地位，雖不能說如雲泥之隔，畢竟差一大截子。可是他一點名作家的架子也不擺，這使我非常感動。

他同張兆和女士結婚，在北京前門外大柵欄擷英番菜館設盛大宴席❸，我居然也被邀請。當時出席的名流如雲，證婚人好像是胡適之先生。從那以後，有很長的時間，我們並沒有多少接觸。

我到歐洲去去住了將近十一年。他在抗日烽火中在昆明住了很久，在西南聯大任國文系教授。彼此音問斷絕，他的作品我也讀不到了，但是，有時候不知是出於什麼原因，我在饑腸轆轆、機聲嗡嗡中❹，竟會想到他。

我還是非常懷念這一位可愛、可敬、淳樸、奇特的作家的。

一直到一九四六年夏天，我回到祖國。

這一年的深秋，我終於又回到了別離了十幾年的北平。從文先生也於此時從雲南復員來到北大，我們同在一個學校任職。當時我住在翠花胡同，他住在中老胡同，都離學校不遠，因此我們也相距很近。見面的次數就多了起來。他曾請我吃過一頓相當別緻、畢生難忘的飯，雲南有名的「汽鍋雞」，鍋是他從昆明帶回來的，外表看上去像宜興紫砂❺，上面雕刻著花卉書法，古色古香，雖是廚房用品，然卻古樸高雅，簡直可以成為案頭清供❻，與商鼎周彝鬥艷爭輝❼。

就在這一次吃飯時，有一件小事給我留下了深刻的印象。當時要解開一個用麻繩捆得緊緊的什麼東西，只需用剪子或小刀輕輕地一剪一割，就能開開。然而從文先生卻搶了過去，硬是用牙把麻繩咬斷。

這一個小小的舉動，有點粗勁，有點蠻勁，有點野勁，有點土勁，並不高雅，並不優美。然而，它卻完全透露了沈先生的個性。在達官貴人、高等華人眼中，這簡直非常可笑、非常可鄙，可是我欣賞的卻正是這一種勁頭。我自己也許就是這樣一個「土包子」，雖然同那一些只會吃西餐、穿西裝、半句洋話也不會講，偏又自認為是「洋包子」的人比起來，我並不覺得低他們一等，不是有一些人也認為沈先生是「土包子」嗎？

還有一件小事，也使我憶念難忘——有一次我們到什麼地方去遊逛，可能是中山公園之類，我們要了一壺茶。我正要拿起茶壺來倒茶，沈先生連忙搶了過去，先斟出了一杯，又倒入壺中，說只有這樣才能把茶味調得均勻。這當然是一件微不足道的小事，然而在瑣細中不是更能看到沈先生的精神嗎？

小事過後，來了一件大事——我們共同經歷了北平的解放，在這個關鍵時刻，我並沒有聽說從文先生有逃跑的打算。他的心情也是激動的，雖然他並不故做革命狀，以達到某種目的，他仍然是樸素如常，可是厄運還是降臨到他頭上來。

一個著名的馬列主義文藝理論家，在香港出版的一個進步的文藝刊物上，發表了一篇長文，題目大概是什麼〈文壇一瞥〉之類，前面有一段相當長的修飾語。這一位理論家視覺似乎特別發達，他在文壇上看出了許多顏色，他「一瞥」之下，就把沈先生「瞥」成了粉紅色的小生。我沒有資格對這一篇文章發表意見。但是，沈先生好像是當頭挨了一棒，從此被「瞥」下了文壇，銷聲匿跡，再也不寫小說了。

一個慣於舞筆弄墨的人，一旦被剝奪了寫作的權利，他心裡是什麼滋味，我說不清；他有什麼苦惱，我也說不清。然而，沈先生並沒有因此而消沉下去，文學作品不能寫，還可以幹別的事嘛！

他是一個精力旺盛的人，他是一個閒不住的人，他轉而研究起中國古代的文物來，什麼古紙、古代刺繡、古代衣飾等，他都研究。憑了他那一股驚人的鑽研的能力，過了沒有多久，他就在新開發的領域內取得了可喜的成績。

他那一本講中國服飾史的書，出版以後，洛陽紙貴，受到國內外一致的高度的讚揚，他成了這方面權威。他自己也寫章草，又成了一個書法家。

有點諷刺意味的是，正當他手中寫小說的筆被「瞥」掉的時候，從國外沸沸揚揚傳來了消息，說國外一些人士想推選他做諾貝爾文學獎的候選人。我在這裡著重聲明一句，我們國內有一些人特別迷信諾貝爾獎，迷信的勁頭，非常可笑。試拿我們中國沒有得獎的那幾位文學巨匠同已經得獎的歐美的一些作家來比一比，其差距簡直有如高山與小丘。同此輩爭一日之長，有這個必要嗎！

推選沈先生當候選人的事是否進行過，我不得而知；沈先生怎樣想，我也不得而知。我在這裡提起這一件事，只不過把它當作沈先生一生中一個小小的插曲而已。

我曾在幾篇文章中都講到，我有一個很大的缺點（優點？），我不喜歡拜訪人。有很多可尊敬的師友，比如我的老師朱光潛先生、董秋芳先生等等，我對他們非常敬佩，但在他們健在時，我很少去拜訪，對沈先生也一樣。

偶爾在什麼會上，甚至在公共汽車上相遇，我感到非常親切，他好像也有同樣的感情。他依然是那樣溫良、淳樸，時代的風風雨雨在他身上，似乎沒有留下什麼痕跡，說白了就是沒有留下傷痕。一談到中國古代科技、藝術等等，他就喜形於色，眉飛色舞，娓娓而談，如數家珍，天真得像一個大孩子。這更增加了我對他的敬意。

我心裡曾幾次動過念頭：「去看一看這一位可愛的老人吧！」然而，我始終沒有行動。現在人天隔絕，想見面再也不可能了。有生必有死，是大自然的規律。

我知道，這個規律是違抗不得的，我也從來沒有想去違抗。古代許多聖君賢相，聰明一世，糊塗一時，想方設法，去與這個規律對抗，妄想什麼長生不老。結果卻事與願違，空留下一場笑話，這一點很清楚。

但是，生離死別，我又不能無動於衷。古人云：「太上忘情。」我是一個微不足道的凡人，無論如何也做不到忘情的地步，只有把自己釘在感情的十字架上了。我自謂身體尚頗硬朗，並不服老。然而，曾幾何時，宛如黃粱一夢，自己已接近耄耋之年。許多可敬可愛的師友相繼離我而去，此情此景，焉能忘情？現在從文先生也加入了去者的行列。

他一生安貧樂道，淡泊寧靜，死而無憾矣。對我來說，憂思卻著實難以排遣。像他這樣一個有特殊風格的人，現在很難找到了。我只覺得大地茫茫，頓生淒涼之感。

我沒有別的本領，只能把自己的憂思從心頭移到紙上，如此而已。

一九八八年十一月二日寫於香港中文大學會友樓

註釋

❶ 倚馬可待：比喻文思敏捷，寫作迅速。
❷ 黃永玉：沈從文的表侄子，現代著名畫家、藝術創作家。
❸ 番菜館：民國時期對西餐館的稱呼。
❹ 饑腸轆轆：形容非常飢餓的樣子。轆轆：形容空腹的聲音。
❺ 宜與紫砂：江蘇省宜與市特有的手工陶土工藝品。
❻ 清供：放置在室內，供觀賞的擺設。
❼ 商鼎周彝：商周時期的禮器。

第四章

沈從文的動人情書

「文學大師」沈從文除了在小說、散文等文學作品上的高度成就外，他寫給妻子張兆和的情書更是膾炙人口，許多話語都成為現今的情話典範，如：「我行過許多地方的橋，看過許多次數的雲，喝過許多種類的酒，卻只愛過一個正當最好年齡的人。」

因此，為了讓讀者能夠更全面地瞭解沈從文，本書摘錄了沈從文在散文集《湘行書簡》中最經典的動人情話。

▼沈從文與妻子張兆和晚年合照

《湘行書簡》結集沈從文在返鄉路上寫給張兆和的書信。在這些書信中，因為沈從文在沈家排行第二，所以自稱「二哥」；又由於張兆和在張家排行第三，沈從文遂稱呼她「三三」。希望讀者得以透過本章品味沈從文最感人肺腑的真情流露。

▲沈從文與妻子張兆和盛年合照

我離得妳那麼遠，文章如何寫得下去？我不能寫文章，就寫信。我每天可以寫四張，若寫完四張事情還說不完，我再寫。這隻手既然離開了妳，也只有那麼來折磨它了。

我知道對我這人不宜太好，到妳身邊，我有時真會使妳皺眉。我疏忽了妳，使我疏忽的原因便只是妳待我太好，縱容了我。但妳一生氣，我即刻就不同了。

現在則用一件人事把兩人分開，用別離來訓練我。為了只想同妳說話，我便鑽進被蓋中去，閉著眼睛。

十三下午四點

我心中很快樂，因為我能夠安靜同妳來說話！說到「快樂」時我又有點不足了，因為一切縱妙不可言，缺少個妳，還不成的！我要妳，要妳同我兩人來到這小船上，才有意思！

我感覺得到，我的船是在輕輕地、輕輕地在搖動。這正同搖籃一樣，把人搖得安眠，夢也十分和平。我不想就睡，我應當癡癡地坐在這小船艙中，且溫習妳給我的一切好處。

三三，這時節還只七點三十分，說不定你們還剛吃飯！我除了誇獎這條河水以外，真似乎無話可說了。

妳來吧，夢裡儘管來吧！

我先不是說冷嗎？放心，我不冷的。我把那頭用布攔好後，已很暖和了。這種房子真是理想的房子，這種空氣真是標準空氣。可惜得是，妳不來同我在一處！

我想睡到來想妳，故寫完這張紙後就不再寫了。我相信妳從這紙上也可以聽到一種搖櫓人歌聲的，因為這張紙差不多浸透了好聽的歌聲！

妳不要為我難過。

我在路上除了想妳以外，別的事皆不難過的。我們既然離開了，我這點難過處實在是應當的、不足憐憫的。

二哥　一月十三下八時

摘自〈水手們〉

我恐怕妳寂寞得很，又怕妳被人麻煩、被事麻煩，我因此事也做不下去。我估計你們也正想到我，我心裡很煩亂……

照照鏡子，鏡中的我可瘦得怕人。當真的，人這樣瘦，見了家中人又怎麼辦？我實在希望我回到家中時較肥一點，但天氣那麼壞，船那麼慢，妳隔得我又那麼遠，我有什麼辦法可以胖些？這麼走路上可能要廿多天！

我心裡有點著急，但是莫因我的著急便難過。

在船上的一個，是應當受點罪。請把好處留到我回來，把眼淚與一切埋怨皆留到我回來再給我。

現在還是好好地做事，好好地過日子吧！

我想我的信一定到得不大有秩序。
我還擔心有些信妳收不到。
我又聽到搖櫓人歌聲了，好聽得很。
但越好聽，也就越覺得船上沒有妳真無意思……
三三，我今天離開妳一個禮拜了。
日子在旅行人看來真不快。
因為這一禮拜來，我不為車子所苦；不為寒冷所苦；不為飲食馬虎所苦，可是想妳可太苦了。

二哥　　十四下午一點

三三，妳只看我信寫得如何亂，妳就會明白我的心如何亂了。我不想寫什麼，不想說什麼。我手冷得很，得妳用手來捏才好……這長長的日子，真不好對付！

我書又太帶少了，畫畫的紙又不合用；天氣又壞，要照相不便照相。我只好躲在艙中，把紙按在膝上，來為妳寫信。

三三，我現在方知道分離可不是年輕人的好玩藝兒。當時我們弄錯了，其實要來便得全來，要不來就全不來。

妳只瞧，如今還只是四分之一的別離，已經當不住了，還有廿天，這廿天怎麼辦？

十四四點三十分

三三，我想起妳中公時的一切，我記起我當年的夢，但我料不到的是——三三會那麼愛我！讓我們兩個人永遠那麼要好吧！我回來時，再不會使妳生氣面壁了。我在船上學得了反省，認清楚了自已種種的錯處。只有妳，方那麼懂我，並且原諒我。

船輕輕地搖擺著，燭光一跳一跳，我猜想你們也正把晚飯吃過，為我算著日子。我一哭了，便心中十分溫柔。我希望到了家中，就可看到我那篇〈論「海派」〉的文章，因為這是妳編的……我盼望夢裡見妳的微笑。

十五下

妳這人好像是天生就要我寫信似的。見及妳，在妳面前時，我不知為什麼就總得逗妳面壁，使妳走開，非得寫信賠禮、賠罪不可。同妳一離開，那就更非時時刻刻寫信不可了。

倘若我們就是那麼分開了三年、兩年，我們的信一定可以有一箱子了。

我總好像要同妳說話，又永遠說不完事。在妳身邊時，我明白，口並不完全是說話的東西，故還有時默默的。但一離開，這隻手除了為妳寫信，別的事便無論如何也做不好了。

二哥　十六午前十一點廿分

我今天快寫到八張了，白日裡還只說預備寫兩張。倘若這是罪過，這罪過應各個人負一半責……

我希望妳記得有日記，因為記下了些妳的事情，到我回來時，我們就可以對照，看同一天做些什麼，想了些什麼；我又做了些什麼，想到些什麼……

我太冷了，管他能睡不能睡，我只好躺下去。到了半夜若又冷醒了，實在睡不著時，我便再爬起來寫信。

說起寫信，我記起了兩年或一年前的情形來了，比一比，我便覺得現在太幸福了。

二哥　十六下九點五十分

我脫了衣，又披起衣來寫信了。天氣太冷，睡不下去，還不如這樣坐起來同妳寫點什麼較好。我不想就睡。因為夢無憑據，與其等候夢中見妳，還不如光著眼睛想妳較好！

妳現在一定睡了。妳倘若知道我在船上的情形，一定不會睡著的。妳若早知道小船上一堆日子是怎樣過的，也許不會讓我一個人回家的。

我本來身體很疲倦，應得睡了，但想著妳，心裡卻十分清醒。我抓我自己的頭髮，想不出個安慰自己的方法。

我很不好受。

二哥　十六日下十點十分

我希望夢到妳，但同時還希望夢中的妳比本來的妳更溫柔些。可是我成天上灘，在深山長潭裡過日子，夢得妳也不同了。也許是鯉魚精來做夢，假充妳到我面前吧！

妳占去了我的感情全部。為了這點幸福的自覺，我嘆息了。倘若妳這時見到我，妳就會明白我如何溫柔！

一切過去的種種，它的結局皆在把我推到妳身邊和心邊，妳的一切過去也皆把我拉近妳身邊和心邊，這真是命運。而且從二哥說來，這是如何幸運！我還要說的話不想讓燭光聽到，我將吹熄了這支蠟燭，在暗中向空虛去說。

二哥

我離開北京時，還計劃到每天用半個日子寫信，用半個日子寫文章。

誰知到了這小船上，卻只想為妳寫信，別的事全不能做。從這裡看來我就明白沒有妳，一切文章是不會產生的。

我簡直已不像個能夠獨立生活下去的人。

妳已變成我的一部分，屬於血肉、精神一部分。

我人並不聰明，一切事情得經過一度長長地思索，寫文章如此，愛人也如此，理解人的好處也如此。

二哥

三三……

昨晚上同今晚上星子、新月皆很美，在船上看天空尤可觀。

我不管凍到什麼樣子，還是看了許久星子。

妳若今夜或每夜皆看到天上那顆大星子。

我們就可以從這一粒星子的微光上，彷彿更近了一些。

因為……每夜這一粒星子，必有一時同妳眼睛一樣，被我瞅著不旁瞬的。

三三，在妳那方面，這星子也將成為我的眼睛的！

妳的二哥

十九下九時

沈從文生平紀事年表

童年階段	
西元一九〇二年	出生於湖南鳳凰古城中營街。
西元一九〇八年	進入私塾讀書，雖時常逃課，卻因此累積了沈從文對自然鄉土的認識，奠定他未來在鄉土文學創作上的基礎。
西元一九一五年	進入新式小學就讀。
西元一九一七年	投身行伍，加入筸軍，浪跡湘、川、黔等地。
西元一九二二年	任湘西護國聯軍部隊軍官陳渠珍的書記，不久離開湘西，前往北京發展。
創作階段	
西元一九二三年	報考燕京大學國文班，未被錄取。於北京大學旁聽，並開始寫作。
西元一九二四年	陸續在《晨報》、《語絲》、《晨報副刊》、《現代評論》發表作品。結識郁達夫、徐志摩、林宰平等人。
西元一九二五年	發表第一篇短篇小說《福生》。

西元一九二六年	出版第一部創作文集《鴨子》。
西元一九二八年	離開北京，遷往上海，與胡也頻、丁玲夫婦創辦《人間》、《紅黑》二刊物，終因資金不足而停刊。
發展階段	
西元一九二九年	任教於中國公學，結識未來的妻子張兆和。
西元一九三〇年	赴國立青島大學執教。
西元一九三二年	於上海初識巴金。 完成散文體自敘傳記《從文自傳》。 出版《虎雛》、《記胡也頻》、《泥塗》、《都市一婦人》等文集，於報刊發表近四十篇作品。
西元一九三三年	與張兆和結為夫婦。 任《大公報．文藝副刊》編輯。 相繼發表〈窄而黴齋閒話〉、〈文學者的態度〉二文，引發「京海論爭」。
西元一九三四年	因母親病重，獨自返回故鄉探親，途中撰寫了《湘行書簡》、《湘行散記》、《邊城》等經典作品。
西元一九三七年	因抗日戰爭爆發，避難至雲南昆明，擔任西南聯大中文系教授。 開始撰寫經典中篇小說《長河》、散文集《湘西》。

西元一九四六年	回到北京，於北京大學繼續任教。編輯《益世報》、《大公報》、《經世報》、《平明日報》四大報副刊。
晚年階段	
西元一九四八年	受到左派的強烈批評，宣佈封筆，中止文學創作。
西元一九四九年	二度自殺，皆獲救。生活重心轉移至文物研究上，任職於北京歷史博物館，主要從事中國古代服飾研究。
西元一九七八年	調任中國社會科學院歷史研究所。
西元一九八〇年	應邀赴美國講學。
西元一九八一年	物質文化史鉅著《中國古代服飾研究》出版。
西元一九八二年	增補為中國文學藝術界聯合會委員。
西元一九八三年	突患腦血栓，住院治療。
西元一九八四年	大病一場，雖在搶救後脫險，但說話與行動極為不便。
西元一九八八年	五月十日，因心臟病猝發，在家中病逝，享年八十六歲。

國家圖書館出版品預行編目資料

沈從文作品選集 / 王晴天 著 . --初版. --新北市：典藏閣，采舍國際有限公司發行, 2020.01
面； 公分． -- (經典名家；02)

ISBN 978-986-271-874-2 （平裝）

1.沈從文 2.傳記 3.學術思想 4.文學評論

848.6 108019119

沈從文作品選集

典藏閣

沈從文作品選集

出版者 ◤ 典藏閣
編著 ◤ 王晴天
總編輯 ◤ 歐綾纖
文字編輯 ◤ 范心瑜、郭佩婷
品質總監 ◤ 王擎天
出版總監 ◤ 王寶玲
美術設計 ◤ 蔡瑪麗

台灣出版中心 ◤ 新北市中和區中山路2段366巷10號10樓
電話 ◤（02）2248-7896
傳真 ◤（02）2248-7758
ISBN ◤ 978-986-271-874-2
出版年度 ◤ 2020年1月初版

全球華文市場總代理/采舍國際
地址 ◤ 新北市中和區中山路2段366巷10號3樓
電話 ◤（02）8245-8786
傳真 ◤（02）8245-8718

全系列書系特約展示
新絲路網路書店
地址 ◤ 新北市中和區中山路2段366巷10號10樓
電話 ◤（02）8245-9896
網址 ◤ www.silkbook.com

線上pbook&ebook總代理：全球華文聯合出版平台
地址：新北市中和區中山路2段366巷10號10樓
主題討論區：www.silkbook.com/bookclub/
● 新絲路讀書會
紙本書平台：www. book4u.com.tw
● 華文網網路書店
電子書下載：www.book4u.com.tw
● 電子書中心（Acrobat Reader）

本書採減碳印製流程並使用優質中性紙（Acid & Alkali Free）通過綠色印刷認證，最符環保要求。